語文創意灣區

黃坤堯

目 錄

周序

2023 年 12 月下旬我正在日本調研，黃坤堯先生有信來，說他擬出版《語文創意灣區》一書，請我寫序。黃先生是著名的學者、聲聞遐邇的詩人、桃李眾多的語文教育家，邀我為其著作寫序，我一方面有受寵若驚之感，一方面也為自己能先睹先受益而慶幸。人在旅途，有時間和機會系統地閱讀黃先生的大作，收穫良多，幸何如之。

黃坤堯先生是土生土長的澳門人，及長，先負笈臺灣師範大學國文學系讀本科，後考入香港中文大學研究所追隨名師，攻讀哲學碩士、哲學博士學位，在文學和語言學兩個領域均有不俗的成績；獲授博士學位後，他長期執教於香港中文大學等著名的高等學府，卓然一家，為名教授。黃先生著作等身，之前他曾將其詩詞集《清懷詩詞稿》、文史類研究著作《經典釋文論稿》、評論集《書緣》等見賜，我每拜收必悉心拜閱，深為他研究領域之寬廣，所論問題之深透而折服。黃先生的語言學論文，我曾多次在研討會上聆聽，他今將論文裒輯一處，使我能在系統地閱讀後了解其精湛的學術見解和學術建樹，這還是第一次，更非常難得。這部題為《語文創意灣區》的論文集收文二十二篇，從 1993 年的〈粵語特區〉到 2023 年的〈大灣區粵語 DNA〉，寫作時間跨度長達三十年。用三十年寫作二十二篇論文，聚焦的又都是中文問題，黃先生對中文之摯愛，對港澳語言生活給予的持續性關注，以問題為導向而產生的解決問題的意識，言之有物的實證研究，自然容易引起讀者的強烈共鳴。

《語文創意灣區》是聚焦中文問題的論文的結集，這種聚焦並非只此一點不及其餘式的，而是多點彙集的聚焦。論文所述內容可大略分為如下三個方面：一，語言政策和語言教育，如〈澳門特區的語言應對〉、〈香港語文教育的思考〉、〈兩岸四地與現代漢語的多元策略〉；二，中文語言問題探析，如〈香港中文報刊的語文探新〉、〈論港式中文〉、〈論國語、普通話與方言的互動發展〉、〈大灣區粵語 DNA〉；三，語言寫作問題，如〈語法修辭與寫作〉、〈寫作與創作〉、〈寫作八題〉。單就語言問題而論，作者不但從詞彙、語法、語音等語言的本體角度深入展開論述，也就文字、修辭等語言使用問題展開討論。文集所收論文，不是就事論事，就一種現象進行單純的分析，而是在充分比較的基礎上進行複合性的研究。作者的母語是粵語，對現代粵方言有著非母語人難有的深入認知，對古粵語他也知之匪淺；他曾長期在臺灣生活，對國語有過多角度的觀察；他經常往來於內地講學，對普通話又有著深度的了解；臺灣尤其是香港長期的學習和工作經歷，使得黃先生對英語這個交際交流工具的掌握異常嫻熟。黃先生在本論文集中所用研究方法主要是對比和比較。他論述粵方言，論述漢語普通話，論述臺灣的「國語」等相關問題時，將兩岸四地的語言現象信手拈來比較分析，這使他以粵港澳大灣區為視域的中文研究上升到常人不易企及的高度；他論述中文問題時，常將英語等語言現象拿來進行比對，對異語現象的觀察自然有助於燭照本語的問題；他論述現代語言問題時，常將漢語史上的現象拿來進行古今觀照，這有助於索解只看現代共時平面而不看歷時的語言事實而容易產生的問題。黃先生的語言研究，角度新穎，方法別致，例豐論透，結論可靠，其靈感往往從「人人心中有，他人筆下無」的情境中不經意間悟出，他論文的突破口常常從方普、古今、中外的比較中出人意表地覓得，達到常人所難達到之化境。

我與黃先生相識相知迄今已逾十有八載。2005 年春夏之交，作為中國國民黨主席的連戰先生登陸開始其「破冰之旅」。受其啟發，我銜命南下，籌畫海峽兩岸現代漢語問題學術研討會舉辦事宜，與澳門大學程祥徽教授、香港中文大學黃坤堯教授等會商於珠海銀坑的一間酒肆。從彼時起，或內地，或香港，或臺北，或澳門，不少地方留下了我們的學術討論之聲，不少酒肆飄灑出我們關於「酒黨」的歡聲笑語，書香、酒香充實著我們的詩酒人生。黃先生的這部《語文創意灣區》，是他對中文問題三十年觀察和研究的結晶，或可看作港澳回歸祖國二十餘年語文問題的一個縮影，某種意義上説也是我們一同進行學術研究的友誼的見證。我願意把黃先生這部著作鄭重介紹給讀者，希望讀者諸君能和我一樣從這部書中汲取教益，投身到對語言問題，尤其是中文問題的細緻觀察和深入研究中來。

是為序。

周荐

2023年歲杪於福岡　長崎旅次

自序：語文是萬象之母

1993 年以後，香港回歸日近，社會上各方面的討論一一逼在眉睫，其中自然也包括跟我們日常生活息息相關的語文課題。語文討論包括兩方面的問題，先是特區政府的語文政策要不要調整？語文教育往哪裏走？香港的語文生態會有哪些的變化？我們該怎樣面對？經驗告訴我們，語文生活每天都在演變，科技日新月異，隨著新產品的出現，往往湧現很多新的詞語。其後又隨著政治、經濟、社會、醫療的發展，新的觀點隨時出現，昨天沒有説過的，明天馬上又冒出了新芽。整個社會的語言在後現代的大環境中不斷地解體、組合、適應、變裂，前世今生，在反覆的輪迴中，我們只能跟著時代踉蹌的步伐，踽踽前行。

2000 年以後，新世紀風雲驟變，傳統的表達方式滿足不了時代的需求。文言書寫早已落幕，而白話書寫也在約束和規範之下漸趨老化，要不水清無魚，説不定也成了明日黃花。香港的社會語言在中文、英文、粵語，加上四面八方亞歐語言的衝擊波中，傳媒報導紀錄當下的話語，手機網絡自由自在隨心而發，相互的溝通只求對方看懂，管不了萬千的讀者，我們但求表達這一刻的感覺，也不必管身後的千秋世代。時空的差距形成了香港語文機靈的個性，而大灣區的出現剛好也賦予了香港語言的獨特視野，香港書寫帶領灣區融入廣漠的世界。語文是萬象之母，第一語言跟第二語言充分的結合，相互搭配，互補不足，紀錄了灣區的歷史面貌，豐富灣區的生活發展，刻畫灣區的時代精神，也創造了向世界出發的無限空間。香港語文的演繹淋漓盡致，可能也是在文言、白話之外的第三選擇。

《語文創意灣區》從〈粵語特區〉的概念出發，思考香港語文教育的發展個性，考察報刊語言，展現港式中文的前世今生。新世紀以後，我們更從現代漢語的多元變化跟方言互動發展，展示海外漢語的異化和當代書寫的新貌。此外也通過古越語的古老基因，探討古典粵語的早期面相和詞彙變裂。不識語言真面目，只緣身在大灣區。隨著普通話跟粵語的二元結合，從而激發了大灣區特有的時代使命，或可稱之為《語文策略與寫意灣區》，探討寫作和創作的竅門，豐富新一代的中文寫作。

2023 年 11 月 21 日定稿。

粵語特區

在中國各大方言中，生命力之強，想來要首推粵語了。因為海峽兩岸都大力推廣標準語，只有港澳例外。港澳基本上是一個粵語世界，我們上課、買菜、看電視、做夢，粵語都通行無阻。只要不離開港澳，甚至不離開廣東，我們大概都不會碰到甚麼語言困擾。外國人來香港，學的多是粵語；外省人來香港，一年半載之後，很容易就被粵語同化。廣州用的雖然也是粵語，但廣州學生上課用的卻是普通話；臺灣多用閩南話，而學生入學以後說的卻是國語。雙母語的好處是一方面保留方言，一方面也照顧到全中國的溝通。目前（1993）港澳政府以至一般市民對推廣普通話不太熱心，為了現實需要，一般人對英語的興趣可能還要大些。但隨著政治環境的改變，將來普通話必然會成為港澳的工作語言、交際語言、傳媒語言和教學語言，這是無可避免的現實。不過在港澳地區要推廣普通話之前，不妨參考其他地區的經驗，慎重其事，希望處理得好些。

清朝皇帝曾經訓令閩、粵兩省的官吏要學好官話，以便應對。這跟在香港做官的要懂一些英語，在澳門做官的要懂一些葡語一樣，事本尋常，不必驚訝。臺灣的閩南話本來跟粵語一樣都是比較獨立的方言，但現在一般人已經不能用閩南話來讀書了。他們一聽説港澳仍然維持粵語教學，粵語不但可以用來讀古文，讀古詩，還可以用來讀白話文，讀白話詩，他們往往都顯得難以置信。無他，港澳以外，各地雖然都有方言，但大家讀書時用的卻是普通話，也就是説現在大家都沒有用方言讀書的習慣。目前臺灣已經開始在小學裏推行閩南話，有些學者甚至主張恢復用閩南話讀古書的傳統，以便能更準確地把握古書的聲情。不過由於長期中斷，這個斷層可能也不容易修復了，就是臺灣各大學中文系的教授也不見得有這個能力。據説福建的情況會好些，大家寫詩填詞還遵守一定的規律和腔調，可以用閩南話朗讀出來。港澳的粵語在普通話的壓力下，將來大概也會步臺灣閩南話的後塵。

滿語的遭遇就值得借鑒。滿洲人入關之初嚴厲推行滿、漢雙語，但乾嘉以後大家就一窩蜂地漢化了。清室遜位才八十年，但現在全國已經沒有幾個人會説滿語了，所以海峽兩岸的學者都希望能積極搶救滿語，説來也令人難以置信。這就像美國學者要搶救各地的印第安語、中國學者盡力保留不同的少數民族語言一樣。中國地大人稠，假使將來能夠設立一個「粵語特區」，對於中國語言來說未嘗不是一件好事，相信也不致影響全國的統一大業吧。還有一件事值得注意的，湘方言及吳方言也快擋不住普通話的強大壓力，地盤日漸萎縮，此外閩方言及客贛方言的獨立地位也受到若干干擾和衝擊。如果再不設立方言特區，將來各地方言就只剩下材料身分，而材料背後的文化資源亦消失殆盡了。

香港將於 1997 年 7 月 1 日回歸中國，按道理將來一定會推行普通話。不過根據基本法第六章第一百三十六條的規定：「香港特別行政區政府在原有教育制度的基礎上，自行制定有關教育的發展和改進的政策，包括教育體制和管理、教學語言、經費分配、考試制度、學位制度和承認學歷等政策。」這條規定無疑給香港教育政策很大的彈性，但彼此解釋各異，到時實行起來可能會有很大的分歧。撇開英文的因素不說，其實所謂「中文」大家也有不同的理解。例如現在香港「原有教育制度」用的是繁體字（正體字）、粵語以及六五二三的學制（小學六年、中學五年、預科二年、大學三年）三項，這都與中國現行的教育制度有很大的差異。對於「一國兩制」的建設精神來說，究竟這些不同要不要改呢？不改有違統一精神，改了就不能表現出兩制的特點，改也難，不改也難。現在很多人已經關心將來香港特別行政區的教學語言了，屆時特區政府要全力推行普通話，大義當前，相信誰也阻擋不了。推廣普通話當然不是壞事，但站在方言文化的立場來說，過度推廣普通話可能會犧牲粵語的文化地位。沒有教學語言的支持，粵語就只能淪為一般的交際語言，不能再有較高層次的發揮，其沒落乃是意料中事。將來再侈言搶救，談何容易。自從推廣白話文以後，方言文學也幾乎完全絕跡了。但一般市民還是需要方言文學的滋潤，例如現在的粵語流行歌詞雖然日趨庸俗，未嘗不可以反映當代青年內心潛在的反抗意識。愈庸俗，愈低級，也就愈受歡迎，而這自然也就是最直接的表達了。

普通話是全國的標準語，人人要會聽會講。香港目前對普通話的推廣並不熱心，大家只因工作需要才去學普通話，當然這種不健康的現象將來也一定會糾正的。不過，我們也要注意，目前粵方言是唯一能與普通話抗衡的方言。粵方言的人口在方言地區中排行第三，比不上吳方言及閩方言。由於香港的經濟地位，以及珠江三角洲的發展前景，粵方言自然成為重要的社交語言。此外香港製作的電影、電視、錄映帶、唱片、影碟等不但席捲大江南北，甚至風靡臺灣、東南亞、北美、歐洲、澳洲的華人社會，有時香港文化也就成為新唐山的象徵了。近年移民潮風起雲湧，四方飄蕩，粵語的擴散及影響看來還是有增無減的。這些現象對中央來說是頭痛的，甚至認為是不健康的，假如也來整頓一番，也並非不可能的事。但是換一個角度來考慮，中國地域廣大，各地的傳統文化都非常深厚，各有特點，不盡相同。統一應該只能就政治領域而說，不宜在文化領域中無限擴大。如果我們容納地方文化的異色，即使並不是人人都能欣賞的，甚至只是極少人的玩藝，看來也不宜趕盡殺絕，否則中國老百姓為統一而付出的代價也就太大了。如果全國十幾億人都只有一副面貌，一樣思想，一種語言，一項趣味，這看來又是多麼單調啊！因此，我的看法是，希望將來大家在香港熱心推動普通話的同時，千萬不要把粵方言說成南蠻鴂舌，洪水猛獸，說甚麼干擾學生的書面語，妨礙全國文化交流等等，必要除之而後快。假如政治上也容許香港有「一國兩制」、「五十年不變」的承諾，那麼將來在教學語言方面，粵語也應該保持特定的地位，塑造特有文化色彩。或者說，算是設立一個「粵語特區」吧，行嗎？希望大家考慮。

臺灣推廣國語非常成功，過去甚至還故意貶低方言的地位，做得有點過火。但現在閩南語的反彈力也非常大，將來可能反其道而行，排斥國語。大陸推廣普通話也非常賣力，跟臺灣不遑多讓，而對待方言的態度則比較寬鬆。大家都能意識到普通話的重要性，是一種必需的工作語言，相互依存，並沒有甚麼衝突。可以說，大陸對待方言的態度遠比臺灣正確。不過在普通話的強大身影下，很多方言都自動向普通話靠攏了，例如上海話、長沙話等，方言本身的特點日漸萎縮，說來未免令人痛心。假如雙母語不能並存，我們雖不鋤強，也要扶弱，希望盡量保護豐富的方言資源。不要像很多少數民族的語言一樣，等到快要滅絕時才來搶救。現在普通話已經深入人心，而且是海峽兩岸一股不可逆轉的大氣候，那麼對於粵方言、閩方言、吳方言等這些不大顯眼的小氣候，在不排斥普通話的前提下，就讓它們在特區中自由滋長，開花結果，不也很好嗎？方言是地區性的生活語言，普通話絕對取代不了。與其是自生自滅，不如加以適當的引導。方言可以豐富地方的藝術創作，跟古典詩文韻律及古代文學語言的關係也很密切，保留較多傳統的漢文化色彩。方言自然也是中華文化的瑰寶之一，不宜輕視，更不宜棄絕。

〈粵語特區〉，《中國語文通訊》第 27 期（香港：香港中文大學吳多泰中國語文研究中心，1993 年 9 月），頁 32-34。

香港語文教育的思考

香港的語言和語文

香港的語言主要有粵語及英語兩種。據 1991 年的人口普查，全港人口 567 萬，家中習用語言依次為：粵語 88.7%、英語 2.2%、閩語 1.9%、潮語 1.4%、客家語 1.6%、國語 1.1%、吳語 0.7%、四邑語 0.4%、日語 0.2%、菲律賓語 0.1%、其他 1.7%。英語是行政語言，除了政府機構以外，很多公司、企業及學校亦有採用。粵語則是生活語言，學校授課一般都用粵語，用國語的比較少；香港人所說的中文或母語指的也是粵語。

至於書面語方面，標準的香港中文應跟大陸、臺灣的完全一致；但部分報刊的中文或一般市民的中文多則攙雜了粵方言的詞語和句式，充滿異樣的地方色彩，加上很多專有名詞，外地人有時很難看得懂，我們不妨名之曰「港式中文」。同樣，翻開報紙，臺灣的中文是不是也可以稱之為「臺式中文」？事實上不但兩岸漢字的讀音互有異同，連詞語也有很大出入。最近臺灣除了作家以臺語（閩南話）創作詩歌、散文、小說、戲劇等文學作品外，甚至連政府地政處的廣告也說：「多謝汝吔支持甲配合，嘖吔噹順利完成國土現況調查。」（感謝你的支持與配合，才能夠順利完成國土現況調查。）[①] 來勢洶洶，不讓港式中文專美，將來臺式中文可能也會隨著時代的步伐而「日新月異」。

現在香港青少年流行的語言變化得很快，攙入了英語、日語以至銀幕俗語、流行曲歌詞、黑社會背語、自創新詞等，甚至流入作文及功課中；老師聽不懂，看不明，形成一層層的代溝。大學生說的話也不見得易懂，口語中固多英語或略語，書面語中尤多粵語。此外電視、電台廣播員的讀音也不標準，散播語言病菌，雪上加霜。

目前香港小學每週有一節普通話，但很多學校並不重視。學生畢業後若有需要，還得自行學習。香港學校基本上算是中、英文雙語教學，但學生中、英文的表達能力都嚴重不足。中文方面由於學生說的都是粵語，要轉為書面語時就倍感吃力了。至於英文因不是母語，除了個別學生以外，成績就更差了。由於政府資源所限，而讀書則是每一個兒童的權利，香港教師每週授課達三十節左右，工作負擔很重；每

① 鍾騰：〈使用「臺灣國語」之我見〉，《中國語文》月刊第 438 期（臺北：中國語文學會，1993 年 12 月），頁 36。

班學生達四十人，輔導困難；有些學校甚至採用浮動班制。所以學校不能隨意讓學生留班，也不能因成績不好趕學生出校。學生不想讀書的也要年年升班，直到中三畢業。1993年10月，港督的施政報告聲稱政府準備設立港幣三億元的語文基金，改善中、英文的素質，似乎也感到整個語文環境危機重重了。其實政府早在1980年時也曾考慮過成立中文基金會，並組成「發展中文基金會工作小組」，後來因《中英聯合聲明》的簽署，香港政府便不再推動中文的發展，有意留給以後特區政府負責，整個計劃也就胎死腹中了。現在港督舊調重彈，大概目的還是推廣英文。這三億元的費用究竟會怎樣運用呢？目前還不清楚。近日已有二十四個民間團體聯合發表聲明，希望基金運用不要忽視中文。而大家也有種種建議，例如加強對中文科及普通話科的教學和研究，編寫各科中文教材，改善小學及幼稚園的語文教育，加強公務員的中文能力，支援語文教材資料庫，推廣廣泛閱讀計劃等，都是當務之急。看來基金運作真要訂出通盤計劃，珍惜社會有限的資源。

香港語文教育的檢討

香港的語文教育可依目前的學制分小學、中學、預科、大學幾個階段來分析，我們只討論中文。小學需要識字，配詞，構句以至寫作的訓練，最大的困擾是書面語與口語脱節，學生難以將粵語詞句轉為適當的書面語。老師批改辛苦，學生不知所云。以前文言文還可以靠背誦體會音節、語法、結構和語感，簡單易學；白話文稍欠精緻，好寫不好背，如水過鴨背，過目即忘。大抵口語始終比不上書面語精鍊深刻，加上國語粵語的貌合神離，不見得比學文言文容易。無論文言或白話，都跟香港的時空脱節；香港學生鸚鵡學舌，自然就視寫作為畏途了。此外，香港小學師生都欠缺了一套公認可行的粵語音標及注音訓練，人自為音，讀音混亂。中文語法與英文語法相互混淆，彼此污染，中不中，英不英。由於英文的好壞不由我們支配，因而這對中文的傷害就遠比英文嚴重。加以報刊充斥庸俗的港式中文，更令人目不忍睹了。

從小五開始，香港學生為了應付學能測驗，須要花費很多時間做文字推理練習。例如單比推理、連比推理、複比推理、詞集推理、排列辨別推理、歸納辨別推理、類別辨別推理、類別推理、排句推理、邏輯推理、歸納推理等。這一大堆的推理有時連專家學者也推得一塌糊塗，莫名其妙。為了方便電腦閱卷，推理考卷全都採用多項選擇題形式，有時似是而非，模棱兩可，大抵只能考核兒童的閱讀能力及迅速判斷——有時可能靠撞答案，賭運氣，只方便考試當局打分數。對於訓練兒童的思維和寫作，以至感情陶冶，可能南轅北轍，完全不管用了。有些學校甚至光要學生做練習，爭取進入名校；因而忽略了語文寫作的基本訓練，以短暫的功利目標取代均衡發展的教育原則，那就更得不償失了。

鑑於學能測驗的質變，香港教育署原本推出了一個「學習目標及目標為本評估」計劃（Targets and Target-Related Assessment），簡 TTRA，以評估學生的學習能力。學習目標闡明學生學習的共同方向，指出學生要學會些甚麼，知道所學為何。目標為本評估顯示教育不同階段的發展方向及學生的學習進度，並用以評估各項教育計劃的效益。該計劃原擬先在小四至小六的中、英、數三科試驗施行，根據學生必須發展的能力，促進學生學習；這些能力包括思考能力、增進知識能力、學會學習能力、解決問題能力及傳意能力等，並以一系列累積的「表現等級」描述學生的能力、水平和進展情況。目標為本評估分校內評估及校外評估，校內評估由教師在所有班施行，校外評估只在小三、小六及中三施行，兩者相互配合，以期全面可靠地考察學生的能力、學習進展及學業成就。TTRA 重視知識和學習能力的配合，強調語文情景，拓寬學習領域，鼓勵螺旋鑽探，深化生活體驗，固有一定的理論根據。可惜教師並不明白怎樣施教，工作負荷無限量加重。同時 TTRA 的目標為本評估實際只為藉機推行中學語文分組安排，也就是所謂「中英分流」教學，中小學老師普遍反對，後來教育署順應民意，也就暫時擱置這項計劃了。

1993 年 7 月，香港教育署又積極推廣另一個「目標為本課程」計劃（Target Oriented Curriculum），即將 TTRA 改名 TOC。TOC 認為各科都有其主要內容以及學科特有的語言及表達方式。學科總目標是發展學生的語文能力，以加強與人溝通、了解、思想、判斷的能力；培養學生明確的價值觀，包括交際範疇、認知範疇和美學範疇；而課業設計除了對本科知識外，更要求老師結合傳意、探究、構思、推理、解決問題五種學習和應用語言的方法，增強學生對學習的認識和自學能力。例如語文科固以課文為核心擬定學習單元，但也要增強學生閱讀、寫作、聆聽、説話等語文能力及思維能力，注意社會文化的語境及傳意技巧，進而培養自學能力。TOC 最大的特點是：一、為學校課程制訂詳細的目標架構；二、取消校外評估，僅設校內評估，對升中派位的成績計算也有一定的影響。理想的 TOC 教學是要照顧不同程度不同學生的需要，幾乎每科都要分組教學，不斷評估不斷編班。有的學生上去了，有些學生下來，疲於奔命，施教困難。目前香港教師的教節負荷太重，根本不可能抽空輔導大量的不同程度的學生。最近 TOC 諮詢委員會投票決定，1994 年將有七十間「試點學校」接受該課程的師資訓練，1995 年度先在小一作試驗。其他未參加試驗的小學，則於 1996 年度施行，逐年增級，直至 2002 年全港小學全面施行，2005 年推廣至中三。最近教育署發表了《目標為本課程推行報告書》，公開諮詢教育團體的意見。

香港中學分兩個階段，中一至中三相當於初中，中四、中五相當於高中。中一至中三只有中國語文，而自 1974 年起，中四、中五分中國語文及中國文學兩科。這大抵是為了模仿英文也分英語及英國文學兩科有關，而跟五十年代大陸將兩科一度分拆沒有必然的關係。中國語文科是中一至中五的必修科，除了傳統的讀文教學外，也很重視閱讀理解及寫作訓練。至於中國文學科則屬中四、中五文組的選修科，培養學生欣賞文學作品的能力及獲得一定的文學常識。在讀文教學方面，語文與文學息息相關，不能截然分開；但中國文學科為部分有興趣的學生提供一個深造的機會，多讀一些文學作品，用意也還是好的。

預科中文也分設中國語文及文化科、中國文學科兩科。中國語文及文化科是一個全新意念的設計，由 1992 年開始施行，1994 年舉行第一次會考。這是中六、中七的必修科，一定要及格才能報讀大學，目的是加強學生的語文訓練及文化修養。根據課程綱要，中國語文及文化科的教學目標可分三方面：

（一）鞏固學生以往所學的中國語文基本知識，提高學生閱讀、寫作、聆聽、説話等語文能力，尤其著重思維的訓練與語文的實際應用。

（二）增進學生對中國文化的認識，啓發學生的思想，培養學生的品德，使能建立正確的價值觀，加強對社會的責任感。

（三）提高學生學習中國語文及文化的興趣，並使學生有進修的自學能力。②

整個課程的設計將語文及文化結合起來，相輔相成；同時亦以學生中心，以靈活方式教學，鼓勵學生主動參與，通過討論、座談、報告、辯論、專題設計、角色扮演等種種安排，激發學生的思考與潛能。在語文教學方面，除了閱讀能力，指導閱讀技巧之外，更重要的是寫作能力，聆聽說話的能力。寫作偏重實用文類，例如評論、報告、專題介紹、新聞稿、建議書、演講辭、紀錄、書信、公函等。聆聽說話指描述、報告、演講、辯論、討論、評論等。目的都是因應時代的需要，學以致用；進而鞏固基本知識，訓練思維及自學能力。在文化教學部分，主要是使學生了解中國文化精神所在，進而就中國文化作反思與展望；表現學生獨立思考，以至分析、判斷、歸納和推理的能力。本科會考共設五卷：實用文類寫作及閱讀理解、文化問題、聆聽理解、說話能力測試、課外閱讀成績考查。主要也就是

② 中學課程綱要：《中國語文及文化科》（高級補充程度）（香港課程發展議會編訂，1991 年），頁 9。

考查學生日常讀、寫、聽、說四方面的表現；文化問題不訂標準答案，端看考生的見解與表現；課外閱讀採用校內評估方式，由老師打分數，減輕考試壓力。這是中國語文教育史上一次大膽的嘗試，一項破天荒的創舉。成敗得失，頗難逆料。但無論怎樣都會對中國語文教育產生深遠的影響，改變傳統的教學觀念及考試模式。③

自 1994 年度開始，香港的大學清一色採用三年制，再沒有四年制的大學了。香港中文大學原有的大學國文（General Chinese）只能轉為選修科目，甚或壽終正寢；為了改進學生的語文水平，中文系已開出了一系列的語文課程，例如文藝寫作初階、商用中文、行政事務中文、口語傳意技巧、對聯賞析及習作、語法分析與寫作、散文賞析及寫作、演講及辯論、閱讀思考與寫作、新詩賞析及習作等科目，化整為零，供有需要有興趣的同學選修。此外還將設立語文自學中心，供同學自行測試語文水平，改善中文。跟香港中文大學剛好相反的是，香港大學很久以來都沒有開大學國文這一課程，但從 1993 年開始，因應學生的需要，中文系已為工程學院及法律學院開設 Chinese Language Enhancement Course 一科，供各級同學選修。每個學院只

③ 參《中國語文及文化科專輯》，《中國語文通訊》第 28 期（香港：香港中文大學吳多泰中國語文研究中心，1993 年 9 月），1993 年 12 月。

有八十個名額，由於反應熱烈，工程學院有三百多人報名，法律學院也有一百多人報名，一時間不能滿足全部同學的需要，只能給三年級優先選課了。明年會擴展至建築學院及醫學院，最終會為香港大學九個學院全面開設。至於香港其他的專上學院不一定都有大學國文，但總有一些相應的實用語文科目。例如浸會的國文科由語文中心負責，授課內容有說話能力、應用文、語文基礎技巧、寫作、簡體字五項。嶺南學院有普通話及現代中文傳意兩門，學生可以修讀其中一科。香港理工學院開設實用中文寫作，香港城市理工學院則開設中文傳意技巧、專業中文（例如法律中文、商用中文寫作）等，大都偏重實用性，僅及語文訓練的層面；文學欣賞及文化意義相對減弱了，更談不上文化承傳及人格修養的理念。④

香港語文教育的展望

有關香港語文教育的前景，隨著 1997 年主權回歸中國，應該會有很大的改變。英語的地位還是相當穩固，但

④《九十年代香港大專國文科教學展望》，《中國話文通訊》第 14 期，1991 年 5 月。

普通話的影響則與日俱增，與本地人所慣用的粵語，勢成鼎足。這三種語文將來怎樣整合發展，彼此維持怎麼樣的關係，真是耐人尋味。普通話當然要大力推廣，但粵語一直是香港的教學語言，行之已久，並沒有出現甚麼大問題，也沒有妨礙大家對祖國的認同。為了維護方言文化，也是應該尊重這個教學傳統的。臺灣硬性推行國語固然取得成功，其實也破壞了省籍的親和力，激化省籍矛盾。現在臺灣准許在低年級施行母語教育，尊重地方文化，應該說是開明與進步。將來香港如果過激地推行普通話，師資固然依賴大陸，相對來說也就剝奪香港現有師資的機會和資格了，徒添戾氣，可能也有礙於彼此和諧共存了。究竟將來香港的教育往哪裏走，自有專業的教育工作者及各科的學者專家討論，現在專從語文教育的角度提出幾點個人的建議供大家研究參考：

一、保留英語教學及其專業地位，方便國際聯繫及商貿往來。英語教學可以拓展視界，促進東西文化交流。

二、保留粵語為合法的教學語言。母語教學是不可逆轉的理想教育和教育理想；同時粵語也是全國倖存的、可用作教學語言的唯一比較有活力的、有獨特面貌的方言，跟古典文獻及詩詞聲韻有千絲萬縷的關係，不宜隨便放棄這筆豐富的文化財富。此外，用粵語來讀來寫當代的書面語也不見得有太大矛盾，可以通過一定的學習方法加以配合。

粵語和普通話各具姿采，應該相互包容。

三、從小學起就要大力推廣普通話，而普通話也是合法的教學語言，由老師因應情況決定。普通話不但促進交流，還可以改善香港學生的書面語及培養正確的思想觀念。

四、簡體字的推行需要從長計議。香港人對傳統繁體字的感情和文化聯繫也應該尊重，這點真的不妨交由港人決定。在過渡期內要掌握兩套漢字也不見得是一件困難的事，將來慢慢自然會有所取捨。

五、香港未來的學制也該交由港人從教育理念及教育效益的角度考慮，不能光從經濟或政治著眼。香港大學曾要求三改四及推廣中文可能都有積極的現實需要。

六、適度減輕教師的教學負荷，講究質量。重視傳統的教學理念，要求德、智、體、羣、美五育均衡發展，注意人際關係，改善社會風氣。學生的成就不徒是量化的成績和簡單的等級表現。

〈香港語文教育的思考〉，《中國語文通訊》第 29 期（香港：香港中文大學吳多泰中國語文研究中心，1994 年 3 月），頁 12-17。
〈香港語文教育的思考〉，《建設中國文化語言學——第三屆全國文化語言學研討會論文集》（哈爾濱：中國語言文化學會編，1994 年 12 月），頁 188-195。

香港小學的語文教學

壹、香港教育的悲劇根源

香港是一個華洋融合的社會，這反映於教育方面自然會帶有明顯的地域色彩。香港雖然以中國人為主體，以粵語為社會的通行語言，但由於政治上長期的隔離，因而跟中國保持一種若即若離的態度。香港人一般不會排斥中國，但也不會完全認同。近百年來中國政治、文化方面歷次的變動和衝擊，翻天覆地，可歌可泣，勢之所至，大潮上下，當然會淹沒整個香港，但大多還是慢慢的滲入，總有一個緩衝的空間，有人理性接受，有人置身事外，有人移民，有人投入，總不會即時捲入風暴的漩渦中心裏去。辛亥革命、五四運動、抗日戰爭、國共內戰、中華人民共和國成立、文化大革命以至九七政權移交等等，無不如此。可以說，這是一種混有英國因素的政治文化。英國對香港的影響，無所不在，對於教育來說，自然也是無法避免了。

英國管治香港，儘管會有很多成功的經驗，值得借鑑；但對於教育來說，卻是私心作怪，千瘡百孔，不敢恭維了。尤其是在九七臨近的前夕，很多嚴峻的教育問題都暴露出來，無論小學、中學和大學，總有很多問題擱在裏面，學生對社會沒有歸屬感，素質也低；教師壓力有增無減，精神空虛；有人認為是九七因素，其實卻是制度本身出了問題。大家視而不見，得過且過，過不了也過，這才是最大的悲劇根源。臺灣對教育投資很大，教育的成就有目共睹，與社會的政治、經濟一起成長，該是全中國的榜樣。中國雖然要靠希望工程來支援教育，但這只是部分地區社會發展不均衡所致，大部分學校的水平還是相當高的。澳門政府對教育不願承擔，起步太晚，教育事業一片空白，可以不論。香港的經濟資源沒有問題，只是殖民地的頭腦轉不過來，不肯對症下藥，解決問題。如果香港仍然由英國管治，教育上英語獨尊，維持金字塔式的精英政策，高官厚祿，要求嚴格，自然沒有甚麼問題。可惜維多利亞女王的風光已經一去不返了，民智開放，社會現代化，大家講求公開、公平的處事原則，而教育又怎能落後於整個時代呢？我們從事教育工作的，往往都有一個美麗的期望，希望九七以後，香港的教育更能得到理性的發展，吸取臺灣、大陸以至歐美澳日的經驗，擺脫殖民地僵化的思維，大放異彩。

小學是整個教育的靈魂。小學穩固了，全民的素質都會相應提高。開宗明義，嚴格來説，小學教師的地位與中學教師、大學教師應該是不相上下的。如果社會資源充足，起碼在基本的薪酬方面，小學教師的薪酬不應跟中學教師、大學教師相距太遠。例如大陸、臺灣都不致於有薪酬懸殊的感覺，香港的情況卻令人洩氣。現在香港小學開始聘用學位教師，已經踏出了正確的第一步，有待全面推廣。香港教師的薪酬的具體數字會比大陸、臺灣的高，令人羡慕；但香港教師課時太多，一週上課高達 33 節左右，加以要處理大量的文書工作，那又非局外人所能想像了。

香港政府為了節省資源，很多小學仍然維持上、下午班制，全日制小學不多。半日制的小學壓縮上課時間，學生消化不良，課外活動難以開展，而師生關係也日趨疏離了。此外，學生家長多數都有工作，未必能照顧學生課後半天的活動空間，如果學生聯群結隊，流連街上，誤交損友，後果不堪想像。其實問題最嚴重的，還是政府重量不重質的行政態度。香港教育是義務的，學校有教無類，不能隨意趕走學生，也不能隨意讓學生留級；結果學生年年直升，升到中三畢業才夠年齡出來找工作。學校或老師對於問題學生，如果沒有改造的希望，自然也樂於早日讓他升級，把他送走，而不是給他留級再教育的機會。香港教育的悲劇根源可能很多，這大概是最致命的一點。例如近年香港的大學學位接近泛濫，但學生的水平不足，勉強收生未必能達至預期的效果，而收不到學生則是大學無能的表現。畢業生很快又回流到社會中去，如果學養不足，惡性循環，將來的情況更令人擔心。

貳、小學語文的一般情況

香港小學的語文教學也是危機重重的。近年來香港整體的語文水平持續下降，這固然有社會的因素，但教育當局也是難辭其責的。現在香港一般的中文非常可怕，大學中文系的學生已經寫不好中文了，非文科的學生更是滿紙的港式中文（《學生報》、「大字報」中的例子不勝枚舉）；現在香港的報刊很難再看到純正的中文，而廣告創作更率先採用標準的港式中文來促銷。很多中學的非中文科老師只會寫半中半英的口語，而中文科老師也有用粵語來做會議紀錄的。例如：「醫生換咗人，病人一嚿雲」、「港大生不滿宿位分配大細超」、「乜野 out 左又 in 番」、「茶香軟滑又綿，smooth 得嚟帶強烈質感，有 body」，以至近日流行的「老泥妹」等，這些都是隨手摭拾的例句，粵語為體，英語為用，未知香港以外的中文讀者有何感想？假如有一天「革命」成功，半中半英的「香港話」取得了合法的地位，那將是中文書面語的新品種，絕不奇怪。可以說，這絕對跟教育當局的語文理想背道而馳，但風氣已成，事實具在，試問又孰令致之呢？現行香港小學課程綱要《中國語文科》的總目標是這樣寫的：

一、培養學生閱讀語體文的能力。

二、培養學生寫作的基本能力，使能運用語體文來表情達意。

三、培養學生聆聽和説話的能力，並養成良好的説話態度。

四、指導學生正確的寫字方法，使能書寫正確、整齊、端正和迅速。

五、培養學生豐富的想像力和有條理的思考能力。

六、提高學生學習本科的興趣及培養他們的自學能力。

七、指導學生從語文學習的活動中充實生活經驗，培養學生道德觀念，並使學生對中國文化有所認識。①

這七條目標包涵面廣，有廣泛的代表性，只要教導得宜，實在也不難達到預期的教育效果。不過，香港學生除了第五條或能符合要求外，其他六條大多數都只是空談，甚至還產生負面的效應，而中文科也漸漸成為學生的噩夢。很多學生喜歡影像，喜歡漫畫，情願記英文生字，也不願意寫漢字。有些學生沒有閱讀的興趣，文字多了也不想看，只想

① 《中國語文科·小一至小六課程綱要》(香港課程發展議會編訂，1990 年)，頁 13。

直接接觸有動感的畫面，靜態的文字可能屬於太遙遠的時代了。歸根究柢，這是不是香港小學的語文教學出了甚麼問題，而不能讓學生培養出對中文的興趣呢？或是香港年輕人另有打算，根本就瞧不起中文，不願意學習呢？

香港小學的語文教學分讀文教學、寫作教學、説話聆聽教學、寫字教學、課外閱讀五部分，這都是語文教學的基本要求，十分切實。在讀文教學方面，主要是通過課文，使學生所掌握的漢字由 460 字增至 2600 字左右；(《小學課程綱要》附〈分級常用字表〉) 讀文的內容以記敘文為主，佔 50%以上，其次為詩歌，其他按不同年級酌增説明文、議論文、應用文、描寫文及短劇等，六年級則加上淺易的文言文、古典詩歌四課。中國語文課本一般由出版商根據《小學課程綱要》的規定自行編寫，大概也有十套左右，由教育署審訂公佈，交學校選用。課文一般只能説是流暢，談不上深度及美感。例如某出版社的小一課文〈小山羊回家〉：

> 小山羊趕著回家，一時跑錯了路。花貓看見了，對小山羊説：「這條小路上有狼，我們要走大路才對。你沿著大路向北行，便看見你們的家了。」

這篇文字沒有甚麼內容：小山羊、花貓、狼等動物已經跟現實社會脱節，除非另有象徵意義，例如色狼，但這並不適合向小一學生講得太多。如果小山羊怕狼，難道花貓又可以輕易信任嗎？花貓怎麼知道小山羊的家？小山羊面前只有大路和小路，如果認不得大路回家，改走小路，那真是該死了；趕回家更不能亂跑，不合情理。「向北行」大抵只是粵語説法，不是標準的書面語。末三句的人稱代詞「我們」、「你」、「你們」一片混亂，有話説不清。如果小孩子背了這麼一大段的廢話，愈背愈糊塗，十分可怕。其實這篇文章如果改為教小孩子回家認路，看車過馬路，可能還有現實意義。

又小三課文〈麗兒給哥哥的信〉：

思明哥哥：

你沒有寫信回家，快要一個月了。我們知道你剛在新設工廠，要辦的事情很多，工作相當的忙，可是總覺放心不下。只要你簡單地寫幾個字回來，也好給爸爸和媽媽安慰呢！

每天清晨，爸爸和媽媽，仍舊一同到公園散步。待爸爸上班後，媽媽才去買菜。家庭生活，過得很愉快。

爸爸説：「三姨丈是很有見地的人。你遇著難以決定的事情，可就近向他請教。」

我會照著你的好榜樣用功唸書，最近參加學生［校］的書法比賽，僥倖得到優異獎。媽媽説我寫的字體，有點兒像她的筆跡呢！

祝你健康！

你的妹妹麗兒，十一月十九日

這封信分四段，為文作情，無病呻吟，明顯也是虛假的。第一段寫哥哥在外地設廠，工作忙碌，很久沒有寫信回家；其實現代商人會做的是打一個電話回家，而不是寫幾個字。第二段夫妻故作恩愛，不合乎現實生活的急促節奏；此外男上班女買菜的家庭神話可能早就打破了，現在接小孩子放學的多的是菲傭；我們又怎能期望教女姓為家庭而放棄她的事業或工作呢？萬一不幸碰上了單親家庭，這一段話可能更成了虛無縹緲的幻象了，小孩子可不一定這樣看世界的。編者閉門造車，思想可能還有點落伍；其實我們更迫切需要灌輸的是正確的現代家庭觀念。第三段妹妹借父親的說話，殷殷告誡，故作老成語；此外說的也不是商業社會的處事方法。除非三姨丈跟哥哥在生意上有往還，否則兩代之間也說不上甚麼就近請教。第四段寫自己的學校生活，還有點像樣。三年級的學生讀了這封信，他有甚麼啟發呢？幾個不同的概念糾纏在一起，只能堆砌足夠的字數，可是就缺少了一個寫作的主題。如果妹妹集中描寫自己的生活，關心兄長的起居，可能還比較親切動人，而不是大談生意。

讀文教學以範文為主，應該提高質量，切合現實，活潑生動，培養學生對語文的興趣。其實香港教育署也可以選錄幾篇或幾段現代名家的詩文，編入不同年級的課程當中，那麼不同書局的出版也有一些具體、劃一的內容了。名家著作可能會有一些語文瑕疵，不妨加以改寫，以符合小學的教學要求。其實小孩子的記憶力很好，與其浪費在一些無聊的玩意上，不如讓他背一些好詩好文章，白話、文言都可以；其實低年級讀些唐詩，四年級以上選讀淺易的古文名篇，琅琅上口，音節流美，可能還比矯扭造作、無象無味的白話好唸。背誦更能培養良好的文化氛圍，體會親切的語感。古典作品不必避之如洪水猛獸，例如《論語》、《孟子》的某些章節言簡意賅，感化世道人心，自然也很適合用作小學的基本教材，終身受用不盡了。

寫作教學是香港師生表現較弱的環節，由於口語與書面語脱節，大家都顯得有心無力。教育署規定：一年級練習造句，二、三年級練習語段，四年級以上學習命題作文，循序漸進，隨著心智的成長，照說也可以表情達意。問題在於香港社會不說普通話，學生寫作只能靠背誦課文體會普通話的語法語感，寫作時要將用粵語思考的意念轉化為普通話的語句，中間自然有了隔閡。小一、小二問題不大，普通生活上的表達，有老師提供詞彙，協助語言的轉換；但高年級的要自我思考，往往就詞不達意。如果小孩子喜歡閱讀，自然有助於表達思想，寫作文章；可惜現在大多數的孩子只沈迷於電視、遊戲機或漫畫之中，怕用語言，怕見文字，自然也害怕寫作。香港學生有半數以上寫不好中文，幾乎都是語言轉換不靈所致。現代的廣告創作人喜歡用中英夾雜的香港話宣傳商品，流行歌詞也多是半通不通的愛情概念，他們喜歡用香港話來創作，一方面是個人的語言修養不足，一方面也是迎合消費者語文低水平的策略。香港語文環境一片混雜，潛移默化，小學生的語文水平自然也難望超脫於大眾的語言現實之上。

說話聆聽教學全部是用粵語來進行的，這也是活動教學的重要環節，給學生充分的表現機會。但這又跟寫作教學的精神背道而馳——語文愈顯得不能一致。不過由於小四以上，香港學生要花大量時間準備學能測驗，同時每班學生多達四十人左右，要分組進行說話聆聽教學，時間並不許可。現在一般的情況是：活動教學只能在低年級進行。除非有學生要參加演講比賽、朗誦比賽或戲劇表演等，教師才會作個別的訓練，否則說話聆聽教學只能說是具文而已。

寫字教學其實也是非常重要的，學生每一科的功課都要寫字，用之無盡。但語文老師不一定會書法，不一定能寫好字，也不一定能教人寫字。最好的辦法是像圖畫美勞的科目一樣，盡量找比較有興趣有能力的老師負責，這樣對老師和學生都有好處。寫字分硬筆及毛筆兩種，毛筆漸漸淘汰，只有藝術價值，不切實用；學生能寫好硬筆字，整齊端正，其實也就不錯了。

課外閱讀也是表現較弱的環節，現在學生主動找書讀的實在不多，他能夠做好功課就已經不錯。有些老師會指定學生向學校圖書館借故事書，寫讀書報告。究竟學生讀些甚麼，讀得怎樣，可要好好的調查了。

叁、學能測驗與中學派位

過去香港以統一的升中試來分發中學學位。考不上中學的，只能付高昂的學費入讀私立中學；除了個別學校之外，私立中學一般都要自負盈虧，資源比較貧乏，學生水平較低，很多時都給人次等的印象。如果連學費都付不起，可能就要當童工了。升中試使一些名校能吸納大量的精英學生，而精英學生也拔高了名校的聲譽，唇齒相依，因果循環，教育成了壟斷的局面。1978 年香港實施九年普及教育，廢除升中試，學生不讀書的也不能當童工，否則要控告僱主及家長。現在學生不想讀書的也要留在學校，無心上課，破壞紀律；除了影響其他同學上課之外，更引入了有黑社會背景的學生，吸納會員，招惹是非，教師和社工窮於應付，更非教育當局始料所及，而中學的訓導問題也變得十分複雜了。

過去的升中試原本要考核中、英、數三科，按成績分配學位；鑑於學生年紀太小，考試壓力太大，影響心智發展。但普及教育也無可避免要面對公平分配學位的問題，大家都搶著要進入名校，自然也要設立一個「學能測驗」的機制來比較各學校的教學水平；同時為了減輕兒童的功課壓力，學能測驗也只採用文字推理和數學推理來考核學生的水平，沒有公開比較學生的英語能力。學能測驗將學校成績分為若干個等級，然後學生又按小五、小六兩年的校內考試的成績排列校內的名次，兩相調配，最後由教育署公佈成績，將學生分為五個等級，再按學生所填報的意願在原區的學校網內分配學位。分發學位的工作比較複雜，我們局外人也不大了了，大抵原校有中學直升的可以保留較多校內的名額，此外另有若干比例則交由教育署來統一調配。普及教育改善了精英教育的壟斷狀態，但也拉平了學生的程度，很多名校學生的英語水平日漸下降，現在已經影響到大學的英語水平。此外香港學生英語水平的低落並沒有相對拔高了中文水平，學生的中文能力其實也是江河日下，不忍卒睹的。九十年代香港學生中、英語文的能力一起降低，實在令人驚訝。

目前小學最令人垢病的制度恐怕非學能測驗莫屬。數學推理不在本文討論之列，我們可以不談。至於文字推理方面，這全是多項選擇題的練習，似是而非，有時也令人費解。到了小四之後，學校為了有好的成績向家長交代，學生就得接受長期訓練，熟能生巧，考試成了條件反射，自然靈活。有時其他的知識涉獵不足，例如唐宋元明清的次序都還未弄清楚，又怎麼能找出第三個朝代的名字呢？唯一的機會只有撞答案。有時要在一大堆地名中區別古人、今人，或在地名中找出一些與其他地名同類或不同類的部分，可能都屬於語文之外的問題，純是考學生的認識能力。小孩的記憶用來背誦名篇作品還好，如果只用來背誦一些知識雜學，沒有性情，沒有美感，沒有條理，沒有志趣，那真是捨本逐末，得不償失，恐怕更會引來連場的語文噩夢。例如：

一、試把下面各題的五個項目重新排成有意義的次序後，那一個項目應排在第三的位置。

1.a. 紅豆　b. 芝麻　c. 黑豆　d. 綠豆　e. 花生

2.a. 電器　b. 電纜　c. 電力廠　d. 電線　e. 變壓站

3.a. 查驗　b. 零件　c. 包裝　d. 裝嵌　e. 出售

4.a. 新年　b. 夏至　c. 冬至　d. 元宵　e. 秋分

5.a. 汽車　b. 火車　c. 飛機　d. 帆船　e. 蒸氣機 ②

第一題的標準答案依次為 a、e、a、b、b，就算學生答對了，那跟語文有多少關係呢？

② 《中學學位分配．學業能力測驗—文字推理—試前最後測驗 10 卷》（香港：康橋出版社有限公司），測驗五，頁 3。

試在下面五對詞語中，選出關係最近似的兩對。

1. 旅行：起程　　A.1,3

2. 飛行：著陸　　B.1,4

3. 溜冰：旋轉　　C.2,3

4. 出海：啟航　　D.2,5

5. 駕車：速度　　E.4,5③

第二題的標準答案為 B，學生先要明白每對的個別關係，進一步再找出有近似關係的兩對，有時想到別的地方去了，一頭霧水，我們也免不了，很容易想錯。出題目的人可能有點故弄玄虛的感覺，其實他也費盡心思，相當辛苦。

文字推理的好處大概可以給學生培養廣博的知識，掌握豐富的詞語，訓練邏輯思維，辨別語法正誤。學生如果認真去做，自然也有所得。例如有一套學能測驗文字推理的練習共分基礎課程、訓練課程、測驗課程三冊。基礎課程分兩階段，第一階段有字典運用、成語辭典運用、相似詞語、類推、關係推理、不同類詞語、形容詞運用、同義詞辨認、相反詞辨認、常識推理、句子重組、適當詞選擇；第二階段包括屬類詞語、屬類歸納、類推、關係類比推理、

③《中學學位分配．學業能力測驗—文字推理—試前最後測驗 10 卷》，測驗十，頁 5。

不同類詞語、不同類關係辨別、詞語排列、相反或同義詞辨別、詞釋辨定、演繹推理、證實推理、語法錯誤辨認。訓練課程則有對比、類集、常識、詞句、思考、邏輯六部分。測驗課程共分六卷，都是模擬測驗，每卷 90 題，45 分鐘完卷。這是很有代表性的例子，可見出版商是很有計劃地設計模擬試題，認真細緻。④ 至於其他出版社，雖說大同小異，自然也是各顯神通了。不過，我們不禁要問，儘管多做練習無害，但除了為學能測驗做好準備外，究竟又有甚麼具體的益處呢？相信也是值得語文專家去分析研究的。有些學校要學生多做練習，上課時放棄正常的語文教學來對答案，支離破碎，而語文就變得更加枯燥，完全逗不起學生的興趣。有些學校為了加強自己及學生的信心，有些書商為了加強推銷，剪剪貼貼，改頭換面，兩年下來，一個學生竟然做了九本語文推理的練習，加起來的分量比小學歷年的作業還要多。⑤ 如果加上數學推理，相信連老師也吃不消，何況只是

④ 《學業能力測驗—文字推理》，包括基礎課程、訓練課程、測驗課程，共三冊。（香港：森瑪遜（香港）教育研究中心編著，1986 年修訂版）

⑤ 有學生做了九本練習，除了上述四冊外，尚有：《中學學位分配．學業能力測驗—文字推理—分類練習精華》（香港：康橋出版社有限公司）、《中學學位分派學業能力測驗—414 文字推理及語文基本練習》（香港：良師出版社）、《中學學位分派考試——12 文字推理試卷測驗》（香港：智慧出版社）、《香港中學學位分派考試（學業能力）最新文字推理練習與測驗》（香港：捷通出版社）、《香港中學學位分派考試——統一文字推理分類練習與測驗》（香港：統一出版社，1993 年新版）。

一個十一、二歲的孩子呢？考完學能測驗之後，學生零碎的語文知識很快就忘記得一乾二淨，然後換來對語文永恆的厭惡。他們花了三年的時間去準備 45 分鐘的學能測驗，這又值得嗎？有時我認為這些多項選擇的推理練習全是為了方便行政官僚電腦閱卷的架構而設，削足適履，桎梏性靈，未必能提高學生的語文能力和學習能力。

現在教育署可能也深感學能測驗的弊端不斷浮現，加上社會人士及家長的激烈反對，於是轉移目標，大力推動目標為本（TOC）的課程，可惜理論太新，大家都不大理解，難免又產生新的疑慮。1995 年秋天，目標為本課程就要在香港 76 間小學試驗，1996 年全面推行。教育署發給學生家長的宣傳單張說：

> 「目標為本課程」是一個具有明確的學習目標，採用新穎的方法，使施教、學習和評估變得更生動及有效的課程。這個課程會提供更好的機會，讓學生學習和發展獨立思考的能力。

根據宣傳單張，我們看不到甚麼新意，以上所說的一直是我們教育工作者最關心的問題。目標為本課程先在中文、英文和數學三科推行，將十一年的小學和中學教育分為四個階段。我想評估是重要的，這可以分階段區別學生的學習能力，如果學生人數、老師課時不相應減少，老師的工作量可要大大提高了，其他學習目標、新穎方法等等不能期望太高。推廣語文教學首先要培養學生的興趣，考試是免不了的，最重要的是公平，也要考得其法。名校可以推動社會辦好學校，引出了競爭和向上心，只要不是惡性的摧殘學生，不見得沒有意義。科舉考試在中國也實施上千年了，社會愈來愈複雜，大概也不能倒退到漢代用舉孝廉的方式來選拔人才。考試能跟正常的教學活動配合，總是一件好事，而不是壓力；如果以學能測驗取代正常的教學活動，恐怕更是倒果為因，可厭可畏了。

肆、香港小學未來的教學語言

目前香港以粵語為主要的教學語言，社會上並沒有講普通話的環境和風氣。英語也是重要的教學語言，學生從幼稚園就得學習，也已深入人心。去年教育當局曾經建議小四開始學英文，結果家長激烈反對。香港的中學及大學以英語為主要的教學語言，雖然教與學並不暢順，但大家仍然迷信英語，不肯面對現實。面臨九七，香港小學也許會推行普通話教學；對於語文來說，這會是有利的契機。但粵語教學也有不可替代的地位和功效，不可輕言放棄。將來粵語、英語和普通話如何在教學語言中取得平衡，要學生感到實用，而又不致成為他們的負擔，實在也是值得深思的課題。

現在世界上主要的語言有華語（普通話）、英語、阿拉伯語、西班牙語等，由於資訊發達，細小的方言土語難免有被吞併的危機，在下世紀內陸續消失。如果我們不要保護少數族裔的語言，那就任其流失好了；如果語言也是一種文化資產，那麼我們就得像古董古建築一樣，努力保護方言。普通話是中國的共同語，香港人不學普通話，那是刻意的自閉，沒有現實意義。英語是世界的通行語言、科學語言，如果不學好英語，將來恐怕就會寸步難行。將來香港的學生要學好普通話和英語，那是天經地義的事。至於粵語呢，那是我們的第一語言，在可見的將來，要廢也廢不了。而且粵語也是我們傳統的教學語言，很多人由出生到老死，即使不說一句普通話，也可以在香港生活，在大學立足。中國幅員廣大，似乎還沒有一種方言正式維持教學語言、高教語言的身分，從這個角度來看，粵語實在是一個異數，更是值得我們珍惜和保護。我有一個「粵語特區」的構想，[⑥] 如果政治上也可以設立特區的話，那麼語言特區也不見得會有更大的破壞力。語言之間應該和諧相處，取長補短，而不是彼此

⑥ 黃坤堯：〈粵語特區〉，《中國語文通訊》第 27 期（香港：香港中文大學吳多泰中國語文研究中心，1993 年 9 月），頁 32-34。

排斥。將來香港小學的教學語言大抵會以粵語和普通話為主，英語為輔。小學生的眼界擴大了，更容易表現出現代人包融的胸懷。

〈香港小學的語文教學〉，《第一屆小學語文課程教材教法國際學術研討會論文集》（臺東：臺東師範學院，1995 年 4 月），頁 829-838。

一九九七年香港語文的現況及展望

壹、香港語言的發展：從粵語到香港話

在 1997 年香港回歸的前夕，香港的語言環境漸趨單純，不算太複雜。整個社會大部分人都說單一的粵語，目前香港中學生會聽會說流暢英語或普通話的為數不多。我們在教學上掛在口邊常有「二文三語」或「三言兩語」之說，「二文」指中文及英文，「三語」指粵語、英語及普通話；事實上社會最通行的，說的是粵語，寫的是中英夾雜、不中不英的充滿次文化色彩的「香港話」。英語雖是官方語言，但影響力日漸萎縮。英國在一百五十年的管治期間（1842-1997）並沒有積極推行英語，除了行政人員或專業人員以外，一般小市民幾乎跟英語絕緣。相對於短暫的日治時期（1941-1945）來說，日本統治者對語言的控制可能更為嚴厲。由七十年代年中文合法化運動開始，到九七前後華人

管治班底的建立，中文逐漸取代英文自是意料中事。隨著現代社會中文的普及，以至全部法例中譯的完成，英文逐漸淡出，所以香港學生近年的英語水平江河日下，大學也不得不急謀對策。

不過英語的沒落似乎並沒有令中文得益，香港的傳媒及學生很多都寫不出規範的中文，只能肆意「我手寫我口」，社會上最流行的還是粵英夾雜的香港話。香港的粵語源遠流長。很多英國高官及商人、印巴裔人的後代、菲律賓女傭、尼泊爾僱傭兵等，儘管他們大多數看不懂中文，但大部分都會說一口流利的粵語。大陸各省的駐港人員及新移民，他們一進入香港就得先受純粵語的教育及洗禮，從買東西到看電視，無孔不入；而適應期也不太長，小孩子三四個月，成年人一年半載，學語言跟適應香港社會的節奏一樣快，同步加速，很快就被同化了。比較諷刺的是，很多外省人在臺灣住了四十年不見得會說閩南語，在廣東住了四十年也不見得會說粵語，但一來香港很快就會適應簡單的粵語了。我認為理由只有一個，就是香港是一個單語的社會：香港的粵語是顯性的語言，無處不在；而英語及普通話則是隱性的語言，只有少數的場合才會用上。而臺灣及廣東則是雙語社會，國語及普通話的地位淩駕於方言之上。我們大概可以這樣說，香港粵語獨步的地位是英國人有意無意之間造成的，早期是順勢而行，放任不管，後期則是有意不管或是根本也沒有責任推廣普通話，從而形成中港之間的一道鴻溝。七十年代以後，隨著香港本土意識的興起，由電視電影到歌詞廣告的創作，由書刊報紙到學生書面語的寫作，由於生活思維文化品味審美觀念及意識形態的轉變，香港正統的白話文也逐漸過渡到一種中英夾雜、不中不西的「香港話」去了。現在隨手摘錄近期兩則報導為例，也許會帶給外地讀者一種震撼的感覺；香港的讀者耳濡目染，倒是麻木了，同時風氣已成，不但記者和學生只能寫這一路的文字，有時連教師也深受污染，回天乏術了。

【1】 臺灣 fans 痴纏難拒　東東心軟簽字迎娶

陳曉東好偏心，甘做臺灣 fans 的老公，香港 fans 點算呀？

東東剛從臺灣灌錄國語碟返港，原來，臺灣的女歌迷好痴情，居然叫東東在她們身分證背面的「配偶」欄上簽名，擺明車馬當東東係老公。

東東不好意思地說：「初初我都覺得唔係幾好，於是拒絕佢地，但佢地係咁求我，咪勉為其難幫佢地簽囉。」東東仲得戚［得意］的說：「突然間做咗好多人老公添。」［口語傳神］

其實，臺灣女 fans 真係好犀利，唔只要東東做「老公」，仲大膽摸上酒店房搵東東，好在東東醒目，沒有開門，否則就大件事。

今次臺灣之行，東東一早已跟公司講明，希望空閒時間可以一個人出外遊覽，可惜公司不批准。東東說：「公司唔放心，因為近日臺灣治安唔好，所以搵咗幾個人陪我，但我逐個逐個撇甩咗［擺脫］佢地，終於成功一個人去行街，好瀟灑，好開心。」本來，東東還要求保母帶他去 disco 見識，但因 disco 曾發生槍戰，東東求了多次，保母才答應，豈料他們去的那間 disco 卻執笠［結業］，惟有轉去打保齡，仲由唔識打變得愈打愈叻添。①

【2】 飾事淩人

潮流與百分百 clean look［可能是港式英語］，近兩季以不帶飾物為時尚的潮流，令飾物店叫苦連天，莫說重金屬［用詞誇張］腰鏈頸環或者排鏈排珠飾物被貶為不入流，就算簡單如一對耳環，亦要冒一冒破壞整體美感之險。不過這個風氣終於在今季改革。

收藏了一段日子的飾物可以重見天日，大家又再可以 ding ding dum dum［粵語口語，形容又多又累贅的］掛滿身。

數萬元數千元的名牌時裝，未必個個有能力買得起，但數百元或近千元的名牌配飾卻是多數人都願意負擔來滿足虛榮心。名牌絲巾、領呔、耳環、皮帶等往往是時裝屋的

① 《東方日報》音樂版，1997 年 5 月 17 日。

主要收入來源。

今季流行的飾物顏色還是金銀天下。誇張與輕盈金屬兩種皆流行，不過情況分為兩大門派［用詞誇張］——誇張與含蓄型。［形容詞前後不同］推介撞色的衫褲牌子同時歡迎撞過七彩［色彩繽紛］的飾物款式，這包括 Givenchy, Lacroix, Ferre 等等的貴婦派系。擁有全身一色過由頭到尾徹底簡單的時尚派系如 Yohji, Montana 及 Armani 等亦忍不住添上造型新奇趣怪的配飾，其中尤以 Donna Karan 的頸鏈最為特別。［英語長句］流行飾物包括清涼感的水晶透明膠珠，手工精緻華麗小巧的仿古假寶石等，是今季首飾焦點。「飾」［與「識」同音］英雄重英雄，稍添裝飾掛一身，何樂而不為？②

從一元文化的角度著眼，這兩段文字肯定已墮魔道，當然絕不是規範的中文；但從多元文化的角度來看，這兩段粵英夾雜的文字卻十分貼近香港人「作大」[說話虛浮]的末日品味，而用的也正是市民大眾最親切活潑的口語，形象傳神，生動有趣。規範的中文固然亮麗雅正，但市井的創作卻更足以增添中文的活力，豐富中文的表現方式，寫出姿采，面目一新，未必就是破壞中文的生態。讀者的眼睛會是雪

② 撰文：夏嘉懋。《東方日報》音樂版，1997 年 5 月 17 日。

亮的，優質的方言必為共同語所吸納，而劣質的中文遭受淘汰，我們不必過於擔心。

至於普通話方面，表面是鬧烘烘的，很多高官和商人都作秀要學好普通話，而香港電台也撥出較多時段作普通話廣播，但這些都只是湊熱鬧的假象。九七的熱潮一過，在「一國兩制」的掩飾下，大家依然故我，普通話不見得脱胎換骨。香港目前並不具備普通話的語境。廣東推行普通話看來也不大成功，何況香港？

貳、中文和母語

基本法規定中文和英文都是香港特別行政區的法定語文。英文的爭議性不大，「中文」如果只是比照英文的地位，排除了方言因素，概念也很簡單，但現實的含意可能就複雜極了。根據中國的語文法，中文當然指的是普通話及規範的書面語了，而這也是毋可爭議的最高原則。可是現在香港一般市民以至政府官員教師商人等都缺乏具體的語言能力，用普通話説幾句簡單的應酬話勉強過得去，但要討論問題可不容易了，寫下來也不見得就是規範的中文。所以基本法中的「中文」，大概也只能含糊其辭的按「一國兩制」的精神去理解了。在可見的將來，基本法指的「中文」是普通話，而大多數香港人的「中文」可還是粵語，彼此各是其是，心照不宣。香港人母語教學的目標依然是爭取以粵語為唯一的教學語言；甚至內地的學童移居香港，我們雖然可以提供很完善的輔助服務，但最後仍然是要學童融入粵語教學的主流模式當中，而這也是港式文化的魅力所在。

香港人對「母語」往往有多重的理解。香港人當然也就是中國人，香港人從來就沒有自外於中國的想法。香港人的「母語」意識有時難免會陷入自相矛盾的困境，往往兼具大母語、中母語或小母語等多重意義。大母語指的是普通話，中母語指的是粵語，小母語可以指各人的家鄉話，彼此指涉不同，觀念各異。香港人不見得會排斥普通話，可是很少有機會接觸普通話，感覺陌生。其實「母語」一詞很容易將語言及政治的概念混淆起來，動輒牽涉民族大義，無限上綱，抽緊大家的神經，感情用事，不宜濫用。

「母語」一詞從政治角度來説是指民族的共同語，也就相當於國語或普通話的地位，這是全民族溝通的主要媒介。但「母語」一詞從語言的角度來看也可以落實到人之初生最先接觸到的語言，也就是父母所授受的語言，例如各地的家鄉話；或指生活大環境中最通行的語言，例如香港的粵語。不同的層次自然會對母語有不同的理解。劉殿爵教授指出第一語言及第二語言的學習方法不同，「母語」就是第一語言，這包括各地的家鄉話和生活大環境中最通行的語言，我們每天都可以從生活中接觸到第一語言，自然是易於把握了。而第二語言不一定每天有機會接觸得到，所以要通過課本、語法及相關的知識進行學習，掌握語言。在現階段的香港社會，顯性的粵語自然是雄霸了第一語言的地位，而隱性的英語及普通話相對來説只能屈居第二語言的身分。劉教授認為第一語言的特點有四，而這自然也是「母語」的特點了。

> 第一點，一個人生來就有學語言的潛能，而不論學的是甚麼語言，這潛能一樣能發揮。……學了第一語言之後，這語言的種種特性，無論在語音、語法、語感各方面，一旦習慣成自然，以後再要學另一種特性不同的語言，就要經過長時期的學習和適應。這往往要比學第一語言困難。……第二點，第一語言一定是從小就學習的，就是説從語言學習能力最初顯現的時候就開始學習。相反地，第二語言就説不定甚麼時候才開始學習，但必然是在學會了第一語言之後。要是一個人從小就學兩種語言，他兩方面的語言能力很可以是不分上下的，而這兩種語言就無所謂第一、第二了。第三點，第一語言一定是在一個單一語言的環境下學的，而第二語言便不一定。第四點，第一語言的教與學都是不需要憑藉課本，不求有系統，不講究教法，只靠在

> 單一語言環境中的浸淫就可以成功的。[③]

按照這個標準，香港將來如果積極推行普通話，而普通話亦能深入生活之中，說不定會有雙母語的出現，普通話也可以上升為第一語言。但目前普通話並沒有這種優勢。對於大多數人來說，粵語不學而能，而普通話則必須通過第二語言的途徑刻苦學習，不會速成。

在現階段的香港社會，「中文」相對於「母語」可能更為管用。中文足與英文分庭抗禮，既能照顧民族感情，同時也有包容一切的氣概。中文是不分古今南北、方言界域的，而中文也具有多元化的特點，顯得豐富和悠久。母語有時會落實到家鄉話的層次，顯得淺俗和狹隘。因此，基本法中的「中文」雖然沒有明確的界定，有點含糊其辭，其實也是「難得糊塗」的表現。將來香港的中文看來還是由粵語來領導風騷的，而這自然也成了「一國兩制」「五十年不變」特有的風采。香港甚至可以成為一個「粵語特區」，這是政治特區以

③ 劉殿爵（1921-2010）：〈第一語言與第二語言〉，載《語言與思想之間》（香港：香港中文大學中國文化研究所吳多泰中國語文研究中心，1993 年 7 月），頁 27。

外另一個更廣闊的語言空間，豐富中國人的文化生活。④

叁、香港語文教育的展望

香港現行的教育制度多與中國內地不同。1986 年，香港大學校務會議通過學制「三改四」；但政府隨即於翌年宣佈設立香港科技大學，堅守三年制，並以英語作唯一的教學語言，教授以來自美國的外援為主。後來又將香港理工學院、香港城市理工學院、香港浸會學院升格為大學，全用三年制；表面是大量擴充學位，其實卻是以新大學拱衛傳統港大的三年制及孤立中大的四年制。1994 年，限於財政資源，香港中文大學全面「四改三」，所以今年再沒有四年制的畢業生了。在中學方面，為了加強英語的教學環境，提升中學生的英語水平，1987 年，立法局通過撥款五千二百萬元給

④ 黃坤堯〈粵語特區〉云：「現在普通話已經深入民心，而且是海峽兩岸一股不可逆轉的大氣候，那麼對於粵方言、閩方言、吳方言等這些不大顯眼的小氣候，在不排斥普通話的前提下，就讓它們在特區中自由滋長，開花結果，不也很好嗎？方言是地區性的生活語言，普通話絕對取代不了。與其是自生自滅，不如加以適當的引導。方言可以豐富地方的藝術創作，跟古典詩文韻律及古代文學語言的關係也很密切，保留較多傳統的漢文化色彩。方言自然也是中華文化的瑰寶之一，不宜輕視，更不宜棄絕。」(《中國語文通訊》第 27 期，1993 年 9 月），頁 34。

教署推行聘用以英語為母語的教師任教本港學校的計劃。[⑤]這些都可以說是英國撤退前夕在教育方面攪的小動作，希望擴大英語的影響力，政治意義大於教育意義。因此，目前香港的教育制度有以下的特點：

一、學制方面：小學六年、中學五年、預科兩年、大學三年。小一至中三為九年免費教育，香港政府幾乎完全不肯承擔學前教育的經費。

二、教學語言：除了國際學校以外，絕大部分的小學採用母語教學，即粵語教學。中學由學校自行決定教學語言，本年度英文中學219間、中文中學74間、中英文中學109間。少數中小學會採用普通話作教學語言。大學除個別科系以外，絕大部分都採用英語教學，而香港中文大學所有科系都可以用英語、粵語或普通話作教學語言。

三、漢字字體：香港社會普遍採用繁體字，目前甚至還沒有簡體字的報紙。學校很少教簡體字，但考試局聲明考生可以用標準的簡體字答卷，問題是閱卷員未必有能力準確辨認全部的簡體字。

---

⑤ 參《香港教育大事年表1842-1987》，《香港教育手冊》（香港：商務印書館，1988年10月），頁695-702。

以上是香港教育的表層現象，但綜合起來則形成了回歸後期種種的教育問題，董建華 (1937-) 已經委任梁錦松 (1952-) 專責制訂未來特區政府的教育政策，將來在糾正殖民地的意識形態之餘，相信必會出現一股新氣象。

在語文教育方面，目前社會上詬病亦多，香港學生中英語文的水平全面低落，「香港話」的寫作積重難返，可能都是世紀末最不健康的語文現象，大家希望盡快的撥亂反正，然而卻又有束手無策的感覺？展望未來，特區政府或須先循以下的方向解決難題。

甲、大學學制的檢討及語文水平的低落

在精英教育的年代，學生身經百戰才能擠入大學的窄門，三年制的大學沒有太大的問題；但在普及教育的年代，學生入學的機會增多，大學甚至還要設法吸引學生，素質自然大降了。而大學生語文水平的低落尤為顯著。所以現在大學一方面希望維持優良的學術水平，此外更要學生接受通識教育，提高語文水平，在有限的三年時間裏，難免左右支絀，顧此失彼。最理想的方法是大學恢復四年制，可是阻力很大，中學方面也不願意縮減預科的年期，將來怎樣

協調，這可要考驗特區行政首長的政治智慧了。⑥1997 年 5 月 15-17 日，香港中文大學舉辦了「香港中國語文教學研討會——從預科到大專」，很多老師都意識到語文的危機，希望設法補救；可是目前所有大學的語文都是選修課程或自學課程，而且多屬具實用性的行政中文或專業中文等，學生抱著即學即用的心態，不能打好基礎，成效有限。楊鍾基甚至指出「修習者大部分為成績較佳的學生」。⑦那麼語文成績差的學生哪裏去呢？現代學生課外活動多，興趣廣泛，他們不見得有時間或有需要來改善語文。而且長久以來，他們所能接觸到的教學語言不是粵語就是英語，加以閱讀量嚴重不足，缺乏白話文的語感，簡潔的書面語寫不出來，只能駕輕就熟寫他們口頭上不中不英、中英夾雜的「香港話」了。很多學生看不到語文的重要性，同時也沒有用語文表達或表現的衝動，在完全缺乏寫作動機之下，試問他們又怎樣下筆及自覺的尋求改善之道呢？

⑥ 教委會成員戴希立指出：大學四年、中學六年的轉制建議言之過早，並謂改革牽一髮動全身，況且大學改制尚未有社會共識，故須從長計議。目前當務之急是搞好基礎教育，戴氏還以內地術語「重中之重」形容基礎教育，至於大學目前仍屬「鞏固期」，未宜大變。參《文匯報》，1997 年 5 月 21 日。

⑦ 楊鍾基：〈從中大經驗看語能提高計劃的分工與配套〉，「香港中國語文教學研討會——從預科到大專」論文，1997 年 5 月。楊氏是根據統計修讀香港中文大學中國語文選修科學生之語文科之入學成績而得出結論的。

乙、中學的教學語言

目前香港共有中學402間，全用英語授課的英文中學219間，佔總數的54.5%，即一半以上。不過其中有些只是滿足家長虛榮心理的假英文中學。通常除中文、中史兩科外，其他科目全部採用英文課本，測驗考試以英文作答，上課當然也要全用英語講解，可是上課時或因學生程度不足以理解英文，或因老師沒有能力全用英語講解課文，結果只是英語名詞配粵語句法加港式思維，就是通過這微妙的化學作用，香港催生了特有的中英夾雜的「香港話」混合語了。1997年3月24日，香港教育署制訂了「教學語言強力指引」，決心改革英文中學，宣佈從98年度開始推行母語教學，英文中學會大幅度削減至69間左右，其他不適合用英語教學的中學將要轉用母語教學。⑧ 由於香港的家長大多數迷信英文中學學生的出路較佳，同時社會又有一錯種覺認為英中學生的素質高於中中學生，此外英文中學又多是有歷史的名校，過去人才輩出，因此將來餘下少量的英文中學必然再成名校，入學的競爭更趨激烈，從而推動精英教育的復甦，分化社會。目前的情況是教師多數贊成母語教學，而家長則強烈反對，香港政府平衡各方利益之後，不知道最後還能堅持多少的教育理想？

⑧ 參《明報》，1997年3月25-27-28日；《文匯報》，1997年3月27日。

丙、普通話教學

在目前的人力資源和教學條件下，香港不可能推行全面的普通話教學。不過在特區政府成立之後，似乎再沒有理由不教普通話了。聽說從下年度開始，香港的中小學每週會有三節的課時學習普通話，而新設的普通話更是一門獨立的語言學科。如果社會沒有全面配套的普通話環境，這三節的課時作用不大，看來只是聊備一格而已。臺灣推行國語非常成功，主要是有配套的學校教育及電視劇集，小孩子很容易在不知不覺中改以國語作第一語言了。現在香港一切以商業利益為重，電視臺也不會犧牲廣告免費推廣普通話，看來普通話的語言環境短期內不會形成。不過，只要努力耕耘，從頭做起，也許期之以十年，香港的語言環境當會面目一新的。此外，目前有理論認為推行普通話會提高香港學生的寫作水平，其實寫作有賴於學生表達的訴求和表現的慾望，同時更需要大量的閱讀和自覺的思考，普通話可以刺激我們的語感，拓展文化的視野，卻不是萬應靈丹，不宜期望過高。

肆、結語

以上所談有關語文教育的種種問題，難免老生常談，缺乏新意。現在特區政府上臺在即，原有香港教育司署的官員固然希望在教育方面大展拳腳，除舊佈新，力圖在新政府中脱穎而出。此外董建華亦已任命行政會議成員梁錦松專責教育事宜，以備就職時在施政佈告中展示未來的教育藍圖，百年之計，在擺脱舊殖民政府的陰影之下，必有一番革新。近日有關教育或語文的消息紛至沓來，瞬息萬變，可能都帶有試探性質，徵詢各界的意見。香港的語文發展要從扭曲的英語環境中重生，1997 該是一個契機。我們拭目以待，自然會是充滿樂觀的情緒了。

〈一九九七年香港語文的現況及展望〉，《臺灣語言發展學術研討會論文集》（新竹：新竹師範學院，1997 年 6 月）。

香港中文報刊的語文探新

壹、語文生態失衡與惡性循環

1997 年即將過去，回歸的熱潮迅速滑落，由喧鬧而復歸平淡。英國人撤走了，但卻碰上亞洲經濟大風暴，很多社會問題都凸顯出來，有待理順。房屋、就業等大問題不說了，現在甚至連語文好像也到了進退失據的地步！

目前香港語文仍是中、英雙語並峙的局面。在大多數的專業領域裏，例如大學絕大部分的學系，絕對是英語的世界；但在大部分老百姓的日常生活中，粵語卻又是唯一最通行的語言。普通話是日趨重要了，但在應用方面暫時還是遠遠落後，無法跟粵語及英語的地位相提並論。影響所及，近來又引發出有關母語教學的混戰。香港教育界所期待的母語當然是指粵語了，母語教學用的是老師和學生最通行的語言，自然是有利學習，不必懷疑。但事實上大部分學生所要面對的卻是升學問題，中四以後即很難擺脱英文課本的影響，大學更不用説了。此外英國人雖然走了，但學生要在社會謀生，經驗教訓我們，英文不好註定還是要吃大虧的。再加上外面的世界是由英語作主導的，學生能早日適應用英語學習，以後一生順境，無往而不利。現在教育署突然規定只限一百間中學用英語教學（目前全港約有四百間中學），而官校竟又佔了三分之一的配額，明顯是區分等級，搶走精英學生，製造自卑的中文教學，似乎更有意跟大部分的香港家長為敵。説老實話，在英語的神話打破之前，母語教學亦非萬應靈丹，不宜操之過急，應該給家長及學校一個適應及選擇的過程。例如現在只有廿四所學校未能獲准繼續沿用行之有效的英語教學（大部分會考成績良好），而硬性規定要轉用前途未卜的母語教學，轉變後師生及家長能否適應都有疑問。由於僅餘學校的數量不多，教育署何不網開一面，給學校及家長一個選擇的機會，而且母語教學的成效及經驗亦不急於一時，乾脆留待 2000 年以後看社會的發展再作檢討了。

現在香港的語文問題最為人所詬病的，是不中不英，中英皆劣。很多人歸咎於教育的素質問題，其實這也是語言的本身問題，我們不能不承認中文分化的現實。政治經濟的大環境改變了，人的思維和表現不可能一成不變。例如英語是很多國家的官方語言，在不同的土壤中開花結果，表現各異；而漢語方言與官話若即若離，互有同異，連詞彙也不能強求一致，當然也是受了地域因素的影響；甚至漢字輸出後在日、韓、星、越等地各有風貌，只能說是各取所需了。過去在英國管治下，香港與中國長時期處於政治上的疏離狀態而在經濟上則唇齒相依，兩股反作用力相互激蕩，這不單導致中文在香港發生了質的變化，甚至連粵語也生出了質變，強烈的地方色彩無可避免地促成了香港中文的分化。如果這個觀點可以確立，我們就不難理解為甚麼臺灣中文及澳門中文也出現不同程度的分化了。因此，當我們翻開今日香港報章的時候，我們一般都能看到中文分化的果，一種年輕的、富有表現力的港式中文誕生了，大抵也只有港式中文才能準確地反映香港新一代獨有的思維模式和感情品味。究竟港式中文是好是壞？要不要撥亂反正？在在都需要深入的數據分析和討論。現在風氣已成，港式中文亦已融入港人大眾的生活當中，無論我們是否接受這種現象，但每日看報就得接受思想的洗禮，再也不是少數人的主觀願望就能改變的。

甚麼叫做港式中文呢？要知道，有怎樣的讀者就有怎樣的文體，報紙要靠讀者才能生存，絕不能曲高和寡，自我陶醉。開埠早期（清末民初）香港的中文以淺易的文言為主體。二十年代（五四運動以後）白話文興起而未臻定型，長時期是一種文白夾雜的局面，例如五、六十年代報刊還保留少量的文言小説和詩文隨筆，古雅質樸。七十年代以後「香港人」的身份逐漸確立，香港意識逐漸抬頭，到中英談判敲定一國兩制後即成定型。影響所及，不期然也就促成語文現象的質變。大抵今日的報刊中文最能捕捉和包裝這種新興的時代思潮和社會觀念，而這也是教育及傳媒相互作用及密切配合的成品。港式中文並不是純粹的粵語，在語法方面保留書面語的架構，而加入少量粵語及英語句法，生出變化；在詞彙方面亦以白話文為骨幹，但一時興起，即可噴出大量的粵語及英語，粵語以記音造詞，英語搬用原文，不復加工音譯或意譯。港式中文排斥漢化，不願亦不能寫標準的書面語，很多作者刻意在書面中引進粵英夾雜、文白夾雜等諸種變態的遺傳基因，自成一文，頗能表現出香港人趾高氣揚和傲慢自卑的心態。此外可能也是香港社會語文生態嚴重失衡所致，大家長期處於一個不中不英的語言環境裏，適者生存，不變壞才怪。回顧這一段香港語文質變的歷程，除了個別少數作家或市民以外，港式中文似乎正在背離標準書面語，愈走愈遠，下列公式或可反映語文現況：

文言→白話文（文白夾雜）→港式中文（粵英夾雜）→標準書面語？

說老實話，港式中文自是跟香港社會一起成長的怪胎

（或極品）。幾十年來重英輕中的教育使一班殖民地的精英掌握政治、經濟、學術、法律的決策權，他們早已習慣用英語來思考問題及回應社會的訴求。另一方面，在利之所在的誘惑下，英語教學深入民心，而這也是小市民爬升及出人頭地的最佳保證。中文雖不被賤視，但也不受抬捧，它只能在一個基層（可能也是低層）的社會中自生自滅。踏入九十年代以後，電腦世界壟斷風騷，更形成英語獨霸的局面；加以資訊發達，聲色俱備，影像世界早已取代了文字世界。此外普及教育拖低總體成績，全世界的語文水平都急劇下降，香港自亦不能置身於世界的大氣候之外了。現在我們不妨坦白指出目前香港語文的實況：小部分精英學生的中英文水平並未降低，閱讀興趣也很廣泛，足以維持一貫的學術水平，寫出清爽乾淨的白話文。小部分的頑劣學生被迫上課，無心向學，沒有閱讀習慣，自然語文零蛋，甚至接近文盲的程度了。此外大部分中等程度的學生語文能力偏低，寫不出規範的中文或英文，他們在大學學位大量開放以後，有些被吸納進去，而力有不逮，畢業後也未見顯著的改善；他們所寫的中文粵英夾雜，大抵只能相當於報刊的語文水平。在報刊方面，比例差不多，少數作家或記者可以寫標準的書面語；但大多數的可能徒具專業資格，語文尚未過關，寫文章像不斷的散播細菌，細菌愈多愈受歡迎，漸漸形成了一個惡性循環，回饋學校，有時連教師也深受污染，無藥可救了。

現在很多報刊為了遷就讀者的口味，同時更為了表現虛無傲慢的後現代精神，他們在影視版、生活版及副刊社論之中大量採用粵英夾雜的口語來寫文章，可能也是因應市場的需要。這一批資深作者或記者大多是七、八十年代的香港大專教育所調教出來的，在大環境的染缸中，他們有想像有野心更有名氣。可惜語文能力不足，只能以「我手寫我口」，刻畫原始的感情衝動。

目前香港學生寫不好標準的書面語自是意料中事，他們在課內課外用的全是粵英夾雜的語言，如果不靠廣泛閱讀來補充養分，又怎能正確掌握漢語書面語的語感，要淨化只能自覺自救。此外，我們對港式中文也不是盲目排斥的。如果漢語還有可供擴展的空間，那麼除了規範化、淨化之外，更應大量引入新思維、新元素，豐富漢語的表現方式。港式中文推陳出新、生動活潑，可以引爆巨大的創作能量，如果善加運用，粵英夾雜未嘗不可以激出火樹銀花，一新耳目。現在我們訓練學生寫作，除了強調寫標準語之外，其實也可以吸納若干帶有前瞻性的語段，辨識品質優劣，而報刊上的港式中文有時會是一個很好的試驗場所。下面略舉數例，以觀成敗。

貳、香港中文報刊語例分析

九十年代國家社會的開放使語文的距離拉近，一個人懂幾種語文是十分平常的事，為了思考及表達的需要，我們同時兼用兩三種熟悉的語言，說出最適當的話，並不奇怪。九十年代的語文問題除了淨化之外，是不是也應該關注不同語文之間的融合問題。假如說地球村的理念是破除國界，尤其是我們希望意識形態、民主訴求、自由貿易、人權標準等都漸趨一致的時候，為甚麼還要堅持語言的民族特色，自我孤立？我們可以接納異族通婚，為甚麼就不能接受語言融合（或混合）的現實？例如江澤民（1926-2022）出訪墨西哥在接見華僑時用了中英夾雜的語言，對於現場的語境和氣氛來說，未必並不適合。

【1】此外，江澤民在接見當地華僑時主動談到他對加拿大、美國和墨西哥訪問時的感受，暗示在美國、加拿大遇到示威遊行讓人不快，而在墨西哥則比較舒服。他說，「我去美國訪問過，我認為美國人民對我也是很歡迎的，加拿大我也訪問過，我覺得也是很受歡迎的，不怎麼樣，就是有時候有點 noise，有點雜音、噪音，我看到這個地方，總之這個地方比較……，比較甚麼 calm（寧靜）。」(《明報・中國要聞》，1997 年 12 月 4 日）

這一段文字大抵是由錄音機把江澤民的說話直接記錄下來的，口語比不上書面語簡潔和嚴密，好處是保留現場的氣氛和感覺，雅譯後即有失真之憾。這裏江澤民刻意用 noise 和 calm 來形容他對遊行示威的感受，那是用西方的詞語來反映西方的人權標準。用英文表現一種平常心，含意也有伸縮性，模棱兩可；用中文難免也就顯出明確的愛憎情緒了。國家主席在接見華僑的場合用少量的英語顯得親切平和而又不失身分。由此看來，中英夾雜的語文可能除了達意以外可能還有更多的聯想和動作，反映潮流心態，連國家主席也不能免俗，那麼許多香港人在中英夾雜的雙語環境中長大，耳濡目染，自然也反射到語言裏去。有些術語或概念只在某一種語言中出現，難以即時傳譯，看來也只能融合出之，創製另類的中文產品了。

【2】區聞海〈大夫小記．變成灰〉：

同行向我「呻」：「快要做到 burnout 了。」

做到殘，謂之 burnout。醫學上，甚麼都可以定義。精神科對 burnout 下的定義是：「因工作狀況令致理想、精力、決心、關懷都日漸喪失。」

定義還未夠準確。是完全喪失？大部分喪失？開始走下坡？夠不夠「做到殘」三個字精到。近日有人提倡純化報章中文，要以普通話為準。不知普通話能否用三個字道盡

burnout 的神韻。難道要譯做「蠟炬成灰」？（《明報》）副刊，1997 年 11 月 19 日）

粵語「呻」（sɐn³，「申」的高去調）解發牢騷；「做到殘」即垮掉，用口語比較傳神。將 burnout 譯做「蠟炬成灰」，表示一無所有，有絕望義，過於古雅，引申義轉折中亦有隔靴搔癢之弊。這是一段比較典雅的港式中文，普通話的架構顯得中規中矩，加上新潮觀念的包裝，反映時代濃情。現在很多城中的知識分子都有類似的語言風格。

【3】〈資訊宅急便 · 如何抓住 X 世代的心〉：

三十歲以下的青年人，佔亞洲人口多少呢？答案是佔亞洲總人口的三分之一：一個驚人的比例。這班年青一代，統稱 X 世代，思考方式以至價值觀，都與上一代人大異其趣。怎樣針對由 X 世代所組成的龐大消費力，制定市場推廣政策，成為各大企業最新的研究課題。（《明報 · 城市創意》，1997 年 11 月 19 日）

【4】黎明輝〈100 公里步行　鍛鍊毅力士氣　用你的雙腳提升企業效益〉：

香港打工仔出名勤力，除了上廁所，可以整日藏身辦公桌前，日做夜做，直至虛脫才回家。這種工作氣氛，雖易於管理，但卻令員工變得非常封閉，影響工作士氣。

吳克儉亦指出，公司多舉辦户外活動，不單訓練員工的體能、合作和紀律，提升員工的戰意（winning spirit）外，更重要的是擴闊上班一族的社交圈子。（《明報．城市生存學》，1997年11月17日）

【5】朗天〈明刀明槍．客觀迷思〉：

做新聞的有時看不起副刊文章，以為它只是娛人的陪襯。可是，一篇好的副刊文章，卻能提供洞見、參考，一新讀者耳目，改變某些迂腐的觀看模式。寧要 objective subjective（忠於主觀，自成客觀），不要 subjective objective（自以為客觀，實質上最主觀）。（《明報．文化版》，1997年12月3日）

【6】徐詠璇（1958-）〈文章巾幗事．OK廣告〉：

雙王（王家衛、王菲）的廣告一出，全人類咋舌（舌尖吐了出來），咁都得？

比《春光乍洩》更乍洩，比《重慶森林》更森林。摸不著頭腦，太 high 了。

王導演一句「任何東西好看就 OK」，更戲壞了許多觀眾。電視觀衆者，不再是湧進電影院撐眼皮看《春光乍洩》的一小撮家衛迷。

但事實證明，流動電話公司決定對了，王家衛的故意或任意，也對了。

噢，反正電視熒幕上太多畫公仔畫出腸的劣貨，何妨扮扮高深。（《明報》，1997年11月24日）

以上例【3】的語言雖然表現內斂，但文中所介紹的X世代卻是演繹一個全新的概念。題目「宅急便」用了日語詞彙，意為速遞。文章之外洋溢著活潑的時代氣息。

例【4】寫煩悶的辦公室生活，但黎明輝用詞誇張，例如「日做夜做」、「虛脱」、「封閉」、「戰意」等，將有限的空間寫成廣闊的戰場；「戰意」一詞作者注的是英語 winning spirit，但看起來更像是日語詞彙，而文章也充滿日本情調，寫出朝氣勃勃、有條不紊的管業精神。

例【5】的賣點也是新鮮的概念，朗天將兩個新聞術語 objective subjective 和 subjective objective 翻來覆去，故弄玄虛，使文章顯出深度，帶出唬人的效果；如果只用漢語來寫，三言兩語寫完了，可能有些單調。

例【6】徐詠璇的筆調辛辣活潑，她寫的是港人港事港情，由於貼近生活，充滿地域色彩，外人讀起來稍為費勁。文中評的是後現代「無厘頭」（摸不著頭腦）的流動電話廣告，觀眾除了知道所推介的商品外，絕不明白廣告的意念和內容。徐詠璇用詞大膽，「咁都得」是粵語，意為這樣也行嗎？《春光乍洩》及《重慶森林》是兩套港產片，後帶謂語「乍洩」、「森林」只是節取片名用字，形容王家衞的導演風格，總是令人摸不著頭腦的；「太 high 了」是城中的流行語，有高深、興奮諸義。末段批評電視上劣片太多，王家衞的作品「扮高深」也許還有反諷作用。例【6】要回放在香港的大背景下才能明白，可能也是最典型的港式中文，為漢語帶來一股語言新風。下面的市井中文則是比較放肆的例子，可能也是病入膏肓的世紀絕症。

【7】〈做完個唱狂飲紅酒慶祝　秀文安仔遊艇上 high 到天光〉：

事前秀文對記者說是到朋友屋企玩，但事後本報記者千方百計打探所得，原來一班人乘超儀家的遊艇出海遊船河。又唱歌又猜枚又拍 video，秀文和安仔就像主人家般，不停敬酒叫大家飲勝，開了一枝又一枝紅酒，差不多大半人都飲到「啤啤夫」。

秀文和安仔雖然是主人家要保持清醒，但他們飲到 high high 地，眾人碰杯時，更不小心弄濕地氈，要勞動千金小姐超儀親自抹乾淨，整晚秀文和安仔都表現得很開心，一班人盡興至幾近天光才散 band。（《東方日報》，1997 年 11 月 8 日）

【8】款式多元化的 jacket 成為今季流行焦點，無論長至

大腿或修腰的中褸，以至短衣、外套及背心，配褲配裙都足以應付各種場合，更可以利用長褲配搭塑造最 in 的中性 look。(《天天日報．綽約》，1997 年 12 月 3 日)

【9】早子〈非常精品．Walkman 也瘋狂〉：

現代產品漸趨科幻，顏色及造型設計均愈來愈前衛，這樣一部外型可愛會發光的 walkman，相信女孩子見到它一定會瘋狂，愛不釋手之餘一定心思思想擁有。

因為它由一些蓄光材料製成，所以，天生麗質，自然地散發出那迷人的色彩，不需要耗用其他的電源。它一登場，已迷到不少日本女學生，打入了人氣商品榜，先「色」取人，贏得了不少人的心。(《文匯報．玲瓏》，1997 年 12 月 4 日)

【10】〈冬意漸濃　穿靴暖腳踝　皮靴配搭有秘訣〉：

揀 boots 基本法：casual 與 formal。

以款式而言，靴子可粗略地劃分為 casual 及 formal 兩種。一般來說，圓頭、粗踭的屬於 casual 類，適合較青春活潑打扮；而鞋頭線條較明朗、鞋踭較幼細的，則屬於 formal 類，適合較斯文的上班一族。

首要條件是靴口部分要 fit，不能過鬆或過緊，特別是高踭 boot，如果不合身，走起路來感覺會不舒服。

絨布靴：具校園風味的絨布、格仔布短靴，是少女們的的首選。此類靴的特徵是線條較鈍，像男裝鞋一樣，但只要配上青春便服，帥氣便即時湧現。（《明報》星期日生活．消費雜學，1997年12月7日）

【11】樹仁．大王〈大學生的竊竊私語　Where is my playround?〉：

坐在班房上research method，望著黑板卻只有瘋狂大減價的旅行團廣告Lecturer Choi，手裏拿著一個紙杯，有些同窗食緊sandwich，好有開茶會feel……，冇錯，大家都想用千多元、走一兩日堂換個數天陽光與海灘的短暫假期。除了陽光與海灘外，去泰國shopping亦是主要目的，泰銖貶值又加上大減價，所以可以用小小彈藥就掃到一大堆label。

心中理想的旅行形式，係做流浪backpack友，只知第一站同尾站目的地所在，永遠今日唔知聽日事，感覺好玩又再舊地重遊，碰巧無moody，未瞓夠，索性在異鄉的甲由酒店度過早午晚，或許晚上先出外活動活動。

歐洲就好像我每年的playground，處處人種、語言都不同，真係玩極都唔厭，而且極之喜愛完全異鄉的感覺，身邊一句中文都聽唔到，傳呼機、手提電話的公式化聲音絕響於耳，沒有語言、資訊工具的認同，心中常常響起：「我是誰？」、「我身在何方？」，這些好basic又震撼的問題。（《快

報》Young Express，1997 年 12 月 4 日）

【12】錦妍〈十七系會拉票行動　城市大學組閣大日子〉：

助選團穿著同一系列的衣服，在學校正門前拿著介紹自己的 banner，不斷拉票，聲勢極之浩大。（《快報》Young Express，1997 年 12 月 4 日）

例【7】是娛樂版的代表作，讀者多是年輕的偶像迷，此段以粵語為主體，加入常用的英語單詞，茶餘飯後，一讀即棄，根本談不上深度。「啤啤夫」乃賭博紙牌「十三張」的用語，形容一對一對的男女酒醉相扶的醜態。

例【8】介紹流行衣服，用的也是粵英夾雜的語言，「最 in」意為入時，「中性 look」是指男女不分裝。

例【9】大概是由日文語料節譯過來，粵英日語糾纏在一起，難解難分。

例【10】介紹新產品，作者固然寫不出規範的中文，即使用規範的中文寫出來，消費者可能也興味索然。不信可翻譯看看。

例【11】反映典型大學生的心態，消費慾強，無心向學，第三段扮哲學，扮深度，每年都要到歐洲朝聖，忘懷中文。目前這一類型的讀者最受市場歡迎，他們在二、三十歲之間，範圍廣泛，也是廣告商的攻堅對象。

例【12】寫出大學生的中文程度，技止於此，實在令人擔心。

上文雜取近期香港報刊港式中文的用例，只是隨手摘錄，談不上成系統整理。我雖然注明出處，但這只能説明個別篇章的情況，跟整份報刊的語文程度無關。大抵港式中文可分兩類：【2】至【6】代表中、英文融合的語例，這是文化交流的產物，由於保留書面語的基本架構，引入粵語及英語可以豐富漢語的內涵和形相，指示語言的發展方向，可供借鏡。【7】至【12】寫的是港式粵語，混雜了若干生活中的英語詞彙，追貼口語，跟漢語背道而馳，似乎多屬病例。

〈香港中文報刊的語文探新〉，《澳門語言學刊》第 6-7 期（澳門：澳門語言學會，1998 年 5 月），頁 107-114。

論港式中文

壹、港式中文的層次

香港是多元文化的社會，語言種類極多，但社會上唯一最通行的只有粵語。這種現象在九七回歸後尤為明顯，電視上所見政府官員的發言及議會議員的論政，幾乎都是清一色的粵語。不過香港粵語受英語的影響很大，大家平常說的多是粵英夾雜、不中不英的中文，久而久之，連書面語也深受影響。同是一種粵語，大抵廣州的粵語逐漸向普通話靠攏而變得淨化和雅化（如說「完成任務」），而香港的粵語則表現出洋化和俗化的傾向（如說「完工」、「交貨」、「交差」），並且發展成為具有濃厚地方色彩的香港話。現在香港很多報紙書刊、影視歌集以至很多市民學生的書寫語言也漸漸從兩岸的中文分化出來，形成變體的「港式中文」。

過去香港的中文是文、白分治的局面，報紙雜誌有時還登載舊體詩文及文言小說，現在幾乎絕跡。七十年代以後本土意識興起，科技及經濟的發展日新月異，大量的粵語及英語摻雜白話文中，九十年代以後更蔚成風氣。甚至外地作家來港，如果住上一段時間，耳濡目染，也很難不受粵語的干擾。目前香港中文書面語亦分文、白兩類：文即白話文，白是香港話，也就是港式中文。很多近年畢業的大學生、中學生都寫不好白話文，例如傳媒記者、專業人士以至中小學老師等都只能寫類似他們口語、中英夾雜文白夾雜的港式中文了。港式中文在本地內部很有親和力，深受報刊廣告及娛樂消費客戶的歡迎，自成一個小圈子的語文世界，一看就明白；但對外溝通則很困難，似乎還有點自絕於中文世界的意味。現在香港人每天閱讀大量寫出追貼時代生活氣息的港報、週刊、雜誌等，在接收社會信息之餘，其實也是培育港式中文「酵母菌」的溫床；學生在模仿這種腔調，專業人士及老師等積非成是，漸漸失去了判別及防禦能力，記者及作家為了迎合通俗的讀者以達到促銷的效果，降格求存，也就構成了一個相互依存而又難以擺脱的慣性循環了。

港式中文源於港式思維和港式生活的異同所致。有甚麼樣的生活就會產生甚麼樣的思維，有甚麼樣的思維自然也會產生甚麼樣的語文。趙來發在〈港式生活的沈淪〉一文中嘗以具體的觸感比較不同年代的港式生活，他說：「如果是七、八十年代，問題的答案不會難倒在香港生活的人。大抵是住公共屋村（有錢的住上半山），飲茶，看電視，賽馬，看電影，講香港明星的八卦煲水新聞，聽流行曲，有點錢的假期去旅行，見到外國人講幾句半鹹淡的英語，生活不算完美，但比起中國大陸要富裕許多。」但到了今天，「港式生活已淪落為看盜版光碟，用冒牌貨，讀小報新聞，看垃圾式電視節目，在電台 phone-in 節目尋求發洩機會，藉狗仔隊式報道偷窺，諸如此類，如果這就是現在港式生活的主要內容，我們差不多可以肯定地說：香港已是個淪陷於劣品味的城市。」（《明報》副刊版，1999 年 2 月 8 日）這一段說白可能帶點偏激的情緒，讀了讓人難過；但同時也可以說是某部分港式生活的寫照，對於熟悉這種生活而又有感覺的香港人來說，很容易就會喚起共鳴，甚至反省，究竟我們的社會出了甚麼問題呢？而港式思維的特點乃是迅速和應變，不在乎天長地久，只求一時過癮。在當代瞬息萬變的社會中，傳統的中文看來已經不夠表達所需了。加以日常生活中不說普通話，學生又不喜歡背誦課文，人家漸漸也就無法把握白話文特有的語法和語感，只能退而求其次的寫他們所熟悉的口語了。對於外地讀者來說，港式中文寫的是習用的漢字和中文，但詞語的運用則追貼生活口語，日新月異，如八卦（多事好奇）、煲水（吹噓作大）、半鹹淡（半通不通）、電台 phone-in 節目（在電台節目中談天說地直接播出）、狗仔隊（組織專人全日跟蹤探秘）等，有時就不好理解，甚至更不明白語言背後的思維方式和文化意義。他們的閱讀結果，可能只是感覺港式生活的「無聊」、而不能理解作者言外的「反省」意味了。從這個例子中，我們可以明白揭示出港式中文是一種新興事物，它是因應著社會的生活步調及傳播媒體的表達需要而形成的新興書寫模式。港式中文與傳統的中文嚴重脱節，有時甚至更被視為異端邪惡或洪水猛獸。目前港式中文已經在暢銷的媒體中廣泛流傳起來，它可以如實迅速地反映了港人新潮的價值觀念及審美判斷，甚至更是一場靜悄悄的語文革命。無論我們是否喜歡或接納這種充滿次文化悲情而又低俗的港式中文，它在報刊雜誌中的普遍存在看來已是不可逆轉的鐵一般的事實。

毋可諱言，香港學生的語文水平日漸低落，報刊雜誌充斥著很多不合規範的中文，不過這是普及教育的正常現象，同時這也是語文發展的轉折階段。其實，對於港式中文，除了指出病例之外，我們是不是還可以作更高層次的思考：在中文、英文及粵語等多元元素的相互激盪之中，利用新事物、新思維作催化劑，會不會產生微妙的化學作用，發展出另類中文？甚至進而探測語文寫作的試驗極限。

貳、港式中文的活力與神采

香港人一般説的都是粵語，不説普通話；久而久之，除了少數人能寫流利的中文以外，很多人都無法寫出標準的書面語或懂得辨析語句的正誤。所謂港式中文自以粵語為基本架構，加上若干習用的書面語字句及英語單詞混雜而成。雖然談不上規範，但推陳出新，有時也會顯出特有的活力和神采，給讀者帶來驚喜，豐富中文的質感。我們先看下列的幾則廣告。

【1】駛乜爭呢！買多部「小畫王」，冇人同你爭睇精彩賽事。(《明報》Panasonic 樂聲牌廣告，1998 年 6 月 9 日)

【2】百分百啱 feel——家中電視互動理財，感覺自在，百分百 enjoy。(《東方日報》中銀集團智達銀行服務及互動電視廣告，1998 年 6 月 1 日)

【3】全城最 in，盡在 in Circle。(租務代理廣告)

【4】海上荷李活，勁 show 不夜天。(郵輪廣告)[①]

這四則廣告的目標顯然都是硬銷 (hard sell) 商品，但語文的質地不同。【1】用粗糙的粵語口語，十分直接，要買就買，了無餘味。【2】介紹互動理財概念，以中產階級及專業人士為銷售對象，所以引入簡單的英文詞語，多了些虛無

① 材料【3】【4】兩條參黃坤堯：〈香港的廣告語言〉，載《快報》，1994 年 10 月 22 日。

縹緲的感覺，實際上完全不能提高產品的形象和品味，打動人心。【3】是中英夾雜的四言句，in 解作入時，這是時下年輕人最流行的術語，in Circle 大概最適合銷售新潮的衣飾日用產品。【4】是中英結合的五言聯語，show 騷諧音最為傳神；二句音韻鏗鏘，對仗工整，星光熠熠，寫出詩意，刻意表現奢華的郵輪生活，頗能誘發讀者的出海衝動。這四則廣告代表了不同的語文層次，由低俗而高雅，可見如果中文的根基良好，廣告創作人一定會善用英文，融匯古今，創制出優質的中文廣告。

現在香港報刊口語橫流，記者採訪多用錄音機直接記錄原語，據實直書，省得改寫後變得雅化而失去語言的神采。

【5】獨立候任議員黃宏發有自己的一種堅持。黃氏昨日仍然不改其論調，認為議員減薪是「玩嘢」行動，議員若減收人工，倒不如捐作善款，因此他不會參加這個行動。(《明報》港聞版，〈「玩嘢」或濟困，各有堅持〉，1998 年 6 月 9 日)

【6】亦有所謂民意調查，說三道四，誰入圍，誰落敗，其中有實牙實齒說道民建聯之曾鈺成衰梗，結果成地眼鏡，曾校長順利當選，此等民意調查，信佢就乞米。

投票翌日，有線電視新聞台整個上午亦轉播點票中心情況，曾校長當選後，支持者上前祝賀時，鏡頭影住一個平時在報章上、電台、電視上逢中必反之人，平時「媽」到民建聯飛起之人，亦迫前與曾校長握手，博出位耶？轉呔耶？只有佢自己知。（《天天日報》天地縱横，太子森〈猛人收料站·議員應自動減薪津〉，1998年6月1日）

這兩段都用了很粗鄙的市井俗語「玩嘢」（耍手段騙人）、「衰梗」（一定落選）、「媽到……飛起」（不斷用粗話的罵）等，記者照用，老編不改，甚至還津津樂道似的引入標題之中，吸引讀者的注意。我不知道他們是不是就只有這樣的語文程度？還是他們心中主觀認定大部分讀者都是低層次的？如果香港學生或各階層的市民每天接觸的都是這樣糟糕的中文，久而久之，潛移默化，試問香港人的語文水平又怎樣改善呢！又【5】的標題用上了很典雅的文言詞「濟困」，刻意與粗俗的「玩嘢」並列，頗具震撼效果。可見編者是故意選用這樣的語言來製作標題，吸引讀者。當然，新聞傳媒只是一盤生意，我們並無意苛求傳媒要負起淨化語文的重責；而且現在的編輯、記者又多是在本港的大專院校畢業的，或是在本土的中學成長的，要怪也只能怪當年的老師沒有把他們教好了。這樣說最後還是陷進危險的循環論當中，相互指責，沒完沒了。

我們知道，語文包括兩個層面：口語和書面語。如果兩者一致，我手寫我口，當然是最理想不過了。香港人一般只說粵語不說普通話，寫白話文有點像鸚鵡學舌，兩者的性質相距頗遠，說不上配合。早期寫文言文靠背誦課文，後來寫白話文還是靠背誦課文，背誦獲得語感語法，寫來自然得心應手。七十年代以後教育普及，英語成了主流的教學語言，學生不多不少都會有些英文詞語掛在嘴邊；而教育署又不主張背誦課文，學生口中的中文除了日常生活的粵語之外，如果不多讀點課外書，實在並沒有多少的文化陶冶，寫出來的中文自然傾向淺俗的口語，缺乏深度厚度，尤其是描寫文更有力不從心之感，字詞選擇貧乏，不好也不美。九十年代以後，香港傳媒漸漸揚棄了標準的白話文，說老實話根本也無力控制局面，大家改用了中英夾雜充滿生活動感節拍強勁的港式中文。對於正統的白話文來說，港式中文固然是難登大雅的，對於堅持標準漢語的專家學者來說，這當然也是不入法眼的。但我認為這雖是遲來的覺醒，但卻是充滿試驗和改革的悲情。語文的主要功能是抒情寫意說理描摹，在缺乏普通話的語境下，如果偏離香港的軌道去仿寫白話文，無論怎樣努力，我們大多數的學生一定寫不過大陸人和臺灣人。究竟語文是為甚麼人服務呢？港式中文有可能出不了鯉魚門，但不作試驗永遠都會輸掉創意，作試驗則可能有成有敗。其實語文首重表現自我感覺，特別重視周圍小圈子的情緒和感受，慢慢才波動出去，喚起更大的回響。

過去很多香港電影電視或香港原創歌曲在兩岸的華人社會中都大有市場，可見粵語不一定就是妨礙創作，說不定粵語還是創作的靈感泉源。港式中文可能會為中文的寫作世界增添動感和創意，假之以時日，說不定還會開花結果，我們拭目以待吧。現在我們從語文試驗的角度出發，雜引五段近期香港報刊的港式中文以為分析，說明問題。

【7】以前的白領，一到五點收工就無所事事，只係識去 happy hour，來來去去都係個幾味——劈酒、卡拉 ok、落 disco。不過，經過金融風暴洗禮後，在社會經濟不景氣壓力下，這班白領一族寧願減低無謂的消費，轉為做些多重意義的工餘活動，如上網飲咖啡兼搵工，打室內 golf 順便陪老細，去 gym，務求增加自己的競爭本錢，做個新世代白領強人。

強身玩 gym。白領成日要坐係辦公室，運動量少，身體自不然就會差，咁樣點夠 power 同人競爭。所以在放工後，他們都喜歡去健身中心做運動，月費幾百元任你玩，一星期玩番兩晚已經值回票價。（《東方日報》上班族，小 Lay〈新世代白領　放工搞邊科〉，1998 年 6 月 1 日）

這段專寫白領貴族的工餘生活，收入富足，但精神空虛；消遣和健身只是為呆板的辦公室工作充電，使自己的身體保持最佳狀態，隨時投入搏殺戰場，完全是一副賺錢機器的模樣。文字英粵夾雜，搔首弄姿，談不上深度，但無意中卻流露了城市人的虛無感覺。如果換了用標準的書面語去表達，不雜英語，可能保存多少自然的神采？（語詞釋義：白領——辦公室文職人員；個幾味——那幾種方式；劈酒——鬥酒；老細——僱主或上司；搞邊科——做甚麼）

【8】到了二十一世紀的今天，春夏開季時粉紅的肆虐還真熱鬧過一陣子。盛夏開來，發現流行的顏色竟是全方位的白，一窮二白的白，一白遮三醜的白，不是用來配襯之用，而是以往大家訕笑而哼出的「最難忘個套白衫白褲」模樣的 total look。

這個夏季齊齊來個「棄暗投明」的全白 look 就有優雅取勝的嘉頓新抱張王幼倫、見報率極高的余安安、領正牌「行純情」的 Gigi 梁詠琪、做咗人老婆都鬼咁 Cutie 嘅葉蒨文、文壇新星姚碧樂、與經常以天橋新潮女模現身的利孝和夫人千金利蘊珍，還有過著神仙生活般的邵美琪，全都以「白白地」的姿態亮相，與夏天來個醒神競逐。（一白遮三醜）

【8a】利孝和夫人千金利蘊珍，雖不是 ball 場最 hot 面孔，但每次出現時總有火花給予大家，走著最 avant-grade 的時裝先軀路線，穿甚麼好像都故意離經叛道，很有膽識，這晚的 Masaki Matsushima 白色「飛翼」裝，活生生像天橋

上的新潮女模。（利蘊珍至激的「白」）

【8b】不含任何雜質就似是 Gigi 的 signature，穿上全白背心裙再踏一對學生款白皮鞋，清純乖巧得猶像次次考試一百分的乖寶寶，簡直係「白」得嚟有功架，誰都要靠邊站！（梁詠琪清純的「白」）

【8c】白色又再高調 comeback，憑黎明一個新唱片的 cover，已經可以刮起「時尚白馬王子再生版」啦！（刮起白風）

【8d】余安安最懂 right dress code 的真理，這天喝人家的囍酒，角色是客人而已，清清簡簡就已經 good enough，單肩的全白 Valentino 晚裝，就映襯得安安「美而 clean」好好睇。（余安安清麗的「白」）（《蘋果日報》名人時尚，〈白衫白褲 vs 白衫白裙〉，1998 年 6 月 5 日）

這幾段文字專門介紹今年夏季最新流行的白色系列，專以城中名人的衣飾作為賣點，圖文並茂。【8】首段總論，傾力描寫白色，用詞誇張而深具創意；次段列舉七位美女，她們不約而同的都同時鍾情於白色，捲起了一股白色旋風；作者賦予每人一個度身訂造的形容詞，喜氣洋溢，貼合身分，恰到好處。末句「白白地」、「醒神競逐」等用詞準確，相當傳神。下面【8a】至【8d】選錄四段文字，分別介紹四位名人的白色風采，逐一描寫，肆意為文，鬼馬風趣，無拘

無束，寫出港式中文的神韻。（語詞釋義：新抱——媳婦；至激——充滿反叛意味）

【9】這幾天西方傳媒評論印尼局勢，反對蘇哈圖，支持學生，就好像「爆，爆，仲唔爆？」（賭廿一點）的連聲吆喝。這股聲浪的心理效應很大，從 CNN 到《紐約時報》，莫不齊齊叫「爆」不止，真能把個獨裁者蘇哈圖叫得心膽俱裂。難得閒家和一眾「塘邊鶴」人人敵愾同仇，眾志成城，印尼的亂局，「爆煲」是遲早問題。

其中的華人夾心階層任由宰割的慘景，國際輿論漠不關心。國際紅十字會未見有動靜派出船隻救援華人，中共和台灣兩相袖手，甚麼龍的傳人、四海一家的廢話，通通拋諸腦後。中國人的政權，當需要華人給錢輸血，就叫嚷「血濃於水」，沒有金錢利益的生死關頭，那就「任人亂『隊』」。印尼華人不止淪為國際孤兒，而且還成了國際賤民。

國際厭華浪潮高漲，印尼華人即使死光，西方輿論也不會多流一滴淚。鬼佬傳媒恨透了蘇哈圖，只要蘇哈圖垮台。印尼實現民主，華人死光了，關人鬼事。印尼華人墮入了國際政治的百慕達三角，永不超生。（《東方日報》龍門陣〈山海關．華人的百慕達〉，1998 年 5 月 21 日）

這篇政論文字寫印尼華人的險境，他們陷於印尼人、中國人及西方傳媒的三不管地帶中，永不超生。文章用的基本是書面語的雅言，只是情到濃時，也顧不了修飾或選詞，就讓粵語與文思一起，源源流出；如果要分神跟普通話一一對譯，可能就得不償失了。「隊」意為殺害，粵語與「水」押韻，普通話並無適合活潑的詞語可用。（詞語釋義：鬼佬——西方人；關人鬼事——與人無關）

【10】想投身廣告的，亦是有心搞創作的，不看書，不看戲也罷，掩飾自己的工夫都懶做，連廣告人基本的表達能力也欠奉，真是無話可說，就算上了班的，也有一天玩失蹤，幾天唔見人，最誇張的是頂不住林夕幾句單打的，竟然哭起來，還反問林夕：「點解要搞成咁？」是的，點解搞成咁？這些年輕人的拙劣表現，的確可以當笑話聽，聽罷，又如何，正如討論會前其中一個表演，三個斗大的字出現在銀幕上：無力感。是社會的錯傳媒的錯家庭的錯學校的錯你錯我錯。認了，又怎樣？（《明報》世紀，俞若玫〈玫瑰戰爭．搞成咁？〉，1998年5月12日）

俞若玫寫現代年輕人的嬌生慣養，既無真才實學，做事又沒有責任感，「無力感」三字令人驚心動魄。文中多用粵語及城市俗語，連題目「搞成咁」也不放過，頗有無可救藥之意。本文極富生活氣息，外地人讀來可能有隔。

【11】(黃子華《鬚根 show》)創作者用了皮影戲、甚至拍下片段扮電視新聞。但基本上最煞食的仍是三個演員,無盡角色、以及現場與觀眾笑聲的互動。

最精采的一場是維園阿伯論政,由范徐麗泰講到李柱銘——詳情不贅,以免破壞跟著幾萬觀眾的興頭。若是單單打打罵這罵那,倒沒甚麼特別,反正翻開報章大把。但整段戲卻有極強烈的荒謬性,三個阿伯懵懂、吵鬧、無理,更將論政再推向另一個荒謬層面。阿伯搶著要咪,執著咪卻語無倫次,三個男人扮相簡單但有神,火候恰到好處,令人再三回味。(《明報》時代,徐詠璇〈文章巾幗事 · 容得下三個男人〉下,1998 年 6 月 6 日)

徐詠璇的文章風格潑辣而又煽情。這一段借題發揮,純是論政之作,指桑罵槐,寫出對現行政制荒謬絕望的感覺。如果讀者了解香港政情,則拈花微笑,自有意會;如果不了解,相信也會深深感受到後現代的迷離境界,寫出城市悲情。(詞語釋義:煞食——最受歡迎;維園阿伯——在維多利亞公園聽政黨論政的男人;大把——一大堆;咪——microphone)

以上五段港式中文可說是白話文的變體,結合粵語,再加入少量的英語,無論描寫或議論,都能把握時代的脈博,城市的神髓,節奏強勁,表情豐足,各有各精采。如果嚴格要求作者改寫成標準漢語，又會不會水清無魚，神采頓失呢？現代英語文學已不限於英、美兩國的作者，其他尼日利亞、南非、聖盧西亞、印度、加拿大、澳洲等地的詩人及小説家往往都能結合本地的口頭傳統及文化采色，另起爐灶，寫出新穎的英語，問鼎諾貝爾文學獎。中國地域廣大，方言眾多，省情不同，應該不會只有一種標準的中文模式吧。香港長期以來與中國母體處於若即若離的狀態，語言差異亦大，港式中文自有廣闊的發展空間，優勝劣敗，自然淘汰，我們看來也不必過於緊張了。1963 年，余光中在現代主義的思潮衝擊下，提倡要寫講究彈性、密度、質料的「現代散文」。②

1965 年，余光中在《逍遙遊．後記》中表現出更大的改革中文的野心，他説：

> 我倒當真想在中國文字的風火爐中，煉出一顆丹來。在這一類的作品裏，我嘗試把中國的文字壓縮，搥扁，拉長，磨利，把它拆開又拼攏，折來且疊去，為了試驗它的速度、密度和彈性。我的理想是要讓中國的文字，在變化各殊的句法中，交響成一個大樂隊，而作家的筆

② 參余光中（1928-2017）：〈剪掉散文的辮子〉，收入《逍遙遊》（臺北：大林書店，1969 年 7 月），頁 27-38。

> 應該一揮百應，如交響樂的指揮杖。只要看看，像林語堂和其他作家的散文，如何仍在單調而僵硬的句法中，跳怪淒涼的八佾舞，中國的現代散文家，就應猛悟散文早該革命了。③

此後余光中即以大量的作品作為試驗，優劣互見，由於只是人為扭曲句法，並無實際的語言可以支撐全局，詰屈聱牙，結果就跟「現代詩」的命運一樣，只能引起一陣的狂飆和騷動。1976 年以後，余光中的散文悄悄地復歸傳統之中，也不失為一個耐人尋味的事例。港式中文以活語言作依據，看來還是大有市場的。

叁、社會語言之意義與規範問題

目前港式中文已經成形，而論者的態度不一。張志公(1918-1997)〈談談香港的語言文字問題〉云：「這種雜揉造成的『四不像』語文，在國際上少有，說直爽一點兒，這是一種落後的現象。」又說：「『四不像』語言不規範，不標準，在現代社會的交際中，效率是低的，交流信息量是差的，不

---

③ 《逍遙遊》，頁 208。

符合現代化、科學化、信息化的需要。」④張志公為保護漢語、淨化漢語，猛烈抨擊港式中文，提出質詢，天地良心，很難説他有甚麼不對。但他心中只有一套標準漢語，而這也是中國十二億同胞單一的共同語，在民族大義的前提下，是否就可以以之箝制港人的悠悠眾口？張志公把港式中文貶得很低很低，甚至視作異端另類洪水猛獸，必欲除之而後快。漠視少數人的文化差異和現實聲音，這算不算語言上的極端言論？其實我們大家都知道的，普通話和白話文並不是中國某一個地方的語言或方言，而是吸納古今南北融匯眾長相互遷就的共同表達模式，甚至是超語言的，可以隨時擴展，不斷增加新鮮的語言元素。港式中文如果可以開拓漢語的書寫空間，那我們為甚麼不能在既有的標準漢語之下測試另類中文的表現能力？陳原（1918-2004）認為香港詞語對普通話也有影響，例如北方人到餐館結帳時説「埋單」而不説「算帳」，叫侍應為「小姐」而不叫「同志」等。岑逸飛（1945-）〈南詞北伐〉云：「其實語言代表了文化，更體現了生活。真正了解語言的人決不會有『唯我獨尊』的心態。例如最近商務印書館的百年館慶，請來了語言專家陳原教授主講廿一世紀的語文發展。陳教授指出，世界上每一種語

④ 參田小琳（1940-）：《香港中文教學和普通話教學論集》序言。又載《普通話》1997 年第 1 期（香港：香港文化教育出版社有限公司）。

言都是美麗的，並無高低、優劣之分。」[⑤] 陳原的演講我沒有出席恭聽，但「南詞北伐」實在是語言發展的正常途徑，不必過慮。又如在 1997 年版《現代漢語詞典》的修訂本中，在「炒」字條下增多炒更、炒匯、炒家、炒買炒賣、炒魷魚等詞，有些是粵語詞，有些則是充滿香港情調的生活詞語，現已昂然進入漢語詞典之中，相信亦可補足陳原的觀點，不必見外。

香港話和港式中文的存在已是不可逆轉的事實，而這也是語言發展的必然趨勢。本文搜集近日報刊上一些現成的語料，加以分析，探討社會語言學的發展方向，以及中文書面語的試驗和極限，希望豐富中文的表現方式。過去學者對港式中文鞭撻極多，也許本文可以提供了一個全新的參考視角，重作思考。

〈論港式中文〉，第七屆國際中國語言學學會／第十屆北美中國語言學學術會議，Stanford：Stanford University，1998 年 6 月 26-28 日。
〈論港式中文〉，《語體與文體——「語體與文體學術研討會」論文集》（澳門：澳門語言學會、澳門寫作學會，2000 年 12 月），頁 177-186。

⑤ 參《明報》時代版，1997 年 10 月 26 日。

破除「兩文三語」的迷信

現代語文水平的下降可能是一種普遍的社會現象，也可能是一種直覺，一種假象。例如很多僱主會覺得僱員的英文不好，中文不好，普通話更不行。如果不善辭令，有些人可能連粵語也無法暢所欲言了。近幾年香港考試局公佈會考成績時，也會順帶指出中文科有大量的零分試卷，學生根本完全不會作答。我們再看看市面上的報刊，真可以說是百花齊放，充斥著不同層次雅俗並存以至不堪入目的中文。如果我們再深入檢驗學校各科老師的中文英文，不難發現，其實很多老師的中文英文可能也是大有問題的。因此，行政人員為了對症下藥以及工作方便，也就無可辯駁地提出了「兩文三語」的要求，以為是萬應靈丹，起碼可以收「保底」(或說「補底」) 之效，以盡教育之責，而對僱主、對市民都有所交待了。假如學生通過了考試，拿著成績單，「兩文三語」都及格了，是不是就此一帆風順，得心應手，永無後顧之憂呢？

須知道，語文是一種思維的訓練，包含著文化的視野、審美的觀照、價值的認知，自我的表現，以至散發出特有的氣質和感覺。如果有興趣，或訓練得法，語文寫作跟打遊戲機可能並沒有太大的分別，一樣得靠工多藝熟，藝高人膽大，可以令人廢寢忘餐，得意忘形。如果沒有興趣，或訓練不得其法，望之生厭，則口齒笨拙，手法生硬，不要說語文寫作了，我們可能就連對遊戲機的型號、節目種類、遊戲規則、勝負的標準都一無所知了。萬一有一天會考要考打遊戲機一科，以測試學生頭腦的反應及手指的靈敏程度，我想一樣會有很多人交白卷的。我這樣說可能有些偏激，比喻不倫不類，但事實上現在很多僱主的要求正是如此。職業上要求電腦人才，教育當局要求所有教師都要具備 PowerPoint、Excel、BIT、IIT、UIT 等各項資格，十八般武藝匯聚一身。可是對於一部分的教師來說，由於過去沒有訓練，處理電腦跟打遊戲機一樣，不是人人都擅長的，很多學生輕輕鬆鬆的按一按小指頭小動作就能完成的作業，對於老師來說可能就要費九牛二虎之力了。現在很多好老師就這樣給電腦嚇跑了，學校留下了一大批精於上網使用電腦而語文平庸甚至拙劣的老師。捨本逐末，這就是香港的現狀。不過，由於電腦科技的發展一日千里，如果不懂得增值之道，新一批的老師很快又會給新的科技取代了，循環不息，永無止境。

其實，遊戲機不是生活的必需品，電腦不是生活的必需品，而語文也一樣不是生活的必需品。在世界上著名的企業王國裏，很多公司的大總裁不見得都具有大學學歷，學富五車，但總有各式各樣各門各路的人才圍繞在他的身邊，供他驅遣。由歷史經驗可以印證，中國的文盲很多，從來就不妨礙溝通，也沒有影響社會的進步和改革，一樣的各司其職，生活愉快，事業有成，自得其樂。劉邦項羽從來就不是讀書的料子，不見得會識字，一樣可以打天下，互有勝負。原來事業有成的人得靠自己身上特有的基因和手段，不是語文。如果「兩文三語」只是為了符合僱主入職時的最低期望，那麼，我們的教育就跟製造新鮮出爐的漢堡包差不多，個個合乎規格，合乎標準，可就沒有高低好壞的差異，只能顯得一體平庸了。就算考好了「兩文三語」，如果不求長進，最後也只不過是技術勞工，或者上升為政客商人身邊的幕僚文膽秘書跑腿而已。摧殘人才，莫此為甚。

語文訓練是要長期浸淫的，不能急功近利，同時還要講求興趣，與時並進。例如打遊戲機要打出未來，畫畫要畫出彩虹，聽歌要聽出耳油，都要全情投入和不斷提高，始能有成。如果只在短短的兩三年中急謀保底，虛與委蛇，然後又束之高閣，一曝十寒，那麼語文訓練自欺欺人，必然失敗。這裏，我忍不住要告訴大家一個小秘密。就是一個人的語文基礎大概在中一、中二左右就可以決定了，有些人的語文寫作清通多姿，準確親切，隨著讀書明理及人生閱歷的增加，寫作起來敢於嘗試，得心應手，洋洋灑灑，自然精采了。可是有些大學生的語文表達也還是累贅臃腫，有理說不清的，就算請來了諾貝爾文學獎的得主來施教，如果不能引發學生的興趣，可能一輩子都回天乏術了。不過，我們可不必為學生擔心，人各有志，只要他能夠發現自己的長處所在，懂得用力的方向，一樣會有成就的。我們千萬不要因個別學生的語文水平而輕視他所潛藏的才華。其實，語文寫作就跟打遊戲機、繪畫、唱歌一樣，要具備特有的細胞，才能施展發揮，不得強求。而且高水平的語文人才絕對只佔全人口中很少的比例，那是需要長期培訓得來的，而我們當前的社會亦絕不缺乏各方面高水平的語文人才。可是，我們整體的社會畢竟是以語文平庸的下里巴人為主體，平庸的人容易指摘下屬的不足之處，卻不足以仰望高水平的製作。陽春白雪，曲高和寡。「不惜歌者苦，但傷知音稀」，古有明訓，不足為異。

大學之道，在展所長。有人長於通識，有人發展專業，有人精於語文，有人優皮博雅，有人又通又專，有人興趣廣泛。各顯神通，自由發展，盡其在我，獨一無二，表現出博大深厚的人文素養，始稱卓越。如果只求行政之便，強化管理，那將是揠苗助長，愚不可及了。「兩文三語」雖然保證了大學出關最低的質量要求，用心良苦，但又像一道緊箍罩，浪費大家很多寶貴的學習時間，扼殺了創意思維，變成了一種迷信。結果整體教育怨聲載道，而整個社會也就欲哭無淚了。

據說澳門為了提高競爭力，加強與拉丁美洲的聯繫，有人引入了官方的葡文葡語，擴展成為「三文四語」，理想更高，要求更多。我不敢否認多學一種語文的好處，例如開展胸襟眼界，拓寬文化視野，促進民族交流心靈溝通相互欣賞，好處多不勝數。如果依足指引，學生可能更疲於奔命了。其實語文人才自有專業培訓，無論雙語多語、方言古語、即時傳譯，大家各司其職，有才可用。對於大多數的普通人來說，只要學有所長，善用一文一語，足供表達和馳騁，那就一生受用不盡了。行有餘力，或工作需要，可以再加學其他語文。有時亦可請人或翻譯代勞。如果捨己之長而勞心勞力的勉強改造一己之短，以便滿足行政人員的最低要求，捨本逐末，買櫝還珠，這又值得嗎？一個歌星成功上位得靠很多幕後工作人員分工合作，而幕後人員並不需要上臺唱歌。我們當前的社會並不缺乏高水平的語文專業人員，最好山高水低，順其自然。所以我們也不需要人人都精通「兩文三語」，甚至用行政手段劃一大學生的語文水平。

〈「兩文三語」的緊箍咒〉，《明報月刊》總439期（香港，2002年7月），頁105-106。〈破除「兩文三語」的迷信〉，《語文建設通訊》第77期（香港：香港中國語文學會，2004年3月），頁47-48。

澳門特區的語言應對

澳門是一塊小地方，戲稱為澳門街。由於得到了基本法「一國兩制」、「五十年不變」的庇蔭，成為中國的澳門特別行政區，跟其他內地城市不同，除了國防、外交之外，可以因應本身的需要，制訂必要的法律和政策。回歸初期，澳門土地面積 23.5 公里，人口約 45 萬。[①] 目前澳門面積 28.6 公里，根據 2010 年第二季澳門人口估計 54.46 萬；2009 年 12 月國務院批准澳門填海 361.65 公頃，將來大概會超過 30 平方公里。嚴格來説算是具有「小國寡民」的身分象徵。[②]

---

① 參《世紀行中國交通旅游圖冊》(北京：人民交通出版社，2001 年 1 月)，頁 157。

② 澳門特別行政區跟歐洲幾個小國相比，面積小於安道爾 468 平方公里，64537 人；馬耳他 316 平方公里，人口 37.4 萬；列支敦士登 160 平方公里，人口 3.11 萬人；聖馬力諾 61.19 平方公里，人口 25515 人；而大於摩納哥 1.95 平方公里，人口 29972 人；梵蒂岡 0.44 平方公里，人口 1380 人。參《新編世界地圖冊》(廣州：廣東地圖出版社，2000 年 1 月)，頁 122-125。比上不足，比下有餘。而中國任何城市都一定大於澳門，甚至香港邊境禁區（包括沙頭角、羅湖、文錦渡、打鼓嶺等）的面積 28 平方公里，剛好亦相當於現在澳門的面積。

澳門是傳統的粵語城市，摻雜了葡人葡語、葡風葡俗的文化成分，呈現出獨特的語言風貌，加上歷經四百多年的風雨縱橫與中西磨合，也就不同於中國其他的城市了。

澳門特區地小人少，但人口的密度卻高，除了博彩業一枝獨秀之外，缺乏大規模的名牌企業。澳門的商業運作、電視電台、報刊雜誌、意識形態多受香港影響。過去省港澳相互依存，關係密切；現在多了機場，開通了很多航線，擴大了跟外地的接觸面，而跟珠三角的聯繫，仍然十分密切。澳門跟整個粵語地區同氣連枝，文化習俗沒有太大的差異，一般小市民跟葡人葡語也沒有太多的接觸，反而眾多的底層華人更有自成小圈子的傾向，因此澳門的語言應對，其實可以作兩方面的考慮。一是無為而治，順其自然，維持現狀，自由選擇，完全不作任何的干預；一是重新規劃，因應當前社會的需要，配合未來發展，訂出適度的語文政策。兩者各有好處。過去澳門發展的空間不多，大抵滿足於現狀者，一般都會留在澳門，不然就會遠走高飛，向世界出發，尋求更大的發展機會了。因此，除了抗戰年間，特別是香港淪陷之後，澳門的人口一度超越了百萬大關，戰後馬上又打回原形，要走的都走了，然後一直都維持著比較流動而又穩定的狀態，一批人走了，但另一批人又來，剛好填補那些空缺，對很多人來說，澳門只是一個命定的中途站而已，機會不多，很難在這裏駐足。因此回歸前總是長期維持在四十萬人左右，不多也不少。過去澳門自由辦學，無論宗教信仰、政治理念、教育制度、教學語言等，除了官辦的葡文學校之外，政府既沒有資助，也不作任何干預。家長因應本身的經濟條件，可以有不同的選擇，各取所需，甚至小小年紀的都打工去了，原來還有不讀書的自由。澳門教育的好處是教學團體可以自由辦學，不受任何官僚系統的干預，或由外行領導內行，換句話説，也就是政府完全不負責任。澳門到現在都沒有會考，沒有教科書，可能基於成本太高，不合算吧。大概這也是兩岸四地中的異數，學生自由自在，幾乎沒有任何壓力。讀書本來就是一種自發的努力，資質各異，如果被迫讀書，而又不感興趣的，困於課室之中搗蛋，可能更影響教學，以至出現暴力和濫藥的偏差行為。讓那些不想讀書的學生留在學校，直到中學畢業，表面上學校並沒有放棄任何學生，依然給他們受教育的機會，但影響其他同學，其實也不見得就是成功的教育。無為而治的好處，澳葡時代的官立學校可以因應政府管治的需要，培訓公務員；而其他私立中學則因應大陸、台灣、香港的課程教學，讓學生一級一級的順利升學，銜接外地課程，其實也就是源源不絕的向外地輸出人才。即使到了今天，澳門本地已有多所的大學，但很多優秀的學生往外地升學的格局依然未變。原來澳門麻雀雖小，卻是讀書最沒有壓力的地方，這也夠令很多地方的人羨慕了。不過，現在世界競爭激烈，甚麼事情都爭取排名，物競天擇，適者生存，過去葡人管治的寧靜氛圍漸漸消減，而澳門街與世無爭的日子亦一去不返了。

至於重新規劃方面，可能就要因應特區政府的施政格局了。無論幼兒教育、中小學教育、大學教育等，現在澳門政府已為教育投放了大量的資源，自然要講求效益回報，提高澳門人的素質，促進澳門可持續的發展，其實也還是應該全盤策劃的。不過，值得注意的，除非澳門政府的官僚系統中有適合的人才，如果隨意指派幾位高官掌管教育，由外行領導內行，專門設置一些關卡，為評核而評核，增加過多的行政負擔，可能更是得不償失的。那我寧可信任現在多元的辦學團體，他們長期服務於澳門社區的教育事業，自然深知經營的艱苦和市民的需要，了解最多。因此，澳門政府除了教育制度、教科書、會考、資歷認證等問題須要嚴肅考慮之外，澳門的語言規劃及語言政策的制定，其實也很重要，值得深思。

澳門的語言規劃可以分為三個層次來考慮：個人、社會和學校。個人語言各取所需，自然學習，根本不必作任何的設限。基於現在澳門已經定位為旅遊、消閒、娛樂及標榜中西文化交流的歷史名城，政府唯一可做的，就是在財政上行有餘力的時候，資助市民學習第二、第三語言，提升市民的素質和能力，增加就業機會，提升文化交流的水平。如果政府認為人的素質尤為重要，那麼就算在財政困難的時候，其實也還是可以考慮資助的。不過，為了防止人性的貪念，避免有人作假鑽政府的空子，有關政策運作公平、公正、公開和廉潔的取態，尤為重要。否則人心敗壞，得不償失，違背教育的原義，可能更為可怕。

在整體社會的層次方面，根據澳門的人口結構，自然會以中文為主體，就算葡文也是正式語文及法律語文，基於現實社會的需要，早晚都會淡出，我們尊重中葡聯合聲明，但無論怎樣，2049年「五十年不變」之後可能會是葡文的極限。目前澳門社會仍以粵語為主體，但在可見的將來裏，普通話人口必然會逐步增加，這有點像深圳、珠海一樣，外來移民多了，一定會挑戰粵語的地位，其實現在澳門粵、普的比例差不多一半一半，已經平分秋色了。英語是通行的國際語言，順理成章也是澳門的第二語言。至於其他少數族裔的人口，包括土生葡人，如果生於斯，長於斯，除了本身的母語之外，通過現實生活的接觸，相信都可以掌握粵語和英語的，反而本地的澳門華人動力不足，往往會有點學習外語的惰性了。

在教學語言方面，葡語只適用於少數的科目，就算是法律專業，如果要面對當前的世界潮流及全球招聘、唯才是舉的趨勢，其實我們還有語言以外必須考慮的公平因素，而完善法律中文化更是當前的首要任務。中小學方面，少數葡文學校沿用傳統的模式繼續運作，保護葡語文化，開拓潛在市場和商機。③ 對於其他大量的華人學校，相信「兩文三

③ 2010年11月14日在澳門舉行的「中國—葡語國家經貿合作論壇」第三屆部長級會議，包括葡萄牙、巴西、安哥拉、莫桑比克、佛得角、東帝汶、幾內亞比紹等七國葡語國家，人口多達2億。但相對於同期在首爾舉行的G20峰會，以及橫濱的亞太經合組織（APEC）峰會來說，可能無法相比了。

語」自是必然的選擇，難以回避。建議一般可作四三三制的分配，每間學校可以因應學生及家長的需要，調整不同科目的教學語言，小學階段粵語佔四成，普、英各三成；中學階段英語佔四成，其他粵、普三三分配。如果兼學葡文，則可採用三三三一制，餘下一成時間學點基礎葡語，全體學生可能會辛苦一些，但個別學生可能因而受惠，培養興趣，激發新思維，其實除了政治現實之外，多一點語言文化的交流絕對不見得是壞事，甚至更可以促進不同族群之間的了解和感情。至於大學方面，無論任何科系，中英兼顧是最好的選擇，當然也可以按實際需要作六四、四六，或五五的調配。至於中文是指粵語還是普通話，可能並不重要。澳門所有大學的普通話根基極好，其實也不妨因應個別老師的語言能力，鼓勵多用粵語授課，回應社會大眾的需要，而內地學生也可以學習粵語的，不要跟現實脱節。以上所有中小學以至大學的語言安排及分配比例，最好還是由學校自行決定，澳門小國寡民，學生不多，多元選擇總比標準化好，切忌一刀切式的官僚行政管理。須知道立法雖善，但實踐的時候更要配合當前人事環境的需要，公平競爭，減少社會的內耗和折騰。至於有些學生要感受不同的語言文化，開拓胸襟，增廣見聞，離開小澳門，到外地升學，人各有志，自然也是最理想的安排。但這可不是人人都具備往外地升學的資質和經濟條件，勉強到外地讀書，萬一不能適應，有時也會慘淡收場的，澳門自有好學校、好老師的，大家量力而為吧。

希望學生多點了解自我的人生目標，提升個人的心理素質，更重要的是作出正確的選擇。

下面，我們會檢視一些語言應用的現實個案，配合社會及教育的需要，以便說明語言策劃的問題所在，供大家制訂語言政策參考，冀收舉一反三之效。

壹、大國崛起與小國寡民的語言應對

世界上所有大國的國民幾乎都可以不學外語的，學習外語純是個人興趣或專業需要。例如美國人超過一半以上不懂外語，甚至不出國旅遊的，美國本身就是一個自足的世界，夠活一輩子了。④ 中國地大物博，大部分人除了本身的方言和普通話外，很多也不學外語的。但近三十年來改革開放的成果，有錢的人多了，有些人要升學，有些人要營商，有些人要旅遊，有些人要移民，能夠掌握英語或目標地方的語言，多多少少都好，自然更無往而不利的。更重要的是中國高學歷的人口猛增，中國知識分子的英文及資訊科技學

④ 周俊霖編輯：〈美國六成人冇護照〉說：「長假期一到，港人鍾意外遊，可能香港地方細，消閒地方唔多。但美國地大物博，當地人淨係玩美國本土，已經有排玩，所以美國有六成人都冇護照，冇得出國。美國內需大，企業都集中做本地生意，只有 1% 做出口生意。」《明報》經濟版「財圈動感」B5 版，2010 年 11 月 16 日。

識均在進步。[5] 但小國家、小地方可就不一樣了。例如上文注釋中所提到的幾個古老的歐洲小國，處於兩個大國之間，或四鄰被大國包圍，都各有不同的語言應對。摩納哥位於法國東南尼斯旁邊，靠近意大利，官方語言為法語，通用意大利語、英語和摩納哥方言。安道爾位於法國和西班牙之間，官方語言為加泰羅尼亞語，通用法語和西班牙語。馬耳他位於南歐地中海中部的島國，官方語言為馬耳他語及英語。列支敦士登位於阿爾卑斯山中部和萊茵河谷的內陸國，介於瑞士和奧地利之間，官方語言為德語。聖馬力諾在意大利中部，佛羅倫薩東面，官方語言為意大利語。梵蒂岡在意大利羅馬城西北角的高地上，是世界上最小的國家，官方語言為意大利語和拉丁語。可見這些古老小國除了盡量保留本地傳統的語言之外，其餘免不了的都受到周邊強鄰大國的語言所影響，一定兼用其他語言。而這些小國國民的語言能力也一定比美國人、中國人強多了。現在澳門人無

⑤〈高學歷人口挑戰美國　溫家寶首登《時代》封面〉:「時代記者撰文稱，美國未來要面臨的最大挑戰，並非人民幣匯率，而是受過高等教育的中國人民。中國自 98 年起，大規模投放資源於教育項目上，教育佔國民生產總值比重提升近 3 倍。中國的大學總數在過去 10 年增加一倍，大學生總數由 97 年的 100 萬人，大幅增加 4.5 倍，至 07 的 550 萬人。9 大內地大學更組成「中國版長春藤聯盟」。札卡利亞引述諾貝爾經濟學獎得主、芝加哥大學經濟學教授 Robert Fogel 表示，中國知識分子的英文及資訊科技學識均在進步。(《am730》新聞第 16 版，2010 年 10 月 11 日)

所選擇，要工作，要生活，要外遊，要享受整個多姿多采的世界，兩文三語是最低的生存條件，否則只有遭受淘汰，被其他本地人所淘汰，畢業找工作馬上就有問題，目前的形勢相當嚴峻，而學校教育更是責無旁貸了。加以中國崛起，經濟急速猛烈發展，而澳門大量的旅客都來自中國大陸，相關產業一定受到牽連，無遠弗屆，因此對內對外，兩文三語，特別是普通話和英語的能力，無論選讀任何科系，都是免不了的課題。美國人可以安坐家中，足不出國；中國人也可以終身不出省的；澳門人可以嗎？掌握了兩文三語，整個人充滿自信，面目一新，也就無往而不利，多所選擇了。最近連印度也掀起了漢語熱，⑥ 可見經濟影響力之鉅，無遠弗屆了，而這更是澳門莘莘學子必須正視的現實。

---

⑥ 傅紅芬編輯〈政府計劃引中文入學校　印度勢掀漢語熱〉云：「印度 12 億人口中，60% 是 25 歲以下的年輕人。不斷增長的人口需要更多就業機會。印度有遠見的人力資源開發部長卡皮爾．西巴爾（Kapil Sibal）提議在印度各邦學校中引入漢語教學。對長期刻意淡化中文重要性、青睞英語學習和本國各地區語言的印度而言，此舉無疑是一項重大政策轉變。」又云：「英國文化協會去年 11 月發表的一份報告估計，印度能說英語的人口，只有不到 5%，大約是 5500 萬人，而中國能說英語的人，正以每年 2000 萬的速度增加。」（BBC 中文網），《大公報》寰球特寫 B12 版，2010 年 10 月 17 日。

貳、個人學習語言經驗談

語言可以提升與人溝通的技巧，為自我增值。澳門人要到外地升學，就是要融入當地的文化氛圍，改造自我。至於內地人來澳門讀書，其實也是渴望打開一扇心窗，見識外面的世界。在可見的將來，粵語還是一種強勢的方言。內地人的普通話沒有問題，來澳門不學粵語，擴充思維能力，認識普世價值，如入寶山，未免有點可惜了。此外，提升英語的訓練，澳門與香港一衣帶水，當然也是吸引內地生的強大誘因了。至於有人專程要來學葡文的，除了葡國之外，那更是不二的選擇了。現在舉出香港內地生學粵語成功的幾則個案，澳門的情況應該一樣。

> 每年皆有不少內地尖子來港升讀大學，並作為升學「跳板」，尋覓放洋留學夢想。出身書香世家的香港大學內地生于泓，便以一級榮譽畢業佳績告別這片踏腳之地，獲美國哈佛大學取錄攻讀工程博士。他直言在港大歲月遇到不少適應問題，但憑熱情投入香港生活，又「煲劇」和聽英文歌操練廣東話及英語，僅一學期已可「兩文三語」，與同學打成一片。⑦

⑦ 黃靜雅〈內地尖子港作踏板升哈佛　攻讀工程學博士　煲劇練廣東話〉，《明報》教育 A13 版，2010 年 8 月 9 日。

個案之一的于泓可以説是所有學生的偶像，他的學習經驗就是全情投入，在香港的語言環境中學好廣東話及英語，然後是放洋留學。

> 記者會司儀之一係一位年青女記者，來港攻讀浸大傳理系畢業，呢位來自上海嘅小姑娘講普通話仲標準過李小加，講廣東話亦冇乜利智口音，可造之材也。佢在港生活四年，已與一般香港女性無異，可見年青人之可塑性甚高，逼住要學地方語言嘅話，冇話學唔識嘅。香港年青人學習普通話，亦作如是觀，佢哋一定會講得比父母一代好，至於佢哋講英語會唔會叻過上一代，此乃另一回事，如果未來生活做事靠跑大陸做生意嘅話，英文程度自然低降，話唔定係英美人士學普通話嚟遷就中國市場，多過中國人講英語遷就外人。今時今日李光耀居然自認新加坡過去嘅語文政策有大錯，搞到新加坡人唔識華語，只識英文，就係咁嘅意思。⑧

個案之二是一位來自上海，在香港浸會大學傳理系畢業的司儀及女記者，她已經完全同化在香港的社會中了。左丁山（香樹輝，1971 年香港中文大學新亞書院經濟系畢業）

⑧ 左丁山（1946-）〈言語跟隨經濟〉，《蘋果日報》E5 版，2009 年 11 月 25 日。

還指出在當前環球商業的大環境中，要事業發展，普通話及英語一定是必備的基礎條件，內地人能加上粵語，無論在國內國外生活，相信更是如虎添翼了。末段還指出近日李光耀（1923-2015）承認過去新加坡語文政策專學英語、打壓華語的錯誤，時移世易，實在可供制訂語文政策的官員參考。須知道，大批學生長期在一個真實的兩文三語環境中學習，沒有學不好的，不會顧此失彼，成功的例子比比皆是，說不定還可以誘發個別學生的多元興趣，比單語教學優勝。

> 一年過去了。現在我能說一口流利的廣東話；能面不改容地從超市搬二十斤大米上山；能毫無顧忌地選擇英語授課的course；能輪流光顧全校大大小小的餐廳；能照顧感冒生病的自己；能跑去深圳換喜歡的髮型；能趁減價時買蔬菜水果。⑨

個案之三的程思遠是來自上海的小姑娘，2005年來港，入讀聯合書院日本研究系，寫文章時讀二年級。她除了學會廣東話之外，更學會長大，表現自信，目標明確，展翅高飛。這一段自述的文字充滿生活實感，相對於現在大量

⑨ 程思遠〈翅膀〉，香港中文大學聯合書院主編：《聯合文采》（香港：香港教育圖書公司，2007年），頁241。

嬌生慣養、萬千寵愛的獨生小孩，或深受照顧、王子公主的港童港女來說，看來獨立成長、心智健康的孩子比甚麼都重要。

至於其他很多土生土長的非華裔人士，當然都會說標準的粵語了。屈穎妍〈給街童一個圖書館〉說：

> 對我來說，常牽動我心，是鄰近屋邨幾個印巴籍孩子。因為在那老屋邨租了間小店賣二手書，偶然看店，都會碰到這班小孩。第一次見面，開口跟他們說英語。「吓？講中文啦！」原來印巴只是外表，口裏操的廣東話，說得跟你我一樣流利。⑩

現在很多在港澳生活及長大的土生葡人、印巴籍人士等，由於長期浸淫在粵語環境之中，出於社區生活的本能需要，一般都能說流利的粵語，而這也反映了粵語通行無阻的社會事實。相對於廣州來說，港澳的語言環境比較單純，從生活處境中學習，加上學校教育的輔助，可能更是外地人學習粵語的最佳場所。

---

⑩ 楊泳森編輯：《明報》副刊．時代 D5 版，2010 年 10 月 9 日。

叁、社會對語言的渴求

在澳門，無論甚麼行業，都要面對大量的遊客及非本地人。兩文三語之外，能夠多掌握其他的語言，除了提升文化的認知及生活品味之外，可能更能符合職場的需求，脫穎而出了。且看近日兩則香港公司對語言要求的報導。

> 早在1994年，該公司的電話客户服務熱線，已經開始提供兩文三語（廣東話、普通話、英文）的服務。2003年，其電話客户服務熱線實行開始支援四文五語（再加上菲律賓話和印尼話）。現在煤氣公司的兩個電話客户服務中心就共聘用了109名接線生（電話客户服務員），其中3人能説菲律賓話，1人能説印尼話，以及6名管理階層。[⑪]

可見在香港的職場中，為了提升用家的煤氣服務，除了傳統的兩文三語之外，還要加入菲律賓語、印尼語。澳門也有很多少數族裔，所有公司都會面對現實的需要，必然會因應服務對象，選擇必需的工作語言。

⑪〈煤氣熱線「聽得到的微笑」〉，《明報》企業管理K12版，2010年9月17日。

謝瑞麟珠寶於9月28日在勞工處互動就業服務刊登廣告，招聘1名外語營業員，負責珠寶銷售工作，每週需工作6天，每天工作9小時，每月底薪連佣金約7000至9000元，另加花紅。學歷只需中五程度，卻需要非一般的語言能力，需懂包括粵語、普通話、良好英語、韓語、印尼語、菲律賓語及操流利泰語，總共7種語言，亦需懂閱讀中文和英文。或許因條件太苛刻，暫時仍未有申請者轉介面試。記者於Recruit Online發現相同職位招聘，但要求卻是「經驗不拘」。……議員指「玩嘢」。李卓人與王國興均懷疑謝瑞麟珠寶是否想以此苛刻條款招聘外勞。⑫

這是一則搞笑的奇聞，一個人能夠懂得七種語言，一定是語言奇才，究竟香港會有幾個？看來他也不須要到珠寶店任職了。外勞中會有符合既定條件的人才嗎？他們可又甘

⑫ 陳蒙杰編輯：〈謝瑞麟招懂7語店員月薪7000〉，《明報》港聞A14版，2010年10月6日。又最近有一則〈華裔女童膺最年輕優秀語言家〉報導說：「英籍華裔十歲女童Sonia Yang，日前在一項語言比賽中擊敗逾五千多名對手，當選成為英格蘭西北部地區最年輕的優秀語言家。年紀輕輕的Sonia，已經懂得國語、臺語、英語、日語、德語、法語、西班牙、哈薩克、葡萄牙等九種語言，而在比賽前，僅花數週時間，便學曉非洲烏干達語，令老師大嚇一驚。」載《頭條日報》「國際趣聞」版，頁52，2011年10月20日。或者世上並沒有不可能的事。

願離鄉別井，接受這偏低的薪酬？祝謝瑞麟珠寶公司好運，能招聘到七項全能的僱員。

肆、香港中文大學的語言爭論

1963 年 10 月，香港中文大學成立，以中文為主要教學語言，在港英政府年代，所謂中文就是本地語言，很自然的就是兼容國語與粵語了。⑬ 由於陸續聘用外籍教授及在海外畢業歸港的學者，同時又為了跟海外的學術界接軌，方便學生升學及就業，後來有些科目還是必須兼用英語授課的。

2004 年底，香港中文大學校方向各系發出通告，要求他們承諾有多少科目採用英語 / 普通話授課，目標是配合國際化的需要。2007 年 10 月，中大通告《雙語政策委員會報告書》，將校內的主要語文由中文改為中英雙語並用。同時又建議個別本土色彩濃厚的科目，可以沿用粵語授課。其實現在所謂中文，主要是指普通話，所以近年除了積極招聘用普通話授課的學者之外，還規定老師上課時，雖然面對全班大多數土生土長的香港學生，如果座中有一位同學要求用普通話授課，就算老師的普通話比較普通，也只能用生硬

⑬ 據 1964 年 2 月聯合書院徵聘講師的啟事，包括物理學、化學、數學、社會科學等，清楚注明「教學語言以中文為主」，參《聯合文采》的廣告影本，頁 168。

的普通話上課，而不能用粵語了。

其實香港中文大學的雙語政策行之而久，早期的授課語言由院系及教師按實際情況決定，英粵普三語都有，一直相安無事。官方文件往還以英語為主，而學生一般思考及討論，除了個別場合之外，自然就多用粵語了。後來的雙語政策以英語授課為主，同時又為了吸納內地生，限制很多科目改用普通話授課，也就顛覆了中文大學的粵語傳統，引起了很多師生及校友的反對，大家就教學語言的問題展開激烈的論辯。中大政政系三年級學生李耀基甚至申請通過司法複核擬推翻該報告書。2009 年一審敗訴。2010 年 7 月 26 日，上訴庭再判李耀基敗訴。李耀基隨即安排上訴至終審法院，2011 年 9 月 28 日在審訊中段撤回上訴，尚需支付訟費。

香港中文大學的雙語政策主要是以英語授課，校方的理據是：1. 提供足夠的學分讓國際生修讀；2. 要跟國際學術界接軌；3. 提升學生英語能力及競爭力。這些理由堂而皇之，可是很多學生並不領情，他們慣用母語思考，始終有點抗拒英語霸權的意味。近日《中大學生報》列出了五點反駁的理由。

1. 本地人變哂做國際生。2010 年本科生中，非本地生只佔整體約十分之一，可是十之八九的科目都用英文授課。有時明明教的是本土的事情，授課的老師同學生都是土生土長的香港人，卻要用英語去教、去討論，何苦呢？

2. 同國際學術界接軌的兩條出路。孫述宇（1934-）教授曾形容同國際學術界接軌有兩條出路：要不費大量人力物力翻譯，立志培植這些「西學」在本地生根；要不認命，叫中國人世世代代用英文作學術語文。當年殖民統治下，中文尚未成法定語文時，創校的先賢尚有所擔當，堅持用中文授課。為甚麼現在的中大卻成了機會主義者？

3. 提升學生競爭力不是唯一追求。提升學生競爭力，為香港這個商業社會服務固然可以是大學的其中一個面向，可是大學除了「適應」外，更重要是「超越」：批判現實的世界、構築理想的社會；探索真理，傳承人類的文化精神。如果放棄這些面向，大學只會淪為經濟和政治集團的附庸，成為一間職業先修學校，以學生出來第一份人工的升跌作為終極追求。

4. 要國際視野更需要用母語。龍應台（1952-）在〈為甚麼燈泡不亮——我看香港的「國際化」〉將國際視野定義為：「對於其他國家的歷史和現狀有一定的認識，對於全球化的運作和後果有能力判斷，對於人類社區的未來有所承擔。」當中最重要的不在於英語，而在於有沒有深刻健全的思考。而往往只有用自己最嫻熟的語言——母語，才能協助我們練習深刻的思考，才可談得上有國際視野。

5. 虛假的國際化。扣除與我們文化相近的內地、澳門、台灣學生，2010年中大11,255個本科生，只有55個外地生，即使加上只來中大半年、一年的外地交流生，都不禁令人懷疑會否真的有文化交流，更枉論在吸引他們來的時候，我們犧牲了這麼多。⑭

以上五點，學生的說法言之有據，主要是圍繞母語與英語的爭論，也就是學習第一語言與第二語言的問題。⑮在思考與表達方面，當然以母語教學佔優；但如果真的要促進全球化，及面對世界文化的交流，大學生除了認知本體的文化之外，絕對有必要深入學習第二語言，求學期間經驗尚淺，可能所得不多，畢竟大學生活的日子才不過三或四年左右，來日方長，將來英語說不定會帶領我們進入更深遠廣闊

⑭ 〈中大！學咩人用英文呀！〉，《中大學生報》2010年9月號，頁10-11。本文作者不詳，但本刊列出的編者／作者欄目下有鄭智浩、陳昌明、彭梽榔、鄺頌婷、何敬熹、簡浩德、林啟舜、孫根芳、張浚軒、何奕彤、湯詠婷、劉子僑、羅奕媚等。

⑮ 參劉殿爵（1921-2010）〈第一語言與第二語言〉，載《語言與思想之間》（香港：吳多泰中國語文研究中心，1993年7月），頁25-32。

的思考空間。書到用時方恨少，大學生年少氣盛，卻不宜過於偏激，輕易否定英語，英語的價值不純是功利作怪。無論用甚麼語言學習，最重要的還是明辨是非，促進思考，只要熟習了，英粵普都有同樣的功效，多認識一種語言，更便於思想上及價值觀的碰撞，相互比較，揭出事實的真相。

此外，根據2010年香港中文大學招收海外本科生的數字統計，除了來自中國大陸之外，依次為澳門71、葡萄牙21、馬來西亞10、南韓8、台灣5、美國2、德國2、毛里求斯、加拿大、立陶宛、印尼、伯利茲、波蘭、委內瑞拉、津巴布韋、荷蘭、新加坡各一人，總數131人。其中葡萄牙可能並不是真正來自歐洲的葡萄牙人，而是澳門居民中持葡萄牙護照的華人，其他國籍中可能都有華人的身影，那麼非華籍的外國人可能更少，國際化的交流空間依然十分有限。

《中大學生報》所提出的觀點充滿激情和理想，當然有些道理。除了保衛本土文化之外，其實我們還得面對全球化下的語言環境，很難閉關自守。在英語的事實存在之外，馬傑偉也很認同報告書中對粵語的定位。他說：

> 這份雙語檢討報告，大膽把廣東話寫入大學教育政策之中，建議有地方色彩的科目，可用粵語授課。本地學生可能認為此舉實質上是把粵語規限於整體教學語

言的邊沿。我不同意。……中大有勇氣在政策文件中，肯定粵語的學術與文化價值，並予以適當定位，保存了中大多年以來重視本土的傳統，在有本土色彩的領域，讓本地學者與學生，自由以粵語貫通學術、社會與生活，此原則若發展得宜，將有利於中國文化的多元化與創造性，亦有助香港創意文化的發展，更將會是中文大學一大特色與專長。⑯

平心而論，香港中文大學的《雙語政策委員會報告書》並沒有英語獨尊的傾向，也為粵語教學留下了一些空間。只是因應時代的需要及學生能力的持續性發展，不能再陶醉在一種單語的教學環境了，我們必須面對英語及普通話的挑戰，所謂此一時、彼一時也，大學生絕對有必要提升個人的語文能力，開拓眼界，不純是職場的需求。內地學生喜歡來香港讀書，除了是思想自由之外，可能更希望提升語言能力。此外，馬國明也有「別向廣州話說不」的主張，⑰ 苦口婆心的告誡當局，都是積極面對本土文化的客觀態度。近日張洪年指出：「香港是中國唯一可用自己方言思考及討論嚴肅議題的地方，這是香港很特別、很了不起之處，若放棄了廣

---

⑯ 馬傑偉〈中大語文政策的未來〉，《明報》論壇 C16 版，2006 年 8 月 14 日。

⑰ 馬國明〈先要國際化的不是中文大學而是中文〉，《明報》世紀 D4,D6 版，2006 年 10 月 25,26 日。

東話便很可惜。」陳雲根（陳雲）亦云：「香港可謂廣東話於社會應用最全面之地，香港人如不珍惜，摻入北方言談及官方辭令，不久廣東話亦會變質。」何萬貫甚至更指出教學語言及教學內容是兩個不同的概念，「若期望透過普通話教學來提高學生的中文水平，收效不會顯著。因為語言是一種能力，能力是要通過鍛鍊和應用來訓練的。要提高學生語文水平，應從『內容』、『教法』及『運用』方面入手。」⑱他們還是全力支持母語教學的，希望健全粵語，完善粵語，不要淪為「世界非物質文化遺產」的保護名單之內。因此，澳門教學語言所遭遇的問題，其實跟香港完全一樣，可以借鑑香港討論的經驗。大抵有國際視野的，學生早就千方百計的學外語，衝出去了；留下來的，慣於享受原有生活圈子的親和力，一時之間可能未必感受到學習外語的重要性，反而會敵視之為英語霸權，甚至蓄意表現出對抗的態度。總之，大學一定要堅持有適度的英語教學，學生可以多學、少學，但不能不學。至於有用沒有用，那是後話了。希望即學即用，可能更是另一種帶功利的觀點，實在沒有必要。

此外，從教育的角度著眼，本港社會一直以來都很支持學習粵語，不願放棄。余詠恩〈俾阿仔學廣東話〉云：

---

⑱ 以上張洪年（1946-）、陳雲根（陳雲，1961-）、何萬貫三家的觀點參〈粵語——廣東文化承傳的橋樑〉，《中大通訊》第 365 期 2 版，香港中文大學資訊處，2010 年 10 月 19 日。

最近在《國際先驅論壇報》、《紐約時報》及《南華早報》發表過文章談論香港父母用英語跟孩子溝通的現象，非常驚訝不僅在香港及海外的媒體及網站引起了廣泛討論，甚至有遠至盧森堡、法國、以色列的讀者來信作出回應，所產生的迴響是我始料不及的。似乎語言教育在海內外都是一個令大家容易引起共鳴的課題。

孩子學習第一語言的黃金時期是零至四五歲左右，錯失了這時期，補學中文便變作學外語一樣難，增加學習負擔。我並非抗拒學外語的風氣，但是家長千萬不要以為多學英文便等於沒有學中文的空間，幼兒的腦袋是靈活的，可以承載多種語言，別誤會以為要英文就要放棄中文。最近一位語言治療專家跟我提到，一位受過高深教育的媽媽為了用英語跟孩子溝通的決定懊悔不已，向他求助。自孩子出生開始，她夫婦倆一直用英語跟他說話，到了他小三時才猛然發現中文的重要性，但孩子已經錯過了學習母語的黃金時期，到八九歲再學像學外語般惡補中文反覺非常吃力，而最重要的是他的社交能力受到很大的阻礙，在學校被同學排擠，而且英文也只是平平，作父母的，便覺得自己害了孩子，毀了他的前程。⑲

⑲ 程詩敏編輯：《明報》週日話題 #007 版，2010 年 10 月 10 日。

對於迷信英語學習的家長來說，本文不啻當頭棒喝，值得對幼兒教育的反思，千萬不要錯過學習母語的重要階段。不過由於生活現實的需要，這當然也有不同的聲音了。單一的母語並不夠用，我們有必要多掌握一些別的語言，以便應付整個複雜的世界。張堅庭(1955-)〈語文的實用價值〉云：

> 我不太贊成把孩子送到全英語的國際學校，因為缺了一門溝通工具，工作機會肯定減低。
>
> 我這麼多年東奔西跑，始知道語言的重要，英語已是國際語文，不涉民族感情，就算西方列強曾經侵略中國，今天英語再不專屬任何民族，香港的競爭力缺語文肯定損失大。
>
> 靠政府不如靠自己，一種廣東方言不能讓你走天涯，撐廣東話幾好，但不及流利的普通話和英文重要。[20]

出於觀點角度的不同，余詠恩與張堅庭所說各有道理，可以相互補充和配合，甚至都是經驗之談。為此，澳門當局的語言策劃當以兩文三語為目標，基本上平均分配。學生在一個多語並用的環境中成長，浸淫日久，沒有學不好的。在中小學階段，多用母語粵語授課，兼學普通話和英語，或者

⑳ 姚樂兒編輯：《明報》Happy Pa Ma G12 版，2010 年 10 月 13 日。

酌加少量葡語；大學階段中英文並重，可能近於五五分配了。此外，中小學或大學還可以考慮訂出校內日常主要的工作語言，粵普英都可以，由個別學校因應教學需要及生活理念而自由設定，減少官僚系統的行政干預，持之以恒，必然大放異彩，而澳門學生也可以多所選擇，以學習為樂趣了。

〈澳門特區的語言應對〉，《澳門語言文化研究》2010（澳門：澳門理工學院，2011 年 11 月），頁 147-160。

兩岸四地與現代漢語的多元策略

漢語的歷史悠久，使用的地域廣大，人口眾多，尤其是保存大量豐富的圖籍文獻，無論口語和書面語，一直都處於相對穩定的發展狀態。自古以來，大家都以帝王都邑的口語作標準語，構成了廣大的北方官話系統；而南方地區則通行方言，主要有吳、湘、贛、閩、粵、客六種，如果連同晉語、徽語、平話等計算，或可稱之為十大方言。不同方言之間的交流，多少都互有影響了。自從秦朝推行「書同文」的政策以來，以周秦以來的書面文獻為準，構成了文言文，還輻射到周邊地區，遠達朝鮮、日本、越南、琉球等，也是長期以來古代國際舞臺上的重要語言。清末民初主張「我手寫我口」，改用白話文，不同的地區出版白話報，提倡方言寫作，啟發民智，普及教育。[①] 其實白話文跟文言文一樣，都是訓

① 光緒二十四年（1898），裘廷梁（1857-1943）在《蘇報》上發表了〈論白話文為維新之本〉，明確提出了「崇白話廢文言」的口號，並創立《無錫白話報》（1898）。其後《杭州白話報》（1901）、《紹興白話報》（1902）、《蘇州白話報》（1903）、《寧波白話報》（1903）、《上海新中國白話報》（1903）、《安徽俗話報》（1904）、《廣東白話報》（1907）、《西藏白話報》（1907）、《國民白話日報》（1908）、《伊犁白話報》（1910）、《藏文白話報》（1913）、《潮州白話報》、《北京白話報》、《蒙古白話報》等，即如雨後春筍般湧現。

練出來的成果，以名家詩文辭賦、小說戲曲的作品為準，通過背誦的手段學習寫作，模仿不同的風格，因應社會的需要，慢慢也就衍生了不同的文體。1956 年 2 月 6 日國務院向全國發佈了《關於推廣普通話的指示》，明確指定：「漢語統一的基礎已經存在了，這就是以北京語音為標準音，以北方話為基礎方言，以典範的現代白話文著作為語法規範的普通話。」② 通過五十多年來教育、出版、廣播及報刊寫作的訓練，現代書面語也就漸趨定型了。其實無論文言文、白話文，講求簡潔和清通，寫的都不是口語直錄，而是完全泯除了方語土語痕跡的書面語，基本上不存在省籍區別，大家一看就明白，在溝通上自然更無往而不利了。

世上事物的發展往往是互有利弊的。長期統一的文體缺乏變化，成了定格，陳陳相因，可能就變得老化，甚至僵化了。除了獲取訊息之外，我們會不會對文字有更高的要求呢？詩文小說的作品固然是語言的試驗，可以不斷的嘗試和創新，其他歌詞、劇本、講稿、訪問等，口語的要求更高，才能顯出生動活潑，一經文字上的表述和雅化，可能就

② 1909 年，清政府設立「國語編查委員會」，首先將官話正名為國語。1911 年通過《統一國語辦法案》，審定國語標準，編輯國語課本、國語辭典和方言對照表等。民國以後，1913 年讀音統一會用投票方式議定了「國音」標準，訂出注音字母，審議漢字讀音。1919 年出版《國音字典》初印本，或稱「老國音」。1923 年國語統一籌備會成立「國音字典增修委員會」，決定採用北京語音標準，稱之為「新國音」。1932 年教育部公佈發行《國音常用字彙》，採用了「新國音」。1946 年 4 月 2 日臺灣省行政長官公署設立「臺灣省國語推行委員會」，專責推行國語運動。

顯得乏味、千篇一律、死氣沈沈了。此外，現代漢語以北京音為標準音，其實除了規範字音的聲母、韻母和聲調之外，其他還有輕聲和兒化，熟習了北京話的語調，字正腔圓，自然動聽了。但中國幅員廣大，南腔北調，南方的語言很多都保留入聲，明顯缺少了輕聲和兒化，除非在生活中完全隔絕了方言的干擾，否則在雙語的環境中學習普通話，只能鸚鵡學舌的，當然還是用母語親切方便。現在大陸教育普及，無遠弗屆，學生從小學習普通話，在表達和傳意方面基本上沒有問題，大家都樂於採用。至於大家對於方言的執著，這是在社區活動中的自然選擇，除了文化及感情因素之外，可能牽涉更深遠的政治或社會議題了。

至於寫作方面，北方話的詞匯儘管豐富，但隨著社會經濟的發展，工商業急速膨脹，交通旅遊都很便利，加上新科技新事物的湧現，電影、電視及流行歌曲的傳播，以至電腦及互聯網功能的提升，日新月異，瞬息萬變，可能並不夠用。現在每日還不斷地創出大量的新詞，滲入口語及書面語中流轉，雅俗共賞，反璞歸真，生生滅滅，世代輪迴，特別是在政商互動及民間交流的過程當中，大量的港台詞語進入普通話系統裏去，通過實踐及驗證，有些都取得正式身分了。《現代漢語詞典》不斷增訂和改版，已出五版及繁體版光盤，其實也具體指出了詞語變化的軌跡。③

---

③ 中國社會科學院語言研究所詞典編輯室編：《現代漢語詞典》（北京：商務印書館）。案：第 1 版 1978 年，5.6 萬條；第 2 版 1983 年，5.6 萬條；第 3 版 1994 年，6 萬條；第 4 版 2002 年，6.1 萬條；第 5 版 2005 年，6.5 萬條。

在語法規範方面，所謂「典範的現代白話文著作」這個標準定得十分空泛，早期很多名作家，例如魯迅（1881-1936）、朱自清（1898-1948）、巴金（1904-2005）、張愛玲（1920-1995）等的語法不見得完全符合標準，甚至連近年流行的賈平凹（1952-）、莫言（1955-）、駱以軍（1967-）、韓寒（1982-）等是不是就可以視作白話文的典範，實在很難一概而論。1956年公佈的新中國第一個中學教學語法系統《暫擬漢語教學語法系統》，以至1984年公佈新修訂的《中學教學語法系統提要（試用）》，都可以視作構詞造句的規範。這兩個語法系統影響了中學以至大學的語法教學的萬千學子，說明語法現象，其實也只是僅供參考而已，我們寫作如果不能溢出語法系統的金剛箍，可能還是死路一條。所謂「文無定法」、「神來之筆」，最後文章還是端看個人的表現而已，語法云乎哉？

現代中文跟英文一樣，由於使用的地域廣大，人口眾多，更牽涉到不同的政治文化、科研經濟的領域，出入於古今之間，流轉於方言之中，加上互聯網的推波助瀾，早就產生了很多的變體異體。即以名稱而論，大陸叫漢語、普通話（相對於其他少數民族的語言來說）；台灣叫國文、國語（最具有一統天下的霸氣）；港澳語文不分，統稱中文（相對於英文、葡文來說）；新加坡叫華文、華語（相對於馬來人、印度人等族裔來說，官方專用英語），可見名字背後所帶出的思維並不一致，每一個地區對漢語都有不同的要求，最後大家說出來的、寫出來的，自然就是不一樣的漢語了。又如高錕（Sir Charles Kuen Kao，1933-2018）所患的阿茲海默病（Alzheimer's Disease），患者腦皮層及腦海馬均出現嚴重萎縮，腦室則明顯擴大。香港一般叫老人痴呆症，內地腦衰退症，台灣失智症，日本認知症。九月二十一日已訂為「世界阿茲海默病日」，香港則稱之為「世界老年痴呆症日」。在漢語中，哪一地的稱呼最為穩妥，貼近病徵及事實，可能仍有待專家學者的研究確認了。近日香港賽馬會耆智園公開向市民徵名，並選出 36 個入圍名字，再經由評審團決選，現已正名為「腦退化症」，供各界採用。④ 目前大致可以這樣說，儘管教育的思想和背景完全不同，如果大家都寫標準的漢語，例如《人民日報》、《聯合報》、《大公報》、《澳門日報》、《聯合早報》等，主要的報導內容基本上沒有看不明白的。但當牽涉到地方題材、訪問報導、娛樂新聞、文藝創作等，為了保存語言的真相和傳神，現在大家都寧可按照原來的字句紀錄，而不是翻譯為標準的漢語，可見方言詞語和句法已經逐漸侵入漢語的領域，換句話說其實也就是漢語

---

④ 王智君〈老人癡呆太負面　千三人爭正名　小五生「腦退化症」奪冠〉云：「本港沿用『老人癡呆症』這病症名稱多年，對患者及其家屬造成無形的心理負擔。就讀小五的陸子庭想出以『腦退化症』來取代『老人癡呆症』，在正名比賽中擊敗 1,300 名對手，奪得總冠軍。新名稱將獲衛生署、醫院管理局、平等機會委員會等 18 個機構採用。」《蘋果日報》，2010 年 10 月 30 日。

的擴充和提升。是福不是禍，是禍躲不過，展望未來，我們所要面對的，可能還是不一樣的漢語了。暫時無以名之，或者就稱為「現代漢語的多元選擇」吧。現在選取幾則近日報刊為例說明語文變化的契機。

1. 噚日係抗日戰爭時日軍進入烏蛟騰村嘅日子，當年烏蛟騰村民奮勇抗敵，有 9 個勇士為咗保護其他村民而犧牲，後來村民為咗紀念佢哋，喺村入面設立咗抗日英雄紀念碑。最近個碑重建，噚日仲舉行開幕典禮。近排釣魚島問題愈炒愈熱，民建聯就趁抗日紀念碑開幕，乘機抗議，不過成單活動就真係玩殘記者！

   ……另外，可能呢個開幕典禮未綵排過，噚日一眾嘉賓為紀念碑介紹板揭幕時，成班攝影記者就喺下面霸個靚位，等嘉賓轉個頭過嚟影張靚相，點知紀念碑塊紅布好似變魔術咁跌埋落嚟，唔少在場人士都問「邊個拉㗎？」最邪門就係，原本都幾好太陽，當嘉賓拉開塊布後，就即刻傾盆大雨，唔通個天都要為抗日英靈同哭一聲。⑤

⑤ 黃海燕編輯〈抗日紀念碑開幕玩殘記者〉，《明報》A18 e Emily 版，2010 年 9 月 24 日。

2. 紀念烏蛟騰村九位抗日烈士村民嘅「抗日英烈紀念碑」，噚日重建後揭幕。新碑高舊碑近一倍，並搬去較顯眼嘅新娘潭路旁。根正苗紅嘅民政事務局長曾德成高調到場主持揭幕儀式，大談紀念碑如何體現中國人抵抗日軍、保家衛國精神。點知一被問到點睇港人想去釣魚台保家衛國時，曾德成即時轉身快閃。問到支唔支持民間保釣行動時，更拋下一句「我唔評論」。

   唔知係咪一班英烈在天之靈都睇唔過眼，喺曾德成同一班嘉賓唸住走去「抗日英烈紀念碑」揭幕時，突然發現原先鋪喺碑上嘅紅布，早已神不知鬼不覺咁被揭開咗，此時更突然落起大雨。有出席活動嘅抗日老游擊隊成員面露驚訝，猛問人：「邊個揺低塊布㗎？到底邊個揺㗎？有冇咁邪呀？」最終曾德成揭幕不成，更淋到濕晒，連頒紀念品儀式都未完，就跳上架車走人。⑥

以上兩則報導源自同一段的新聞，香港民政事務局局長曾德成（1949-）為本地的抗日英雄紀念碑揭幕，可能天氣

⑥〈抗日烈士顯靈？　曾德成速閃〉，《蘋果日報》隔牆有耳 A19 版，2010 年 9 月 24 日。

突變，有待揭幕的紅布被大風吹開，跟著又下起傾盆大雨，十分狼狽。這本來是沒有甚麼事的，由於本地記者想藉抗日事件詢問曾局長對支持保釣的態度，但曾局長避而不答。因此兩大報刊不約而同的都用方言來撰寫報導，揶揄曾局長，疑神疑鬼，繪影繪聲，意在言外，好像連抗日英靈都看不過眼似的，很自然就引發讀者的會心微笑了。文中「噚日」即昨日，「佢哋」指他們，「近排」即近來，「霸個靚位」即估個好位置，「邊個」指誰，「成單活動」即整個活動，「點睇」即怎樣看，「快閃」即趕快走開，「搣低」指拉下來，粵語成分不算多，要改寫普通話並不難，但用方言來讀就生動多了。

3. 不行，我怎麼能讓「數碼」成為我們之間的「鴻溝」！所以，當女兒說：「媽咪，不如我幫你開番個啦，得閒同你 Facebook 呀！」「好呀！」我忙不迭的答應。想不到，終於讓我決定加入 Facebook 陣營的，是我的女兒。

   老公雖然是 IT 人，但很久以前開了 Facebook 後，一直沒有用過。看到我們開 Facebook，一開始不怎麼理會，後來我跟女兒整天 Facebook 來、Facebook 去的，他有了被邊緣化的感覺。為了重新成為我們的一分子，他找回那個開了之後從來沒有上去的 Facebook。⑦

此則專寫親子關係，記錄女兒的説話，原汁原味，特別親切，用普通話來寫就有點老氣了，不像是港澳小孩子的語言；Facebook 就是一般的稱呼，香港或稱之為「面書」，或簡寫為 FB，好像還沒有慣用的譯名。在這段引文中，Facebook 已經變身為漢語的一分子，有時是名詞，有時又活用為動詞。

4. Freshmen，既然新書院講得咁美好〔強調「家」感覺及學生自治、共膳〕大家好趁青春結伴行，夾手夾腳訂個「合理」嘅宿規：合法鴛鴦蛇又好，男男、女女 Couple 蛇又好，總之同學可以揀啱 key 嘅房友，仲要訂個方便大家嘅探訪時間，又或者宿舍啲活動室點用呀，……一於齊齊自己管理自己住嘅地方，實踐我地對生活事務嘅參與同民主管理。⑧
5. 談及新書院的全宿共膳，可想像 Franklin 如何責夾好食、住 I-house 助你 keep fit；亦可想像 I-house

⑦ 恬媽手記〈得閒同你 Facebook 呀！〉，《澳門日報》生活 E1 版，2010 年 9 月 23 日。

⑧ 訪問：Javier、Janet，文：謝斐亞〈全宿共膳探一探〉，《中大學生報》2010 年 9 月號，頁 6。

> 渡假屋式的舒適間隔、書院樂也融融的生活。但不能避過背後最不合理的，是要學生當下承諾讀大學期間一直住宿及每星期共膳三晚。然後，視退宿為特殊例子，因為怕不住宿的新書院人，若要轉書院，將挑釁書院制。
>
> 偽成襲還説：「我唔鍾意承襲 law，本身歡喜新書院冇傳統，點知佢共膳學人 High Table Dinner！都唔知比起平時有咩唔同。」⑨

今年香港中文大學多了兩間新書院，提出「全宿共膳」的理想，構建完美的書院生活。以上兩節全用口語書寫，兩文三語混合起來，亦多用揶揄手法，不加修飾，直抒胸臆。其中「蛇」指「屈蛇」，即非法入住同學的宿舍，「鴛鴦蛇」就更是男女同住，明顯是挑戰校規了；而「男男、女女 Couple 蛇」則有點玩世不恭的意味，表示接納不同性別傾向的朋友。其他「夾手夾腳」意即合作，「law」是年輕人常用的句末語氣詞，「偽成襲」大概是一個挖苦人的假名，「學人」指效法原有書院高桌晚宴的交流方式，「有咩唔同」即有甚麼不同。這兩段文字寫得比較生動活潑，充滿青春氣息，聊作宣洩感情之用，雞蛋裏挑骨頭，其實同學並沒有太多的牢

---

⑨ 珍叻〈新書院偽同學爆小鑊〉，《中大學生報》2010 年 9 月號，頁 7。

騷和不滿，至於新書院日後的發展就等著瞧吧。

6. 中秋和國慶兩大假期將至，東莞許多高三班級卻如臨大敵，把兩個假期裏國家規定的 10 天假期普遍壓縮為 4 至 5 天，學生紛紛致電投訴。昨日下午，東莞石碣中學的高三年級男同學找校長「講道理」，最後「成功」要求多放一天假，有學生通過手機微博直播了這一幕。

   記者從該學生微博中看到，17 時 05 分左右，許多女生紛紛在教室走廊外關注事情進展。17 時 16 分左右，學生回到教室上課，學校領導告知只能多放一天假，理由是社會上有很多流行性病菌，學生多放一天假多一分危險。

   東莞市教育局稱，近日將組織工作人員到各學校明察暗訪，若發現一起節假日集體補課，將查處一起，同時公佈了舉報電話。⑩

廣州的報紙比較守規矩，這一篇報導全用標準漢語，文字雅正，不同於港澳的俗筆。但值得注意的，就是石碣

⑩〈高三男生找校長「講道理」　成功爭取少補課一天〉，《南方日報》東莞觀察·綜合 A Ⅱ 02 版，2010 年 9 月 20 日。

中學拒絕給學生放假的理由竟然是「社會上有很多流行性病菌」，原來高中畢業班都成了溫室小花，沒有抗菌能力，經受不起考驗，以後最好連寒暑假都不用放了，以免染病。這裏記者如實報導事件發展的情況，並沒有揭穿校長自欺欺人的說話，知法犯法，由讀者自行判斷，十分寫實。最後還印出了教育局的舉報電話，我很想知道校方、學生和教育局這三方面最後該怎樣擺平的？

7. 重慶《課堂內外》雜誌社前天公佈了 2009 年《中國青少年成長調查報告》。……在「酷」、「雷」、「囧」、「暈」、「氣死我了」、「沒勁」、「OK」、「隨便」、「有沒有搞錯」……這些潮語中，40.64% 的小學生選擇「暈」，44.22% 的中學生和 47.53% 的高中生也選擇「暈」。「暈」無論在中小學生的十大流行語中，都排在第一位，「囧」、「雷」等網上潮語也在十大之列。

中小學生 10 大潮語例句：

1. 暈！我在 Facebook 種的菜被偷了。
2. 你有沒有搞錯？我還是小學生啊！
3. OK，第一個環節是聽老師的口令做動作。

4. 哇噻！不少孩子都確診甲流了。

5. 隨便問幾個網友，幾乎無人不知。

6. 氣死我了！有人發錯作業給我！

7. 這真是太酷了！

8. 你這樣的問題實在是囧到作為前輩的我了！

9. 老師的作文課講得沒勁，大家都不愛聽。

10. 你被雷（驚嚇）到了嗎？⑪

相對於報紙上專用標準漢語，網上中小學生的用語可完全不受規範，肆無忌憚，導致潮語橫流，相互感染，日新又新，甚至蔚成風氣了。重慶《課堂內外》雜誌所選出的十大潮語，極具代表性，可以堂而皇之進入現代漢語的領域，充實新一代的語言。有些舊詞新用的，其實都賦予了新的意義和語感。

8.《Oxford Chinese Dictionary》新增 1,098 個新詞彙繙譯，如「囧」（意即驚呆）、「山寨」、「剩女」等，更收錄信函範例；SMS 簡寫用語；親屬稱謂等，切合不同用家需要。……新詞彙是根據北京、香港、澳

⑪〈內地中小學生「潮語」量字稱冠〉，《蘋果日報》2009 年 10 月 31 日引《重慶晚報》。

門、上海、新加坡及台北六個地方，近十年來在報章雜誌等最常用的新詞語編製，並以內地用語為主。

囧 dumbfounded

山寨 knock-off

酷斃 fucking cool

惡搞 parody

達人 expert

剩女 old spinster

憤青 angry youth（extremely nationalistic young Chinese）

房奴 mortgage slave

去中國化 desincize

microblog 微型博客

Al-Qaeda 基地組織⑫

由此可見，漢語流行的新詞也深受外國人的注意，並且通過翻譯，編入詞典之中。《Oxford Chinese Dictionary》同時列出最有代表性的六個城市及收集近十年的報刊常用語，包羅萬有，資料來源客觀可靠，充分反映了現代漢語的多元選擇。

⑫〈牛津潮語漢英雙向辭典〉，《蘋果日報》，2010 年 9 月 7 日。

9. 一個個帶有「菊花」的中文字，是內地新興的網絡文字。圖中對話第一段的藍色「火星菊花文」是：「小詩在麼？哈哈我來炫炫最近流行的菊花文，你看得懂麼？」(網上圖片)

「今天你菊花了嗎？」互聯網上已經出現「菊花文」的轉換器，只要輸入正常文字，就可以造出菊花疊影的效果。其實菊花文在技術上並不複雜，只是在字符中間加插圖形，用 ASCI 碼或 java 語言都可達成，有人更編出「火星文輸入法」，可以打出「火星菊花文」，有忠實擁躉表示，這是「將火星文和菊花文完美結合，沒有最潮，只有更潮！」此外，「菊花文」也被網友用於在討論區中發佈敏感詞匯或是粗口，即可避過過濾審查機制。

內地「非文字主流」層出不窮，火星文是將繁體字、生僻字，再混合一些數字、注音符號和日文假名而成，例如「我去同學家裏了」可被換成「涐呿茼學傢裡ㄋ」，閱讀者只需要看「半邊」或是借形狀猜測就明，年輕人樂此不疲，但長輩往往一頭霧水，故有學生寫火星文「傳紙仔」，則被老師截獲也不明就裏。

「蜜糖體」則是出自一名天涯網友「愛步小蜜糖」，專門「讀歪音」扮可愛，有如小朋友「黐脷根」效果，如把「我是很可愛的」講成「偶素粉口耐滴」，「人家非常不喜歡這樣子」是「倫家灰常八稀飯醬紫」。其餘網友可能未必全句都使用「蜜糖體」，但個別詞匯如「醬紫」「童鞋」（即同學）仍廣泛使用，如內地網絡紅人「芙蓉姐姐」就凡「我」必稱「偶」。[13]

上述菊花文、火星文、蜜糖體等全是小圈子的遊戲文章，根本不值一哂，所謂防河蟹、保私隱，只是藉口而已。這裏顯示語文可以有很多不一樣的表達方式，就像女書一樣，當然也是標準漢語之外的多元選擇了。所謂物極必反，普通話雖然強大，雖然方便，但有時為了保護私隱，甚至為了翻牆，突破封鎖，可能就故作模糊，變得神秘了。就像秘密社會的用語，不見得一看就懂。

10.《得閒炒飯》

近日電影《得閒炒飯》，「得閒」指有空，「炒飯」則為台灣潮語，意指發生性關係，用普通話直譯「有空便做愛」，內地或說「滾床單」、「啪啪啪」等，可能就過於露骨了，說不出口。現在用台語來說，在似懂非懂之間，語帶雙關，

⑬〈潮爆菊花文　PO 文防河蟹必備〉，《明報》寰宇花絮 A28 版，2010 年 9 月 17 日。

比較含蓄朦朧，更富有想像空間。至於台灣報刊，跟大陸一樣，基本上多用雅言，但很多時也免不了本地化和俗化。例如〈豬亮哥運俏　自認炒飯贏張菲〉：

> 至於房事體驗，他自認比張菲「半年兩次說」還多。22日中秋節錄影，他說還沒等到女兒謝金燕的祝福。雖緩頰說：「她常祝福我啦。」卻難掩失望之情。⑭

報導中「炒飯」和「房事」並用，可見這又是非一般的「炒飯」了。「緩頰」意為開脫、幫口解釋，以至找些說項理由。但很多人都寧願採用口語、俗語，比較醒目。又〈幾乎是陳菊的算數〉論云：

> 沒人看得懂陳菊的算數。她說：水淹高雄，「幾乎是八成中央要負責。」……淹大水的翌晨，她說：「淹水主因是超過二百年暴雨頻率。」(老天應負幾成責任？幾乎是兩成嗎？) 不甩中央，推諉給老天，國人想知道高雄市府應負「幾乎是」幾成責任？
>
> 陳菊競選，口口聲聲要負責將大高雄建設成國際新都；奇怪的是，只有治水防洪一項，八成責任在中央，兩成責

⑭ 《中國時報》娛樂新聞 D4 版，2010 年 9 月 23 日。

任在天公伯，總不會與陳市長「幾乎是」完全無關吧？⑮

《聯合報》的社論主要是批評陳菊（1950-）對高雄的水災卸責。上文「不甩中央」的「甩」（shuǎi）有「扔給」、「撇給」義，指推卸責任。「天公伯」是台語對「老天爺」的稱呼。其他標題如「砸錢買精品，36% 富豪縮手」⑯、「快放人……日籲會談中不甩」⑰，「砸錢」即投資，但雅俗有別，更可以表現豪氣；「中不甩」指中國並不理睬日本談判的要求，前後兩個「甩」字意義不同。

黃驛淵〈藍色公路來了　登船遊花博　一路水噹噹〉云：「花博遊船昨天上午亮相，將提供花博獨特的交通新體驗。遊客可搭船穿越大直橋，每晚五點半後，遊客在船上，就能欣賞亞洲最大戶外數位水幕的壯麗水瀑、一座座夜間發亮的睡蓮光雕，夜間風景比白天更迷人。」⑱ 用「水噹噹」來形容新鮮亮麗，聲色傳神。

邱祖胤〈平凡愛情　深刻哲理　侯麥 13 經典　金馬看透透〉：「法國電影大師侯麥（Eric Rohmer）今年初過世，享年八十九歲，金馬國際影展將播出他的十三部作品，包括影

⑮ 《聯合報》黑白集，焦點 A2 版，2010 年 9 月 23 日。

⑯ 《聯合報》消費 C6 版，2010 年 9 月 22 日。

⑰ 《聯合報》焦點 A2 版，2010 年 9 月 23 日。

⑱ 《聯合報》焦點 A3 版，2010 年 11 月 6 日。

迷耳熟能詳的《綠光》、《我女朋友的男朋友》、《克萊兒之膝》等片，其中，侯麥一九五九年拍攝的第一部劇情長片《獅子星座》，這次是台灣首映。」[19]「看透透」就是看清楚。還有其他標題：

〈扁拿錢喬事情　非關職權不算罪？〉[20]

〈接駁車遊花博　帶花送好康〉「5路線免費搭　穿著、配件有花朵　就送小盆栽。」[21]

〈台化台塑夯　外資愛不釋手〉[22]

〈花博效應　圓山商圈夯〉「遊客爆增　生意好店租漲　但松山機場航道通過上空　噪音與建築限高　影響房價成長。」[23]

〈師奶賣「火星糖」創百萬業績〉：「寒天加鮮奶口味『連火星人都喜歡』。」[24]

以上都用了很多方言詞語「喬事情」（調解糾紛）、「好

⑲ 《中國時報》文化新聞 A14 版，2010 年 11 月 6 日。

⑳ 《聯合報》要聞 A4 版，2010 年 11 月 6 日。

㉑ 《聯合報》北市運動 B1 版，2010 年 11 月 6 日。

㉒ 《聯合報》財經教育 AA1 版，2010 年 11 月 6 日。

㉓ 《聯合報》大台北房地產 AA3 版，2010 年 11 月 6 日。

㉔ 《蘋果日報》法庭 A14 版，臺北，2010 年 11 月 4 日。

康」(好東西、分享)、「夯」(hāng ,熱爆、強勁、厲害)、「師奶」(shī nǎi ,借用粵語詞)等作標題,未必一看就明白,但對台灣人來說卻是耳熟能詳,十分親切了。常見的還有「欠扁指數」、「台男揀正妹,最愛氣質型、陽光型」、「日租公寓,打趴旅館」等。「欠扁」即欠打、討打,「正妹」即美女,「打趴」即打敗,現在台灣書面語中往往夾雜當地口語,迎合普羅大眾的品味,爭奪市場,看來也是漢語發展進程中無可避免的大趨勢了。

通過上文的一些語段,我們可以清楚看出當代漢語發展的不同面相,除了標準漢語之外,我們還要豐富漢語的表現能力,追求博大,隨著時代的進步,創新漢語,推陳出新,不能老是墨守成規,守著語法系統寫作,神聖不可侵犯。對於不同地域的漢語作品,一時看不懂的,也要通過學習,認識廣泛的漢語文化,擴充思考領域,思想上的躲懶和規避更是要不得的,我們要勇於面對現代多元化的現實社會,感受多姿多采的風雲世代,人生百態,其樂無窮。

有些人在台灣生活數十年,完全不懂台語(閩南話),在港澳及廣州不懂粵語,在生活上當然會有些不便,可還是過得去,沒有溝通上的困難。加上每個人固執善道,各取所需,學不學台語粵語,看來也沒有甚麼對不對的。但這裏可能存有一種大中原心態,或是思想上的惰性,不求長進,不肯接納異質文化,不懂得欣賞其他方言。單一的語言往往會讓人思考停頓，困於個人固有的認知領域，眼光淺狹，難以交流經驗。多學一種語言，例如英文、葡文、日文，以至中國各地方言，懂得比較，開拓胸襟，那麼整個人就會像洗心革面似的，打開一道心窗，映入思想的亮光，見微知著，煥然一新。認識多一種語言，就像進入了另一個的思想空間，多活了一輩子。原來每一種語言所認知的世界，以至生活文化、思考角度、價值觀等，可能是並不一樣的。

一直以來，任何政權除非長期統治，否則單靠政治力量來規範語文政策不一定能夠成功，最好還是讓大家自由取捨，各取所需。早年台灣全力推行國語，用心良苦，工作上很吃力，效果亦佳；但卻嚴厲打壓閩南話，惹起當地鄉親強力的反彈，不但未能團結民眾，有時語言甚至成了撕裂民眾的工具，得不償失，現在已遍嘗苦果了。例如現在台灣的大學有國文系、中文系、台文系，甚至華文系等，具體的內容可能大同小異，或小同大異，但對於台灣的現狀和未來，哪一個名稱才比較正確呢？過去新加坡全力推廣英語，忽略了華語，現在中國經濟崛起，需求大量的華語人才，但新加坡的華語每下愈況，孰得孰失，也就很難一概而論了。最近有報導指出：

> 新加坡人也因為受到閩南等方言影響，自創許多新加坡式華語，如「敢敢」、「不見掉」等。不過，王惠認為，

> 新加坡式華語能增加群體認同感，沒甚麼不好。她建議，學校不妨在上課時教一些這類富有地方色彩的語言，讓來自不講華語的學生也能了解，並能和溝通華語的同學溝通。但王惠坦言，新加坡式華語可能造成與其他國家華人間的溝通障礙。㉕

這篇報導主要通過王惠《新加坡華語辭彙量調查》，指出學生詞語不足的問題，其實到處可見的，其他城市差不多也都有同樣的情況出現。隨著普及教育和資訊科技的發達，學生要學習的項目太多了，興趣廣泛，不勝負荷，除了個別醉心於讀書的學生之外，一般閱讀量都嚴重萎縮。既然不能從傳統閱讀中吸收詞語，乾脆自鑄偉詞，而這也是潮語流行及語文水準低落的主要原因所在。此外，新加坡政府也已改變了過去英語獨尊的政策，鼓勵華人多説華語，變相在華人社區內推行雙語政策。李光耀（1923-2015）甚至更承認當年語言政策的失誤。

> 李光耀前天主持新加坡華文教學研究中心開幕禮，坦承當年失誤，沒採用靈活教學方式教華文，強迫學生聽

㉕〈星學生常搞錯華語辭彙含義〉，《澳門日報》B4 要聞版，2010 年 5 月 25 日。

> 寫和默寫，做法「瘋狂」，導致學生失去學習華文興趣，甚至排斥華文，代價沈重。他解釋，他當年對人類學習語言的能力有誤解，以為學習多種語文，只要付出同等努力，成績也會旗鼓相當。㉖

我們認為「聽寫和默寫」的方法並沒有錯，學任何語文都是從閱讀和背誦中習得的，培養語感。但如果一個地區由上至下排斥華文，學生面對現實，擔心出路問題，很容易也就失去學習的動力了。現在要撥亂返正，看來還要多下工夫，才能在新加坡這個多語社會中，恢復華文的元氣。

漢語是層層積累的成果，有歷史的積澱，也有方言的選擇，就像吸星大法的，不斷壯大，體貌日新，絕不是固定的板塊。漢語從何處來？往哪裏去？方言不但沒有奪去漢語的正統地位，更從前世今生的輪轉中，不斷地強化漢語的骨骼，豐富漢語的表現力，深化漢語，美化漢語。如果漢語書寫只限於一套標準的普通話，沒有廣大方言牡丹綠葉的扶持，那麼我們的漢語可能還是相當貧血的。當然，也有學者不同意這個論點的，戴昭銘（1943-）云：「某些作家力圖用方言土語來造成地方特色、語言風格和藝術風格的傾向，實

㉖〈獅城強推雙語　致學生死背華文　李光耀認錯　自罵「瘋狂」〉，《蘋果日報》，2009年11月19日。

際上已經是一種理論上和實踐上的迷誤。」箇中的原因是：

> 第一，地方腔調和作家的語言風格實際上不是一回事；第二，外方言區讀者是難以體會這種地方腔調的，他們對此總是有隔膜感；第三，土語詞也是俗語詞，土語成分多，容易使作品語言不夠莊重，近於浮滑；第四，對於大多數外地讀者來説，土語詞正是生僻詞，用多了只能增加閲讀的困難。所以，方言土語的使用對於作家語言風格的形成不僅構不成必然因素，弄不好還會成為一個破壞因素。[27]

從規範的角度來看，方言土語很自然的都看成了洪水猛獸，外地的讀者看不明白，構成破壞因素。但從作者來看，只要是最恰當的表達就行了，有時還要拗盡天下人的嗓子，才能顯出創意。任何作品都只能是小眾的玩意，很少會公告天下的，何必一定要遷就遠方的讀者，慢慢接受的人多了，才成了大眾的經典。再到大家欣賞的時候，過去陌生的方言土語就都化身為普通話的成分了，可能還成為被仿效的對象。方言與普通話之間，可以相互吸收，相互轉化，不

㉗ 戴昭銘（1943- ）著：《規範語言學探索》（哈爾濱：《北方論叢》編輯部，1994 年 12 月），頁 138,140。

見得就是楚河漢界，相互排斥的。須知道，作品能夠傳世，時間才是最公平的證人。否則，縱然得到一時的掌聲，如果缺乏特色，很容易就會遭受歷史的淘汰了。

至於兩岸語文的差異問題，在交往的過程中只能並存，很難定於一尊，再由歷史選擇。陳伊敏〈重塑王道　專訪台灣文化總會會長劉兆玄　中國式文藝復興〉：

> 文字承載著文化。六十年的隔閡使兩岸在語言方面都有明顯差異，例如台灣說「雷射」大陸說的是激光；地鐵在台灣叫「捷運」，打印叫「列印」，數碼相機叫「數位相機」。劉兆玄透露，兩岸專家將合作推出以雲端技術處理的「中華語文資料庫」，讓兩岸不同用語並列對照。初步不會出版實體辭典，日後會放在網路上運用，預計今年年底會完成雛形試用，明年年底將有一個可觀的正式版本，因無時間空間限制，以後將逐年增加。年輕人可隨時增加新潮資料和意見，但是並不是像維基那樣誰都可修改，主要由兩岸專家嚴謹把關。「到時候，到底用『雷射』還是用『激光』，兩岸可以選出合適的、最鮮活的語言，最後彼此的語文差異將愈來愈小。這就是王道的做法！」㉘

㉘ 曾祥泰編輯：《明報》副刊．世紀 D4 版，2010 年 10 月 13 日。

劉兆玄（1943-）建議用兼收並蓄的方式來面對歷史及社會遺留下來的詞語差異問題，由兩岸專家嚴謹把關，不失為王道的做法。現在我們所說的兩岸四地，其實只是一個政治術語，代表中國整體，卻又包容差異的概念，有點「一中各表」的意味，可能大家所理解的中國並不一樣。但就漢語來說，基於長久以來地域文化及語言背景的差異，各地的漢語亦同中有異，異中有同，語言上的兩岸四地其實亦可以分為四大板塊：大陸漢語、台灣國語、港澳中文及新加坡華語。前二者都是正體，具有濃厚的正統書寫及官方色彩；後兩者則屬變體，表現民間智慧，有時還帶有邊緣地區異化的色彩，充分反映漢語的靈活多姿和應變能力。兩岸四地自其不變者而觀之，我們的漢語都是源自一個恆久龐大的母體；自其變者而觀之，那麼我們又可以在不同的時空及崗位中，表現出個別獨特優雅的身影。其實過去並沒有普通話，但絕不影響「書同文」的漢語書寫，不同的方言自然都是漢語的源頭所在。因此，我們所要追求的就是一種有活力、有動感的中文，而不單只是一種官方語文、正式語文。未來的漢語蓄勢待變，我們並不滿足於標準的現狀。同時我們也不鼓吹方言寫作，以免破壞漢語的溝通功效；我們只是呼籲當代的寫作不要迴避方言口語，增加可能的選項和試驗，優勝劣敗，自然淘汰，百川匯海，萬佛朝宗，健康的基因最後都會匯聚到漢語的母體中去。多元選擇的意義即在於此，現在的語文其實都只是過客而已。

〈兩岸四地與現代漢語的多元策略〉，2010 年第五屆海峽兩岸現代漢語問題學術研討會，廣州：廣州大學，2010 年 12 月 6-9 日。

論國語、普通話與方言的互動發展

光緒二十四年（1898），裘廷梁在報上發表了〈論白話文為維新之本〉一文，[①] 明確地提出了「崇白話而廢文言」的主張，並創立《無錫白話報》（1898）。之後杭州、紹興、蘇州、寧波、上海、安徽、廣東、西藏、伊犁、潮州、北京、蒙古等地的白話報，即如雨後春筍般湧現。1909 年，清政府設立「國語編查委員會」，首先將官話正名為國語。1911 年通過《統一國語辦法案》，審定國語標準，編輯國語課本、國語辭典和方言對照表等。民國以後，1913 年讀音統一會用投票方式議定了「國音」標準，訂出注音字母，審議漢字讀音。1919 年出版《國音字典》初印本，或稱「老國音」。

① 裘廷梁（1857-1943）〈論白話文為維新之本〉，原刊《蘇報》，1898 年，收入新民社輯：《清議報全編》，卷二十六，今轉引自郭紹虞（1893-1984）、王文生（1931-）主編：《中國歷代文論選》第四冊（上海：上海古籍出版社，1980 年 11 月），頁 169。

1923 年國語統一籌備會成立「國音字典增修委員會」，決定採用北京語音標準，稱之為「新國音」。1932 年教育部公佈發行《國音常用字彙》，採用了「新國音」。1946 年 4 月 2 日臺灣省行政長官公署設立「臺灣省國語推行委員會」，專責推行國語運動。

1956 年 2 月 6 日，國務院向全國發佈了《關於推廣普通話的指示》，明確指定：「漢語統一的基礎已經存在了，這就是以北京語音為標準音，以北方話為基礎方言，以典範的現代白話文著作為語法規範的普通話。」② 通過五十多年來教育、出版、廣播及報刊寫作的訓練，現代書面語也就漸趨定型了。其實海峽兩岸都推行得相當成功。

漢語的歷史悠久，使用的地域廣大，人口眾多，尤其是保存大量豐富的圖籍文獻，以及甲金簡帛的紀錄，無論口語和書面語，一直都處於相對穩定的發展狀態。自古以來，大家都以帝王都邑的口語作標準語，構成了廣大的北方官話系統；而南方地區則以不同的省城為中心，通行南方方言，目前學術界主要分為官話方言（北方方言）、吳方言、湘方言、

② 《文字改革》雜誌編輯部編：《建國以來文字改革工作編年紀事》（北京：文字改革出版社，1985 年 10 月），頁 79。

贛方言、客家方言、閩方言、粵方言等，稱為七大方言。③其中閩方言或又析為閩南方言、閩東方言二種，則為八大方言；其他連同晉語、徽語、平話等計算，可又稱之為十大方言了。北方方言人口最多，佔了絕大優勢，而南方方言雖然品類繁多，可不能相互溝通，有時甚至更彼此排斥，加以人口分處各地，現在除了通行於地方口語之外，其實還是勢單力薄，日漸式微的，幾乎不起作用。而普通話現已上升為全國、甚至全球通行的華語共同語了，論華語人口數量，較之英語，可能亦毫不遜色的。因此，自清末以來，國語運動的百年回顧，無論普通話及白話文的成就，甚至華語對外推廣方面，應該都是十分成功的。可是對於原來很多品種的方言，甚至其他大量的少數民族語言來說，基本上口語和書寫都統一於普通話和白話文了，大家的溝通也順利了，可就是完全沒有問題嗎？《老子》第四十章說：「反者道之動，弱者道之用，天下萬物生於有，有生於無。」④原來天道循環，月盈則虧，寒來暑往，有時甚至會朝著相反的方向轉化，才能產生新的動力，構成永恆的動態。《易經》六十四卦，最後仍是以未濟收結，自強不息，若有所待。就在方言的低潮

③ 參詹伯慧（1931-）、李如龍（1936-）、黃家教（1921-1998）、許寶華（1933-）主編：《漢語方言及方言調查》（武漢：湖北教育出版社，1991年8月），頁63。

④ 王弼（226-249）：《老子王弼注》（臺北：新興書局，1964年4月），頁51。

絕境之中，現在大家又對方言及民族語言有了新的反思。

1. 廣州《羊城晚報》的頭條標題：「美國股市跌到阿媽都唔識。」⑤

2. 上海市人大代表胡敏提議，為了保護方言，上海學校每週應開設一堂以上的「滬語類藝術課」，增設上海話選修課，用 3 至 5 年做試點，讓滬劇走進學校。針對其提議，上海市教委回應稱：在堅持教育教學、集體活動使用普通話的前提下，將為師生在日常交流使用上海話保留相當的空間。

   上海話，真是讓我又愛又恨。其實不僅是上海話，許多方言都在面臨普通話的挑戰。也許因為上海話帶有強烈的個性，才讓一些人念念不忘，加上上海經濟發達，更讓這些人無法接受「強勢」城市卻有「弱勢」方言的事實。⑥

---

⑤ 原刊《羊城晚報》，廣州，2011 年 8 月 9 日。《明報》標題：「《羊城晚報》頭條夠香港 feel。」彭志銘云：「以前唔少人都覺得口語無咁高級，書寫就要寫白話文，但網絡世界講求直接，所以會用未經修飾嘅文字表達自己，依家口語同白話文嘅界線已經愈嚟愈模糊喇。」《明報．Emily》A15 版，2001 年 8 月 16 日，陳嘉文編輯。

⑥ 高健〈強勢城市　弱勢方言〉，《明報》中國 A11 版，2011 年 5 月 2 日，楊麗和編輯。

3. 藏語消息稱，青海黃南州尖扎縣一家中學，昨日清晨開始有上千藏人師生遊行，抗議當局最近提出的漢語授課新政策。

   北京藏族作家唯色向BBC中文網表示，據她掌握的消息，這次「挺藏語」行動是在昨日清晨5時開始。當地官員和警察在場，但沒有採取行動。

   尖扎縣公安局的工作人員則表示，他們「不知道這個新聞」。

   英國藏人組織「自由西藏」此前透露，本月19日，黃南州同仁縣有500名學生上街抗議。隨後，果洛州瑪沁縣與海南州共和縣也相繼出現了大規模示威。

   《人民日報》網站隨後報道稱，中共青海省委書記強衛在黃南州召開有學生代表參加的座談會，要求充分尊重學生和家長意願。⑦

4. 黑龍江省富裕縣的三家子小學，是全國唯一採用滿語教學的小學，全校51名學生，滿族學生超過七成，校門口分別掛上漢字和滿文的校名大招牌。

---

⑦〈傳青海千藏人示威　抗議漢語授課新政〉，《都市日報》中國12版，2010年10月25日。

滿語屬阿爾泰語系通古斯語族，1644 年多爾袞率八旗軍揮師入關一統中華，此後 267 年間，滿語成為大清國語，直至辛亥革命成功推翻清廷。

百年滄海桑田，目前全國約一千萬滿族人口中，能講流利滿語的僅區區數十人，三家子村是碩果僅存的可用滿語溝通的村落，更擁有十二名「滿語傳承人」，加上三家子小學堅持滿語教學，因此被譽為「滿語活化石」。

百聞不如一見。考察的兩所學校，校園和課室環境都十分簡陋，難以想像冬天零下三十多度的嚴寒，這些年幼的學生如何上課唸書。更令人擔憂的是能教授滿語的老師奇缺，「滿語活化石」的三家子小學一共有兩名滿語教師，已經是滿語師資最強的學校。郭孟秀教授説，黑龍江大學滿語所設有培養大學本科、碩士到博士的滿語人才一條龍，每年都派學生到三家子實習，特別注重向村中老人學習滿語口語，但這些滿語專業的大學生碩士博士，有多少人畢業後，願意投身滿語教學和研究，兩所學校的滿語師資現狀已提供了答案。⑧

---

⑧ 郭一鳴〈在黑龍江三家子村聽滿族搖籃曲〉，《都市日報》港聞 08 版，2011 年 6 月 2 日。文中所指的其他另一所是齊齊哈爾市郊的滿語學校。

例 1 標題這句話用普通話幾乎讀不出來，但粵語人就特別親切生猛了。特別是在廣州亞運會撐粵語運動之後，究竟編者居心何在呢？說不定還有點政治不正確的。例 2 挺上海話，但強弱懸殊之勢早已呈現，沒有了教學語言的支援，上海話可又能起死回生嗎？以前滬劇、白話報的日子一去不返了。現在上海、杭州、蘇州等地的交際場合都喜歡專用本土方言而不說普通話，但過一兩代之後，普通話深入民心，可又有多少人再能說上海話呢？例 3 青海人挺藏語，反對用漢語授課的新政策，保護本土語言的渴望，尤為殷切。例 4 的滿語差不多消亡殆盡了，只能守著最後的一間小學作回光返照，堂堂滿清帝國的滿州語竟然徹底全盤漢化了，由納蘭性德（1655-1685）、曹雪芹（1723-1763）、顧太清（1799-1877）、溥儒（1896-1963）、啟功（1912-2005），到老舍（舒慶春，1899-1966）等，成就了偉大的漢文化，但卻丟失了自己的語言，說來難免更令人唏噓傷感。⑨

由以上四例，可以清晰地看到當前漢語方言及民族語文的歸宿，在普通話強大的陰影下深受戕害，苟延殘喘。同

⑨ 陶然婷〈林青霞夢會毛澤東〉云：「臺灣影星林青霞昨在北京大學百年講堂，為她首本著作《窗裏窗外》舉辦新書發佈會。」「林青霞昨日在臺上還用家鄉山東話唸書。」《蘋果日報》中國新聞 A26 版，2011 年 9 月 19 日。案林青霞（1954-）山東煙台人，生於臺灣嘉義，仍能用家鄉母語唸書，可能也是異數了。

時又可以看到方言文化對普通話世界的回應方式，取徑各異。例如現在粵語還有港澳市場，港澳很多學校仍然沿用傳統的粵語教學，甚至專用口語寫作，可以高調面對普通話的挑戰，顯出語言的威力。上海話對「強勢城市，弱勢方言」的事實顯得無奈，可又束手無策，只能坐以待斃，其他跟語言相關的文化產業也相繼陷落了。上海的情況跟臺灣有些相似，臺灣推行國語相當成功，過去長時間貶低方言，例如兩位臺北高中女生的對話，一定是國語而非閩南話的；但南部多用方言，其中卻又隱含著反抗外來政權的政治喻意，植根本土文化，重整民心。現在臺灣希望從小推廣母語教學，分別推廣閩南話、客家話及山地語言，可是大勢已去，連師資、教材及語言環境都相當匱乏，力不從心。閩南話可能還有些希望，可是總無法跟港澳的粵語教學相比。可見教學語言牽繫一種方言的命運，一經改變之後，這就是一條不歸路了。

藏語與滿語又是另一種可以對比的狀況。滿清統一了中國，卻放棄了語言，這是文化選擇優勝劣敗的必然結果，自然淘汰，完全沒有政治壓力。可是滿洲人失去了滿洲話，隨之而來的也就失去了天下。日、韓未能入主中原，說不定是逃過一劫了，在漢化及西化之外，還全面保留了原本的語言和文化。這可能是似是而非的觀點，有待辯正。

其他回族全用漢語，蒙古語相當弱勢，欲振乏力。藏語關係到宗教信仰及生活習俗，目前仍然處於相對獨立及強勢的狀態，還可以跟漢語討價還價，青海學生的示威其實就是保護藏文化的核心價值。百年國語的統一運動，卻導至大量方言及民族語文的弱化及消亡，是得是失，看來還有待我們深思和研究的。

在全球化的視野之下，語言愈少愈方便，如果上帝只創造了一種語言，大家溝通起來就真的很方便了。或者換一個角度來看，到世界上多語統一、最後決戰的時刻，究竟上帝會選擇英語還是漢語呢？我們當然希望保留漢語，其實現在我們就處身在百年國語運動的關鍵時刻，普通話只是方便全民溝通的一種語言，在普通話之外，我們還要按不同的層次，認真地保護各地的本土語言。陳沸宇在〈未來：我們怎樣「說話」〉一文中曾經提出了五項質疑，期待準確的答案：

一、在全球範圍內，因殖民地化、工業化、城市化、資訊化和優勢語言的強勢推廣，語言的多樣化日漸萎縮，在可見的未來不可逆轉，人類歷史上已經消亡的語言比現有的語言還要多。

二、普通話和方言之爭，在學術界有兩種針鋒相對意見，即「推廣普通話，貶抑方言」和「反對過分推廣普通話，大力提倡保衛方言」。正確的態度和合乎實際的做法是甚麼呢？

三、英語已經成為世界第一大語言，而中國的不斷發展使漢語在世界上也越來越具有影響力。有人預言漢語也將成為強勢語言，但國內卻有相當部分家庭和年輕人卻把學好英語當作了「首選」，有人批評「外語過火過熱」，對「漢英之爭」該如何看待？

四、英語已經越來越強，漢語是否也會越來越強？專家們認為，隨著中國在國際舞臺上影響的不斷增強，漢語將越來越重要。但要有個正確認識，不能無限拔高。

五、從理論上講，方言、普通話、外語都要學習。但作為一個具體的人，面對未來社會語言的要求，該採取甚麼樣的態度或行動呢？[⑩]

陳沸宇對待各種語言的論點十分客觀及平和，但要在沒有選擇之中作選擇，顯得有些無奈，看來最後也只能各取所需、自求多福而已。語言問題其實歸結還是政治問題。環視世界各大洲，亞洲、歐洲列國分立，東南西北都有自己的語言。非洲環境獨特，可以在列強入侵中保留傳統獨特

⑩ 陳沸宇〈未來：我們怎樣「說話」〉，載《九鼎》第 34 期（澳門：澳門社會進步協會，2010 年 8 月），頁 16-19。

的語言文化。北美洲以英語為主，法語、西班牙語次之。中南美洲盛行西班牙語，葡語次之。澳紐全用英語。可見語言恃強淩弱是必然的，殖民者可以粗暴地改變整個美洲大陸的語言結構。吳勞儀在〈世上沒有最重要或最不重要的語言〉一文中指出：

> 在中國，五十六個民族，一百多種不同的語言，它們的關係是以漢語為軸心，與各種語言形成雙語組合，像一個大型輻射網一樣。
>
> 多語相處，相互尊重是必要的。中國內地有些省市提出「説普通話，做文明人」的口號似乎有欠考慮，容易傷害方言區民眾的感情。
>
> 共同語是歷史的產物、社會的產物，普通話作為中國的國語曾經經歷過近一千年光陰，地域因素（使用地區遼闊）、文化因素（為文學作品所使用）、政治因素（諸多朝代的都城）起了決定性作用。因此我們要尊重之，珍惜之。地方語言或方言，承載人民的思想感情和生活經驗，應當得到善待。尊重共同語，善待方言，這才是正確的態度。⑪

⑪ 吳勞儀：〈世上沒有最重要或最不重要的語言〉，載《九鼎》第 35 期（澳門：澳門社會進步協會，2010 年 9 月），頁 24-25。

這是我們對待不同語言的底線，不要歧視任何別的語言。至於行將消亡的語言，例如滿語，我們可又能怎麼辦呢？郭一鳴〈尊饒現象〉說：

> 其實饒公晚年還積極推動另外兩件很有意義而少為外界所知的事情，一是倡導潮學研究，另一是呼籲搶救瀕臨滅絕滿族文化。（語言和文化習俗，近年社會談論「潮商現象」者漸多，且常將潮商與歷史上的徽商、晉商和當代温〔州〕商作比較）。至於呼籲搶救滿族文化，……終於催生由港商捐資500萬，香港大學饒宗頤學術館和黑龍江大學滿族文化研究中心一項學術合作項目：「滿族文化搶救開發研究」。該項目集合內地、香港以及海外的滿學研究專家，展開為期五年的田野調查、專題研究和人才培養等方面的搶救工作，饒公更親自主持上週五在北京舉行的項目啟動儀式，並應邀出任研究項目的顧問委員會主席。⑫

港商用五百萬元來搶救滿族文化，可能杯水車薪，起不到任何作用。但千里之行起於足下，郭一鳴〈在黑龍江三家子村聽滿族搖籃曲〉又說：

⑫ 郭一鳴〈尊饒現象〉，載《都市日報》港聞08版，2010年8月12日。

> 上週，港大饒宗頤學術館高級研究員鄭煒明博士、助手羅慧小姐和筆者，在黑龍江大學副校長丁立群教授、黑大滿語研究所所長郭孟秀教授等人陪同下，從哈爾濱驅車到三家子村滿語小學，和齊齊哈爾市郊另一家開設滿語教學的學校考察，一方面進行田野調查，為幾位年逾古稀的滿語傳承人錄音拍照，另方面，借此機會實地了解滿語瀕危的現狀。⑬

這裏我們可以看出語言文化的魅力，真希望主政者善待方言及民族語文，維持一個多元、而又多姿多采的社會，尊重不同的語言，保護語言。這必須有賴整體社會氣氛環境的配合。把方言趕入方言研究所中，或是為少數民族製訂語言文字，如果不是自願的，效果不大。因此，大家在國語、普通話、方言和民族語言的互動發展的前提下，當前的語言政策或者可以歸納出不同的層次和方案。

一、對於強勢的粵語來說，一定要維持教學語言的地位。有些學校可以因應學生的需要，實施普通話、英語或葡語為主導的教學，但不能純為配合政府政策而改變教學語言。例如早期臺灣教育當局歧視閩南方言，近年廣東政府打

⑬ 郭一鳴〈在黑龍江三家子村聽滿族搖籃曲〉，《都市日報》港聞 08 版，2011 年 6 月 2 日。

壓中小學的粵語教學，用心良苦，但卻破壞了整體和諧的語言文化，惹起市民的反彈，得不償失。藏語亦屬強勢語言，一定要尊重，甚至加以扶持，漢人在藏區也要盡量融入當地的語言文化之中，不宜妄自尊大。

二、對於臺灣推行的母語教學，以及上海的滬語教學，方向是正確的。好的學生不妨掌握國語或普通話以外的兩語、三語或多語，擴大交際能力及思維的深度。

三、對於行將消亡的滿語，相關的政府一定要大力搶救。除非滿族人自甘放棄，我也無話可說了，我們不能在外邊乾看著滿語的消失而著急的。

所謂物極必反，就在國語、普通話、白話文日漸壯大、如日中天之際，其實整個語文世界的形勢也在悄悄地發生了變化，極具異化色彩。特別是在一些多種語言交匯的地區，如果要充分反映生活，無論日常交際及寫作語言，在標準的漢語之外，難免不受其他語言的干擾，其實這也豐富了語言的表現能力。例如港澳報刊好用粵語書寫及港式中文，如實地反映現況，有時也是避無可避的。其他臺灣中文、新加坡中文，以及新興的潮語等，亦各具面目，不盡是日常規範的中文了。純正的語文可能就相對地顯得呆板乏味，缺乏神采，只有不斷地注入新鮮的養分和血液，才能帶出鮮活的語言風格，而這也是社會語言學很值得思考的課題。程祥徽指出青海方言的中文書寫也有異化色彩，除了藏語詞語之外，「哈」字用法就很特別，〈後置詞〉詩云：「哈字追源於藏語，你哈我打你為賓。假如我後置哈字，臉腫鼻青非別人。」注云：「『哈』字為青海方言之『後置詞』，為賓語置前標誌，『哈』字前面的成份是賓語。『你哈我打』挨打者是你，『我哈你打』挨打者是我。」⑭ 指出不同的語法現象，讓人耳目一新。

2011 年 7 月，我在呼和浩特內蒙古飯店門外常常看到「雅士 · 東岸　傳奇人生　始於圈層」房地產的推銷廣告，後來在市中心及候機室都看到，一直看不明白「圈層」的意思，可能跟普通話「圈錢」、「圈地」的用法相近，而有佔領或買斷的意思。據悉「圈層」乃房地產廣告，意指買他們房子的都是高尚住戶，是高質量的生活圈子。著重住房環境周圍的設施配套，締造富有人家聚居的生活平台，提高生活品味。此外，我又在陳鶴齡（阿勒得爾圖）《縱酒踏歌》詩歌卷的〈後記〉中讀到「應該說我的文學創作始於小說，但卻十多年沒有鼓搗小說了」、「其他一切書籍幾乎都被當做『四舊』歸攏在大隊書記家的一間倉庫裏」的語句，⑮ 其中「鼓

⑭ 程祥徽（1934-2023）〈後置詞〉，參廖灝主編：《泛梗集》（澳門：九鼎傳播有限公司，2008 年 9 月），頁 81。

⑮ 陳鶴齡（阿勒得爾圖，1958-）著：《縱酒踏歌》詩歌卷（呼和浩特：內蒙古人民出版社，2004 年 12 月），頁 274,275。在研討會上，有學者指出「鼓搗」、「歸攏」都是北方的口語詞。

搗」、「歸攏」都是比較罕見的詞語，看來跟「圈層」一樣，都帶有濃厚的內蒙古風情，更是非一般的漢語了。

2003 年聯合國確定每年 3 月 21 日為世界母語日。2003 年 10 月中國簽字並加入了聯合國教科文組織「保護非物質文化遺產公約」，其中在公約內受保護對象的第一款就是：「口頭傳說和表述，包括作為非物質文化遺產媒介的語言。」其實在共同語的普及和壯大下，中國各地的方言及傳統的方言書寫都面臨同一的命運，值得重視。因此，無論是方言還是少數民族語言，無論是強勢或瀕危狀態，我們都期望有適當的保育措施，可以在社區內流通，活出生命的姿采，而非只是「保存在語言文字博物館裏」。⑯

〈論國語、普通話與方言的互動發展〉，《澳門語言文化研究》(2011)（澳門：澳門理工學院，2012 年 11 月)，頁 64-73。

⑯ 參孫宏開(1934-)〈語言瀕危與非物質文化遺產保護〉云：「成果可以保存在語言文字博物館裏。」載《雲南師範大學學報》(哲學社會科學版)2011 年第二期，頁 1-7。收入《語言文字學》2011 年第七期(北京：中國人民大學書報資料中心)，頁 4,9。

當代漢字的應用考察

漢字合為時而用。古文字以象形、象意、形聲三書為主，還包括一些記號、變體之類；到了許慎 (58-148?)《說文解字》，就秦漢以來大量及見的日用文字，建立六書條例，後代有所謂四體二用之說，兼賅了造字及用字之法。至於殷周古文及戰國文字等，在漢代已失去了應用價值，許慎只能重點提示而已。現代古文字出土漸多，包括大量的帛書、竹簡等，其中的文字大抵也只有考古價值及文化意義，除了專家學者之外，一般人用不著。

南北朝時期，國家分裂，隨著語言的變化及生活所需，文字書寫尤為紊亂，顏之推 (531-595?)《顏氏家訓》既有〈音辭第十八〉討論語音的變異，復有〈雜藝第十九〉探討書寫文字中的俗字、偽字及專輒造字，不合規範。論云：

晉宋以來，多能書者。故其時俗，遞相染尚，所有部

> 帙，楷正可觀，不無俗字，非為大損。至梁天監之間，斯風未變；大同之末，訛替滋生。蕭子雲改易字體，邵陵王頗行偽字；朝野翕然，以為楷式，畫虎不成，多所傷敗。至為一字，唯見數點，或妄斟酌，逐便移傳。爾後墳籍，略不可看。北朝喪亂之餘，書籍鄙陋，加以專輒造字，猥拙甚於江南。①

同時陸德明 (555-627)《經典釋文》亦稱「五經字體，乖替者多」，又稱「改便驚俗，止不可不知耳」，對於一些積非成是的現象，感到有些無奈。因而書中也記錄了很多的別體字。論云：

> 《尚書》之字，本為隸古，既是隸寫古文，則不全為古字。今宋齊舊本及徐、李等音，所有古字，蓋亦無幾。穿鑿之徒，務欲立異，依傍字部，改變經文，疑惑後生，不可承用，今皆依舊為音。其字有別體，則見之音內，然亦兼采《說文》、《字詁》，以示同異也。②

---

① 王利器（1911-1998）撰：《顏氏家訓集解》（北京：中華書局，1993 年 12 月），頁 574。宋本在「偽字」下注云：「前上為草，能旁作長之類是也。」

② 鄧仕樑（1938-）、黃坤堯編：《新校索引經典釋文》（臺北：學海出版社，1988 年），頁 2-3。

後代《玉篇》、《廣韻》，俗字及新字漸多；而敦煌卷子俗字盈篇，更有大量的異體字、簡體字、假借字、錯別字等，寫法不一。唐初顏師古 (581-645) 考定《五經定本》，其從孫顏元孫 (?-714) 編《干祿字書》、張參撰《五經文字》、唐元度著《九經字樣》等，對考定俗字，訂出標準的楷書，也做了很多重要的工作。徐鉉校定的《說文解字》，增加了新附字，將「經典相承及時俗要用之字而本書不載者，皆補錄於每部之末」，其後檢字表中除部首、正文外，尚有別體字 147 字。③《康熙字典》、《漢語大字典》等，在不同的年代中廣泛收集，自然數量大增了。但漢字的數量會有極限嗎？從歷史發展的軌跡來看，大概國家分裂的時候，就是漢字滋生的溫床；而相對統一的日子，自然講求規範，趨於穩定了。清代科舉對字體的書寫要求十分嚴格，寫不好楷體就甭想中舉，所以《四庫全書》成於眾手，跟印刷字體相比，寫得還很規矩，不遑多讓。現代《新華字典》對漢字的規範會管用嗎？面對兩岸四地的格局，社區語言背景複雜，而生活文化又發展各異，幾乎也就分為四制了，要統一漢字，真的談何容易呢！至於現代人還有沒有新造的漢字呢？看來也是免不了的，例如化學元素表就有很多新字，而當代社會

---

③ 許慎（58-148?）撰，徐鉉（917-992）校定：《說文解字》（香港：中華書局，1979 年 2 月），〈前言〉頁 3；〈檢字〉頁 60-62。

隨著新科技、新事物的發展層出不窮，以至全球化、網絡書寫的交流模式，我手寫我口同時更兼顧視象、聲響的直接表達效果，很多書寫習慣都在悄悄地改變當中，更是值得大家注意的文化現象。此外傳統粵語書寫的方言字，以及港式中文，例如「氹仔」、「靚仔」、「靚女」、「烏掟」(骯髒醜陋)、「咧啡」(不修邊幅)、「咧 hae」(粗疏)、「hae 吓」(舒服一下)等，可能都有機會進入現代漢語之中，以至避無可避了。

在國際層面來說，漢字影響周邊的國家，本來也很合用的，但漢字圈中的國家卻先後廢除或減少漢字。越南早於 1945 年即以拼音文字為法定文字，而朝鮮則於 1948 年以純粹的諺文作為法定文字。韓國用漢字諺文混合體，約有 1900 個漢字，可是現在韓國的小學完全不教漢字，而報刊也不用漢字了。日本採用漢字假名的混合體，「常用漢字表」列有 1945 個漢字。新加坡、馬來西亞等跟大陸看齊，專用簡化漢字。至於其他華埠地區，在媒體印刷方面，漢字仍在使用當中，繁簡互見。隨著近年中國經濟的發展，很多歐美人士也開始重視漢字。平心而論，日語、韓語是沒有聲調的語言，跟漢語所屬的漢藏語系不同，很想擺脱漢字，保留若干漢字則是慣性使用和易於辨認的權宜做法。朝鮮和南韓取徑不同，就算完全不用漢字，也不影響溝通和表達，可以説是各有好處的。而越南語則屬南亞語系，使用漢字無法準確記錄他們的語言，最後只得完全以拼音文字來取代了。

而香港的粵語書寫很多時亦以漢字作記音符號，跟文字的本義無關。

目前漢字的應用約有四種模式，即簡體字、繁體字、繁簡兼用、漢語拼音書寫。漢語拼音書寫以詞語為單位，在對外漢語教學中，使用較多。這是一種多元並存的格局，看來還要維持一段日子的。

在臺、港、澳等地，除了繁簡不同及區域性的漢字書寫之外，其實還受日常生活語言的影響，漢字仍在不斷的創製之中，有時還沿用外文直接書寫當代的潮流產品，花樣百出，甚至夾雜英語、日語，十分普遍。

港澳乃粵語地區，粵語詞彙層出不窮，日新又新，在電影、電視、話劇、流行歌曲，以至報刊、雜誌、記錄報告（例如警察報案記錄、社工記錄）、網絡書寫等，粵語書寫十分流行，立法會上「拉布」（拖延戰術）、「剪布」（反拖延戰術）之說，加上「high 爆雲霄」（興奮到天上）、「亂噏成真」（胡說的對了）之類，都可以豐富漢字組合的表現能力，可見漢字依然表現出強勁的生命力，推陳出新。不過有時也把很多人搞糊塗了，變得不是人人所能看懂的中文。至於特定行業術語，更屬專門範疇使用之列。文化隔膜所構成的人為差異，往往出人意表。

近年香港報刊標題往往都揚棄了傳統的規範模式，愛寫港式中文，濫用潮語、俗語、外語，總是想一鳴驚人的，吸引讀者的注意，本地人看的會心微笑，但對外省人來說，不懂的地方多了，也就沒有甚麼意義，笑不出來了。

1.〈移乜鬼民啫〉。(《爽報》葉一堅，「新聞」第 4 版，2013 年 9 月 9 日)

2.〈茂波又搶地，吼實郊野公園〉。(《都市日報》02 版，2013 年 9 月 9 日)

3.〈連夜整容，重砌 200 塊料，北京鴨豐唇靚番〉。(《明報》Emily A16 版，2013 年 9 月 9 日)

4.〈大龍鳳停不了〉。(王師奶「論盡教育」，《明報》教得樂第 620 期，11 版，2013 年 9 月 10 日)

王師奶剛出了一本書《香港教育大龍鳳》，慨嘆香港教育趨向浮誇，鑼鼓喧天，唱到街知巷聞。老師們扮什麼？全港都大龍鳳，只有做埋一份(參與)，扮過河卒，梅香薑(配角)，一齊唱，一齊扮嘢。一般家長又真的很容易給喧鬧的鑼鼓聲迷惑，以為大龍鳳做得勁的是好學校。家長在鑼鼓聲中迷失方向，學生在身教言教的薰陶下，耳濡目染，他日也可能是大龍鳳專家。看！香港教育淪落到這絕境。

〈教師扮機師迎開學〉報載有某小學趁 TVB《衝上雲霄 II》熱播之際，由男老師扮機師，女老師扮空姐，在學校入口處迎接學生回校開學，然後個個拖住篋（旅行拉的箱子）慢步入禮堂，齊齊學林子祥唱「衝上雲霄」主題曲。呢（這）場大龍鳳學到十足十（一模一樣），學生自然 high 曬，旁觀的家長拍爛手掌，以為自己去咗（了）TVB 錄影廠。這不是該校第一次以電視片集玩嘢，不過無這次咁「賓虛」（盛況）。

其實學生被逼到苦過 Dee Dee，家長敢怒不敢言。所謂「愉快學習」，口號而已，做幾多（多少）齣大龍鳳都難掩悠悠眾口。

5.〈同學不安三輔導，「唔知佢依家點」。〉（《明報》「港聞」A3 版，2013 年 9 月 9 日）

疑跳崖輕生少女伍珍儀（Janet）曾以 WhatsApp 將輕生念頭告訴同學。

6.〈女人的熊市〉。（《蘋果日報》金融中心 B12 版，葉朗程「情陷夜中環」，2013 年 9 月 4 日）

I totally disagree，女人越老越牛才是啊！近期的熱話是姊弟戀，我十萬個興奮，因為開正我嗰瓣（配合我的口味）。

以上各例中的「移乜鬼民啫」(移甚麼民呢)、「吼實」(盯住)、「重砌」(重整)、「料」(材料)、「靚番」(再次漂亮起來)、「大龍鳳」(做一場大戲或表演)等都直接以粵語口語入文，王師奶在內文裏摹寫香港小學開學日的盛況，有些誇張，簡直就是一場「大騷」(show)表現。除了粵語書寫外，還有一些「TVB」(電視廣播有限公司)、「high 曝」(十分興奮)、「苦過 Dee Dee」(比小鴨子還要痛苦)，「Dee Dee」即「小鴨子」，有音無字，只好借用拼音了。又專欄的名字「論盡」語帶雙關，既是書面語的「詳細討論」，也是粵語「做事不夠靈活」的意思。「唔知佢依家點」(不知道她現在怎麼了)乃記者原句記錄的口語。至於例 6「熊市」則是財經術語，表示股市價值持續下滑。

7.〈多啦 A 夢吐氣揚眉〉。(李兆富，《爽報》「副刊」第 23 版，2013 年 9 月 10 日)

多啦 A 夢 (Doraemon，ドラえもん)，又稱機器貓，小叮噹等。由日本藤本不二雄所創，即藤本弘和安孫子素雄兩位漫畫家合作的著名動漫。二人從 1952 年開始合作。多啦 A 夢的故事把人帶進一個奇妙、充滿想像力的世界，深受大家愛戴。

8.〈曼徹斯特懷舊 Style〉。(《晴報》「旅遊 Travel」，34 版，2013 年 9 月 9 日)

9.〈靚女揸 fit 人〉。(王奇雲，《am730》「遊樂」A36 版，2013 年 9 月 10 日)

> 揾 chok 爆型男林峰做對手。

10.〈3G 大災難續集〉。(方保僑，《am730》「體育」A39 版，2013 年 9 月 10 日)

11.〈搭什麼 lumber 嘅 bus 呢？〉(李登，《蘋果日報》「名采副刊」E9 版，2012 年 12 月 17 日)

> 有香港遊客在北京街頭用普通話問路：「去天安門，請問搭什麼 lumber 嘅 bus 呢？」

12.〈斟新抱茶收 $70 利是，兒媳 fb 唱衰兩老〉。(《蘋果日報》A4 版，2013 年 9 月 4 日)。

13.〈從「閨蜜」到「歸 me」〉(《晴報》「娛樂 Entertainment」，59 版，2013 年 9 月 13 日)

> 吳君如回應老公陳可辛被疑與第三者田樸珺關係非比尋常，幽默地利用微博回應：「不用理會甚麼閨蜜或龜

蜜，反正我知道他的心（和財產）「歸 me！哈哈哈！」最後「哈哈哈」三個字尤其能表現出她那自信豪邁和爽朗的特色，彷彿讓人看到她指著報導在哈哈大笑的模樣。

14.〈江澤民「too simple」牌匾，北大撤下〉。（《明報》「中國」A20 版，2013 年 9 月 7 日）。

《北京晚報》報道，寫有網絡用語「萌」、「親」、「喜大普奔」、「圖樣圖森破」的 4 塊版區於 8 月底被掛在北京大學第二教學樓，字體有草書，也有小篆。據網民解釋，「喜大普奔」即是「喜聞樂見、大快人心、普天同慶、奔走相告」的縮寫，表示一件讓大家歡樂的事情，大家要分享出去，相互告知。

「圖樣圖森破」是「too young too simple」的中文譯寫，其實是江澤民的名言。「你們畢竟還是 too young，但是問來問去的問題啊，都 too simple 啊，sometimes naive！」江的名句也成為網絡熱詞，帶有調侃意味。

15.〈圖樣圖森破〉。（李登「西環內望」，《晴報》「新聞 News」，22 版，2013 年 9 月 13 日）

在北京眼中，香港玩政治的真是「圖樣圖森破」。江澤民當年怒斥香港記者「too young, too simple」，內地網絡用此諧音，鄙視對方水平太低。有時還會與江的另一名句「拿衣服」(naive) 並用，形容太單純。

16.〈WhatsApp 的中文點叫〉。(林超榮「蒼蠅一聲笑」，《明報》「時代副刊」D5 版，2013 年 8 月 30 日)

Twitter 好似還未有中文，給他一個中文名詞也沒有意思。說「推特」，那就太娘 (很土氣)。

中文寫作出現太多英文單字，是「不純正中文」嗎？

上世紀的科技名詞，錄影帶有 NTSC 同 PAL 之分，音響又有 digital 同埋 analog，收音機的 FM 同 AM，硬用中文，就詰屈聱牙。

北京電視台曾經提倡，新聞報導用純正普通話，不許用英文單字。例如 NBA、WTO、DNA、GDP……如不用英文，單是一個 DNA 和 NBA 的中文，就累到新聞報導 overrun……(超過)。

既然，英文專有名詞可照讀，如外國明星或英超球隊和世界名牌及足球名將的稱謂，索性照讀叫 Johnny Depp，或者 Prada、Chelsea 和 Arsenal 一聽就明，勝過普通話翻譯。

17.〈科技字詞 phablet 及 selfie 上榜，牛津字典增千潮字〉。(《am730》「新聞」A12 版，2013 年 8 月 29 日)

> 「用 phablet 來 selfie。」——看得明這句子嗎？牛津英語字典網上版今年增錄約 1000 個年度新字，不少與科技產品及互聯網有關，如 phablet 其實是指屏幕面積介乎手機(phone)及平板電腦(tablet)之間的「大芒」手機，selfie 則是指用手機自拍。使用手機發訊息，當然愈簡明愈好，故 srsly、aplos 及 BYOD 等縮寫字便應運而生，三字分別由 seriously(認真地)、apologies(道歉)及 bring your own device(自備電子器材)引申而來。
>
> 此外，digtal detox(數碼解毒、即放假時不用電子產品)、bitcoin(數碼虛擬貨幣)等，亦為新增詞彙。有關新字經進一步挑選，才會正式收錄在牛津字典印刷版內。

以上各條混雜很多英語詞匯，除了新科技、新事物的專門術語外，還有一些日常生活用語，例如「Style」(品味)、「揸 fit 人」(主事人、有決定權的人)、「chok 爆」、「歸 me」、「搭什麼 lumber 嘅 bus」(幾號巴士；有些人粵語 n、l 不分，lumber 當為 number)，fb 即 facebook，作者寧願選用英文，或中西夾雜，一方面慣於上口，另方面也顯出風趣，都是潮流新興的語言風格，見怪不怪了。至於「圖樣圖森破」、「拿衣服」則是由北京傳回來的潮語，大家都感到新鮮，爭相仿效了。例 14 內文還提到其他網絡用語「萌」(可愛怪趣)、「親」(親愛的您)、「喜大普奔」，亦有一新耳目之感，亦可見潮語感染力之強大，禁也禁不住，更遑論規範了。例 16、17 都用實例説明目前使用漢字的局限。不要説牛津字典要增收新的字詞，其實《現代漢語詞典》也要不斷修訂，增收新詞語，而漢字則相對穩定，幾乎不用增加新字，也可應付自如了。

18. 寧得罪 C Y (梁振英)，莫得罪師奶 (婦女)。

19. 我唔 (不) 要雞汁，要亞視執笠 (結業)！唔要雞汁 M A Y (馮美基《May 姐有請》節目)，我要王維基！(潘大浪〈C Y 血戰師奶〉，《都市日報》2013 年 10 月 20 日，港聞 18 版)

2013 年 10 月 20 日為發電視牌照反黑箱作業大遊行，其中有兩條標語直接反映市民的不滿，富有創意。甚至「Y」「奶」、「汁」「笠」、「M A Y」「基」都相互押韻，易於上口。就是將漢字跟粵語、英語混合使用，簡單明白，香港市民自然一看就懂，甚至有所會心了。

20.〈七大衰梗（一定失敗的）CV 求職信〉。（Good Job Daily，《晴報》「職場 CAREER」30 版，2013 年 9 月 11 日，原文刊於 CTgoodjobs.hk）

衰梗 1：懶醒。（好像很聰明）

衰梗 2：「拿西」。（粗枝大葉）

衰梗 3：假手於人。

衰梗 4：抄得蠢。（愚笨）

衰梗 5：衰到七彩：有求職者的 CV 竟然五顏六色，甚至加了 bling bling 特別效果，內容閃到盲！

衰梗 6：潮得滯（過分）：見過有 CV 和求職信，出現「^_^」（高興）、「T_T」（哭泣）、「LOL」（大聲地笑）和「omg」之類的潮語。如果 HR 一定要回覆所有求職申請的話，除了「ttyl」，還有甚麼可以講？

衰梗 7：怪相。

21.〈911 隨想〉。（魏綺姍，《晴報》「專欄 Columns」36 版，2013 年 9 月 11 日）

有些數字總令人不安，也令人難忘，8964 如是，918 如是，71 如是。而每逢 9 月 11 日，都會想起那些震撼的畫面。12 年過去了，世界變得和平嗎？戰火仍是不斷燃燒。

以上二例多用符號或、數字來表達，常用的自然看得懂，例如「omg」是 oh my God、「HR」即 human resource（人力資源）、「ttyl」即 talk to you later。

現在這些語句都成了標準的港式中文，除了使用漢字書寫之外，還增加了英語、日語、潮語、符號、數字等組合成分，合起來即有異化或陌生化的效果，是好是壞，倒是一時難以判斷了。這得看以後漢語的發展才行。平心而論，要是沒有香港人天馬行空、離經叛道的想法，漢語還是相對會比較淨化的，也就是規範化了。聽説廣州現已限制新聞媒體使用粵式中文，過去《羊城晚報》的頭條標題：「美國股市跌到阿媽都唔識。」④（「阿媽都唔識」即面目全非），可能再難以出現了。不過，現在普通話世界的網絡潮語不遑多讓，漢語自然亦在不斷的改變當中。

現在漢字除了繁簡問題之外，其實是處於相對穩定的局面。1986 年官方明令宣佈廢除二簡之後，除了錯字、別字、俗字之外，表示再也沒有新增的簡體字了，而繁體字更是保持原狀，原地踏步。至於兩岸交流頻密，程祥徽（1934-

④ 原刊《羊城晚報》，廣州，2011 年 8 月 9 日。《明報》標題：「《羊城晚報》頭條夠香港 feel。」彭志銘論云：「以前唔少人都覺得口語無咁高級，書寫就要寫白話文，但網絡世界講求直接，所以會用未經修飾嘅文字表達自己，依家口語同白話文嘅界線已經愈嚟愈模糊喇。」《明報．Emily》A15 版，2001 年 8 月 16 日，陳嘉文編輯。

2023）教授「繁簡由之」的主張亦已深入民心，各取所需了。大抵簡化字已是一條不歸路，改來改去的折騰不起。臺港澳及海外人士有些固然會接受簡體字的，但也有人依然喜歡繁體字的，文化感情亦改變不了，繁簡共存當是最客觀的存在模式。戴昭銘論云：

> 為了實現和平統一大而實行「識繁寫簡」，等於是緣木求魚。用所謂「書同文字」去換取虛構的「和平統一」的功效，付出的卻是否定三十餘年推行簡化字的歷史功績的重大代價，智者似不宜取此下策。⑤

CK〈放棄廣東話〉云：

> 香港人，連讓孩子講句廣東話都覺得會影響競爭力，那香港還能剩低甚麼？是不是要連繁體字都不准孩子去學，讓他們只懂得簡體字才算順應潮流？⑥

現在簡化字的推行將近六十年了，基礎穩固，根本就沒

⑤ 戴昭銘（1943-）著：《規範語言學探索》（哈爾濱：《北方論叢》編輯部，1994 年 12 月），頁 166。

⑥ CK〈放棄廣東話〉。「人在中環」，《am730》「新聞」，A20 版，2013 年 9 月 4 日。

有回頭路，更停不下來；而 CK 所說的對廣東話和繁體字的感情，自然也反映香港家長最後的一點堅持了。

現在電腦使用十分方便，漢字繁簡互換也是常見的事。從簡化繁固然有很多問題，有時會錯得一塌糊塗，做過編輯的都很清楚。至於從繁化簡也會出現一些狀況，不見得就是一帆風順，完全正確的。近日我要將一篇小文轉換成簡體字，結果出現了一些奇景，例如下列各句：

其實這是記憶體歸位／其实这是內存归位
這有點像電腦裏的記憶體／这有点像计算机里的內存
關閘道上／关网关上
著有／着有

文中「記憶體」變成「內存」、「電腦」變成「计算机」、「著有」變成「着有」，總算事出有因，可以解釋的；但「關閘道上」突然變成「关网关上」，「閘道」變為「网关」，可就真使人百思不得其解了。看來用者亦得小心校對，不能疏忽大意。近日新加坡文物局就鬧出笑話，利用網上翻譯，錯漏百出。例如「lion dance 舞獅」譯為「獅子舞蹈」、地名「Bras

Basah 勿拉士巴沙」譯為「胸罩 Basah」等，[7] 貽笑大方，只好停用了。

〈當代漢字的應用考察〉，《繁簡並用，相映成輝——兩岸漢字使用情況學術研討會論文集萃》（北京：中華書局，2014 年 9 月），頁 361-371。

⑦〈用 Google 英譯中，星洲文物局鬧笑話〉。（《明報》「國際」A22 版，2013 年 9 月 9 日。

模糊語言與音義訓詁

壹、緒論：在規範與模糊之間

近年模糊語言學的研究迅速興起，已著書出版的有黎千駒《實用模糊語言學》(1996)、伍鐵平《模糊語言學》(1999)、魯苓著《多元視域中的模糊語言學》(2010) 等。其後模糊語義學、模糊修辭學亦逐漸進入研究者的視野和領域，這方面主要有張喬《模糊語義學》(1998)、陳振維、吳世雄《範疇與模糊語義研究》(2002)、黎千駒《模糊語義學導論》(2007)、《模糊修辭學導論》(2006) 等，撰著甚多。不過諸書基本都著眼於模糊語言的探討，無論詞語、語音、語法、句子，以至各體文章等都有很多不確定的因素，甚至連法律範疇、商務活動、外交話語、新聞語言等都各有模糊的地方。[①] 我們每用的一個詞語，一個句子，如果要細心

① 魯苓〈社會生活中的語言模糊性問題〉，《多元視域中的模糊語言學》(北京：社會科學文獻出版社，2010 年 4 月)，頁 222。

探究，幾乎都有問題，都有歧義，幾乎沒有不模糊的，② 愈說愈不清楚，總有很多必需補充及解釋的地方，始能完備。因此，模糊語言的研究難免會帶來很多負面的信息。當然，我們只會探討語言中模糊的現象，卻不能刻意追求模糊。說到底，模糊語言學的終極追求也還是清晰和明確的。黎千駒說模糊修辭的基本原則：準確、貼切、得體。③ 這跟普通語言學所欲探尋的目標應該還是一致的。

關於「模糊語言學」的定義，伍鐵平論云：「要建立任何一門學科時，人們必須首先建立一套談論該門學科的語言，即所謂元語言（metalanguage）。要建立『模糊語言學』，首先必須了解語言中有哪些表示『模糊』的詞，札德所說的『模糊』（fuzziness）指的究竟是甚麼，即必須首先『正名』。須知同任何學科的科學語言一樣，談論『模糊語言學』這門學科的語言本身必須是精確的，而不能是模糊的，否則，首先就會碰到這門學科的研究對象不好確定的問題。」④ 指出模糊的問題所在，用心良苦，說的也很坦白，可就是還沒有下定義。

② 伍鐵平（1928-2013）嘗以《水滸全傳》及《孔乙己》各一段文字為例，模糊的詞語約佔半數。參《模糊語言學》（上海：上海外語教育出版社，1999年11月），頁90。

③ 黎千駒（1957-）著：《模糊修辭學導論》（北京：光明日報出版社，2006年8月），頁6。

④ 《模糊語言學》，頁115。

黎千駒則明確訂出「模糊語言學」的義界云：「模糊語言學是一門運用模糊理論並以語言的模糊性為主要研究對象的邊緣科學。它的主要任務是運用模糊理論和方法研究語言各要素的模糊性情況；研究導致語言模糊性的一般規律以及導致語言各要素模糊性的特殊規律；研究模糊語言在人們日常生活當中和寫作當中的運用情況以及它對於提高語言表達效果所起的作用及其規律；研究模糊語言與其他有關學科的相互關係以及它對這些學科可能產生的影響。模糊語言學的研究材料幾乎可以涉及古今中外所有的語言，以及運用這些語言所寫成的各個學科的任何文章和著作。」⑤ 涵蓋的範圍相當廣泛，幾乎無所不包。但黎千駒首句卻以「模糊理論」及「模糊性」來規範「模糊語言學」，則有循環論證之嫌。可能我們得首先解釋何謂「模糊理論」及「模糊性」，然後才能進一步探究何謂「模糊語言學」了。

而魯苓的定義則是「模糊語言學是一門將語言學研究與模糊數學、心理學、認知科學等多種學科相結合而發展起來的一門新的學科。作為一種介於自然科學和社會科學之間的交叉學科，它的研究在相當大的程度上推動了自然語言研究的發展，而且為解決形式語言中的許多難題提供了

⑤ 黎千駒著：《實用模糊語言學》（桂林：廣西師範大學出版社，1996 年 1 月），頁 26-27。

理論、方法或解釋模型。」[6] 可見「模糊語言學」牽涉到很多不同的學科，甚至還跨入了自然科學的領域，相當複雜。

在模糊語言的研究範圍方面，黎千駒指出「詞義的概括性不屬模糊語言」、「詞的多義性不屬模糊語言」、「詞義的交叉不屬模糊語言」、「語義相關、婉曲、含糊其辭等不屬模糊語言」、「跳脱不屬模糊語言」。可是排除了這一大堆似是而非的概念以外，模糊語言的面貌仍然未能呈現出來。所以黎千駒繼而指出模糊語言主要表現在下列三個方面：「模糊語言是在語言的使用過程中運用了某些表義不明確的語詞或句子而產生現象」、「模糊語言只限於概念外延的邊緣不明確」、「模糊語言的表義是單一的」三點特質，具體説明模糊語言的特點，跟其他不相屬的概念嚴格的區別開來，規範也很嚴謹。[7]

張喬也對幾個常用而又容易混淆的術語有所辨析。例如：

模糊（fusszziness）：具有不確定外延的詞語，模糊語言在自然語言中比比皆是。例如「小王脾氣很大」。

含糊（vagueness）：一個有多種語義解釋的詞語或句子，以多義詞為代表。例如「好」有多個詞素。另外一種含

⑥《多元視域中的模糊語言學》，頁 2。

⑦《實用模糊語言學》，頁 11-19。

糊句義是一種含有「或」的句子來表現的。

概括（generality）：一個詞語的概括義指不具體的意義。例如「城市」、「我的老師」。

歧義（ambiguity）：歧義指的是詞語或句子可表達多種意義，而且這些多種意義之間又無多大語義關聯。例如「新生」、「米」。⑧

這幾個術語儘管都有了嚴格的定義區別，但其間千絲萬縷，關係密切，甚至兼而有之，有時還是會混淆的，要加以解釋和釐清。至於具體與否，有沒有語義關聯，有時還是要看臨場的語境來決定的。

語言除了具有模糊的特性之外，很多時還是精確的，才能達意，在溝通上才沒有問題。因此又有所謂「規範語言學」的出現。⑨遊走於規範和模糊之間，尋求平衡點，語言的運用自然順暢。因此，模糊語言學的研究，最後也還是追求精確和規範，化解含糊，消除歧義，而概括義也能區分出不同的層次。

本文現擬從經典的解讀、車公簽文、語言偽術三方面探索模糊語言的基本特質。為了達意，語言很多時都會顯

⑧ 張喬（1957-）著：《模糊語義學》（北京：中國社會科學出版社，1998年2月），頁102-103。

⑨ 參戴昭銘（1943-）著：《規範語言學探索》（哈爾濱：《北方論叢》編輯部，1994年12月；上海：三聯書店，2003年12月）。

得蒼白無力的，有點無奈。

貳、經典的解讀

語言是溝通的手段或工具，一般只有在相對的語境中始能產生意義，讓人明白。一離開特定的語境，或時代不同，或地方變換，或事過境遷，或文化差異，很容易都會產生誤解，引出歧義。兩個人對話，如果有默契，幾個單詞或動作就能讓對方明白，完成溝通，但別人看來卻往往摸不著頭腦。古籍中語句歧義的現象極為普遍，連《論語》書中的朱陸異同，往往都有不同的音義和歧解；[⑩] 李商隱（813-858）的〈無題〉究竟是情詩還是政治，讀者亦各有不同的觀點。這些都可以說是廣義的模糊語言。至於人與人之間的溝通，有些不好說的地方，有時也會用模糊語言含混過去，政治上的應用尤為廣泛，例如「一個中國，各自表述」、「一國兩制」等，使用者各取所需，自然也各有不同的理解了。以上有時是歧義，有時是模糊，有時可能更是誤導了，大家的理解不

⑩ 朱陸異同一般是指朱熹（1130-1200）、陸九淵（1139-1193）治經的手段並不一樣，觀點各異。此外亦可指陸德明（555-627）跟朱熹的音義並不一致，各有主張。參黃坤堯〈《論語音義》中的陸（德明）朱（熹）異同〉，載《第一屆國際暨第三屆全國訓詁學學術研討會論文集》（高雄：國立中山大學中國文學系，1997 年 4 月），頁 535-556。

同，各有會意。

其實古籍中模糊不清的地方尤多，師說的傳承不同，學派的解釋各異，在日積月累底下，往往構成歧義。而音義訓詁則是解釋歧義的重要手段，消解模糊的概念，追求真象或確解。例如《周易》乃書名，但將書名二字拆開解釋，即各有意義。《經典釋文》云：「周，代名也。周，至也，遍也，備也。今名書義取周普。」「易，盈隻反。此經名也。虞翻注《參同契》云：字從日下月。正从日勿。」⑪ 可見「周」字含有二義，或指周代，或訓為「周普」；而「易」字也有兩種構形，一說下半部从「月」，一說从「勿」，不同的專家即各有解釋。

古文獻中的易象和比興其實也是模糊的語言，很容易產生歧解。我們使用語言，顯然是為了會意，因此有「得意忘言」之說。《莊子．外物》云：「荃者所以在魚，得魚而忘荃；蹄者所以在兔，得兔而忘蹄。言者所以在意，得意而忘言。」⑫ 王弼亦云：「得意在忘象，得象在忘言。」⑬ 強調《周

⑪ 參鄧仕樑（1938-）、黃坤堯編：《新校索引經典釋文》（臺北：學海出版社，1988 年 6 月），頁 19。

⑫ 郭慶藩（1845-1891）輯：《莊子．外物第二十六》（王孝魚整理，北京：中華書局，1961 年 7 月），頁 944。

⑬ 王弼（226-249）《周易略例．明象》，參樓宇烈（1934-）：《王弼集校釋》（北京：中華書局，1980 年 8 月），頁，頁 609。

易》卦象的作用，而象就是溝通言、意之間的媒介，帶出意義。又陶潛云：「此中有真意，欲辨已忘言。」⑭ 諸家都以達意為上，而最後還是會放棄語言，即捨筏登岸了。無論如何，所謂言、象、意之說，其實也是模糊語言。

詩中的「興」可以稱為興象，跟易象有些類似。《論語．八佾》云：「〈關雎〉樂而不淫，哀而不傷。」⑮ 就是說〈關雎〉一詩可以引發出哀樂的興象，雖然使用語言的手段各異，但追求會意的目標沒有改變。

《論語．陽貨》：「子曰：小子何莫學乎詩？詩可以興，可以觀，可以群，可以怨。邇之事父，遠之事君，多識於鳥獸草木之名。」⑯ 詩的功效很多，可以學習很多方面的課題，包括興觀群怨、事父事君，以及鳥獸草木之名等十項，每一項都大有學問，模糊的特質尤為顯著。例如植物的分類即有界、門、綱、目、科、屬等，層次不同，十分專業，也不是人人能懂的，很多時在語言運用中只能選擇自己所熟悉的範疇作出回應。

---

⑭ 陶潛（365-427）〈飲酒二十首〉其五，《陶淵明集》（北京：人民文學出版社，1983 年 9 月），頁 51。

⑮ 何晏（190-249）集解、邢昺（932-1010）疏：《論語注疏》，頁 30。諸經引文參《十三經注疏附校勘記》（嘉慶二十年【1815】江西南昌府學開雕本，臺北：藝文印書館，1955 年 4 月）。

⑯ 《論語注疏》，頁 156。

《詩經．芣苢》云：

采采芣苢，薄言采之。采采芣苢，薄言有之。
采采芣苢，薄言掇之。采采芣苢，薄言捋之。
采采芣苢，薄言袺之。采采芣苢，薄言襭之。⑰

［芣苢【fū yǐ】、掇【duó】、捋【luō】、袺【jié】、襭【xié】］

〈芣苢〉兩句一組，反覆詠唱；每兩句換一個動詞，分別是「采」和「有」（古韻之部）、「掇」和「捋」（古韻祭部）、「袺」和「襭」（古韻脂部）三組，兩兩叶韻。「采采」可以解作動詞採呀採呀，也可以看作形容詞鮮明茂盛貌；「芣苢」又稱車前草，其籽可治婦女不孕和難產。這大概是一首山村民歌，婦女一邊採摘芣苢時一邊歌唱，一片天籟，可能沒有甚麼深意。惟〈詩小序〉云：「芣苢，后妃之美也。和平，則婦人樂有子矣。」漢代學者發揮微言大義，解釋詩意中的深層結構，則是后妃求子之作，各有精義，而讀者亦各取所需了。

更麻煩的可能是《春秋》了。例如「鄭伯克段于鄢」一句，三傳各有解釋，表面上說是春秋筆法，其實卻是一宗千古的冤案。《左傳》論云：「《書》曰：『鄭伯克段于鄢。』段

⑰ 鄭玄（127-200）箋、孔穎達（574-648）疏：《毛詩注疏》，頁 41。

不弟，故不言弟。如二君，故曰克。稱鄭伯，譏失教也。謂之鄭志。不言出奔，難之也。」⑱

《公羊》云：「克之者何？殺之也。殺之則曷為謂之克？大鄭伯之惡也。曷為大鄭伯之惡？母欲立之，己殺之如勿與而已矣。段者何？鄭伯之弟也。何以不稱弟？當國也。其地何？當國也。齊人殺無知何以不地？在內也。在內，雖當國不地也，不當國，雖在外亦不地也。」⑲

而《穀梁傳》則云：「克者何？能也。何能也？能殺也。何以不言殺？見段之有徒衆也。段，鄭伯弟也。何以知其為弟也？殺世子母弟目君。以其目君，知其為弟也。段弟也而弗謂弟，公子也而弗謂公子，貶之也。段失子弟之道矣，賤段而甚鄭伯也。何甚乎鄭伯？甚鄭伯之處心積慮，成於殺也。于鄢，遠也，猶曰取之其母之懷中而殺之云爾，甚之也。然則為鄭伯者宜奈何？緩追逸賊，親親之道也。」⑳

三傳的解釋各異，這裏牽涉到很多不同的觀點角度、意識形態及文化理念，構成歧義，而這也是模糊語言與音義訓詁之間值得深入探討的領域。

---

⑱ 杜預（222-284）注、孔穎達疏：《左傳注疏》，頁 36。

⑲ 何休（129-182）解詁、徐彥疏：《公羊注疏》，頁 13。

⑳ 范甯（339-401）集解、楊士勛疏：《穀梁注疏》，頁 10。

〈鄭伯克段于鄢〉記錄了春秋時代魯隱公元年(722B.C.)夏五月，即鄭莊公二十二年，鄭國內亂事件的前因後果。《左傳》以敘事為主，除了交代事件的本末之外，還要解釋《春秋》的微言大義。即以本文為例，為了爭奪權力，鄭莊公手足相殘，但他並沒有殺弟，反而讓他逃到鄰國去了，給他一條生路，還是留有餘地的。但《春秋》卻清楚的記載說「鄭伯克段于鄢」，而《左傳》則從「不言弟」、「曰克」、「稱鄭伯」、「不言出奔」四個不同的角度，解釋《春秋》書法的準則。所謂「克」就有置弟於死地之意，這又是甚麼原因呢？要知道，孔子(551-479B.C.)作《春秋》，就是要判斷歷史的是非，下筆矜慎，每一個字都具有分量，孟子(372-289B.C.)說「孔子成春秋而亂臣賊子懼」，[21] 明顯具有誅心的效應，判別是非。共叔段不守弟的本分，目中無君，也沒有盡臣子的本分，自是越軌的行為，一定要加以鞭撻的。《春秋》直接叫他「段」的名字。《左傳》記事，先是稱他「共叔段」，因為他投奔到共國去了，也就把他視為外人了。下文複述事件時再沿用他在鄭國任職時「京城大叔」的稱號，可見內外有別，也還是各有喻意的。至於鄭莊公，《春秋》貶之為鄭伯，就是怪他「失教」，沒有好好教導弟弟，更

㉑ 趙岐(108?-201)注、孫奭(962-1033)疏《孟子正義・滕文公下》，頁118。

沒有盡國君的責任，在公在私，都是失責了。其實也是莊公處心積慮所致。至於敘事到鄢為止，不提太叔後來出奔共國之事，自然更有加強責備的意味。

「難之也」一句亦帶有歧義。案「難」：平聲音 nán，訓為覺得有難度，難以說出奔，難以下筆；或雙方都有過失，很難單獨譴責太叔叛國。傳統或音 nàn，去聲，訓為責難，責備鄭伯，沒有做好本分。「之」究竟是指莊公、太叔，還是兼指二人說呢？有時也不好理解的。《左傳》在隱公十一年（712B.C.）還提到太叔說：「寡人有弟，不能和協，而使其餬口於四方。」[22] 可見十年後太叔仍然在世，而莊公還有點內疚。

《公羊傳》將「克」字訓為「殺之也」，甚至還聲言要「大鄭伯之惡也」，望文生訓，硬說共叔段給鄭莊公殺了，看來是有點冤枉的。《穀梁傳》則訓「克」為「能也」，「能殺也」，就是說可以殺而不殺。穀梁一方面訓斥「段失子弟之道矣」，另一方面又譴責莊公「處心積慮，成於殺也」，即動了殺機。甚至指導讀者，建議「緩追逸賊，親親之道也」，重構和諧的願景，兄弟和睦，用心良苦，自然更帶有濃厚儒家禮教的色彩。

可見同一句「鄭伯克段于鄢」的經文，《春秋》行文簡

㉒ 〈鄭莊公戒飭守臣〉，《左傳注疏》，頁 80。

潔，但三傳卻分別考察孔子的作意，而大作文章了。其中「克」字固有歧義，在殺與不殺之間，解釋各異，同時也反映了不同學派的經學觀點。究竟這是語言的歧義，還是模糊呢？或者兼而有之，可能有待讀者作更深入的探索。

叁、車公籤文

香港沙田車公廟的籤文十分靈驗，[23]每年農曆新年的年初二，都會有高層人士代表香港向車公求籤，預測一年的運程，解釋當前的困局，過去都很準確。2003 年癸未，香港民政事務局長何志平（1949-）為香港求得第八十三號下籤：

> 掛帆順水上揚州。半途頗耐浪打頭。實力撐持難寸進，
> 落橈下悝水難流。
> 解曰：「凡事不吉。」

結果當年爆發沙士疫症，七月一日五十萬人上街遊行，政府推行《基本法》二十三條失敗，導致董建華（1937-）特首下台。「半途」剛好暗示半年之時，籤文句句都很靈驗。

㉓ 相傳車公為南宋將軍，護駕南征，在道中病逝，獲村民建廟奉祀。其後新界瘟疫流行，惟車公神像巡遊所到之處，疫症即止。村民仰賴神恩庇祐，歷來奉祀甚殷，香火不絕。

因此，當年我也寫了一首〈春霧〉詩云：「粵港連春霧，車公下下籤。飛龍風火急，瓊樹雪霜兼。數據迷財赤，天威警肺炎。維舟行逆水，人事仰前瞻。」繁華一夢，似有預感，而香港經濟也嚴重下滑了。

2009 年己丑由劉皇發（1936-2017）求得第二十七號下籤：

君不須防人不肖，眼前鬼卒皆為妖。秦王徒把長城築，福去禍來因自招。

解曰：「內有家鬼，自身不安，家宅不吉，求財不遂。」

結果當年受到金融海嘯的衝擊，經濟衰退。一切的禍福皆因「自招」，連長城都不能發揮保護作用。

2011 年辛卯由劉皇發求得第十一號中籤：

威人威威不是威。只當著力有箴規。白登曾起高皇閣，終被張良守舊圍。

解曰：「凡事守舊，求財遂意，自身得運，婚姻不合。」

結果當年香港大學的百年校慶中引發極大的政治風波；政府編製財政預算不公，倉皇中人人派六千元，又被指亂派錢。簽文的首句尤為顯豁，批評政府十分嚴厲，要按規矩辦事。漢高祖六年（200B.C.），劉邦（256-195B.C.）被匈奴圍困于白登山（今山西省大同市東北馬鋪山）七日，由陳平（?-178B.C.）護駕逃出。

2012 年壬辰由劉皇發求得第二十九號中簽：

何為邪鬼何為神。神鬼如何兩不分。但管信邪修正處，
何愁天地不知聞。
解曰：「凡事皆吉。」

結果當年曾蔭權（1944-）年初被傳媒揭發跟富豪交往密切，揮霍無度，卸任前民望低迷。唐英年（1952-）在特首選舉中被揭發大宅僭建的醜聞，從大熱中墮馬。梁振英（1954-）當選為第四任特首，可是又被後來揭發的僭建醜聞所困擾，一直都得不到港人的信任；甚至連推行國民教育都招來學生及家長極大的反抗，十萬人圍著政府總部，被逼撤下。簽文説香港神鬼不分，真的充滿了諷刺。

2013 年癸巳由劉皇發求得第九十五號下簽：

駟馬高車出遠途。今朝赤腳返回廬。莫非不第人還井，
亦似經營乏本歸。
解曰：「宜慎小人，凡事不利。」

今年還未過去，但有局長涉貪被判刑，行政會議成員因牽涉財政問題而辭職，特區政府民望低迷，施政維艱。所謂「赤腳返回盧」、「經營乏本歸」等，似亦不幸言中了。

車公廟共有九十六號籤文，吉凶互見。籤文多以古人的故事為喻，文字淺白，但都扣緊我們的日常生活，可以作多方面不同的解釋，模棱兩可，自然也是模糊語言之類。但近年籤文都很靈驗，有些警句還可以解釋當前的社會事件，可能也是政制人事的病變所致，就當作上天示警，給市民一個思考的機會吧！

至於扶乩就跟籤文一樣，都是神靈的語言，自然也具有模糊的特性。例如「機不可失」的乩文即有兩解，等待時間驗證，才能悟出準確的意義。

> 道教扶乩好似幾神秘，左丁山兒童時代就聽過先父講古仔，指在1936年南天王陳濟棠密謀起兵反抗蔣介石，請呂洞賓先師指點，得四個大字，「機不可失」，於是大喜過望，以「抗日救國軍」名義宣佈反蔣，殊不知蔣介石早已收買咗陳濟棠手下空軍大將，司令帶48架飛機飛咗去南京投奔，陳濟棠唯有倉皇出走香港。先父話「機不可失」四個字，靈到十足十，只不過凡人不

懂解讀其真意而已。[24]

1936年6月，陳濟棠（1890-1954）反蔣，可是他的空軍大隊黃光銳（1898-1986）為蔣介石（1887-1975）重金所收買，而余漢謀（1896-1981）等將領亦通電表示服從中央。陳濟棠被迫出走香港。所謂「機不可失」之「機」，原來說的是「飛機」，而非「機會」。

肆、語言偽術

模糊語言具有不確定外延的特性。近年香港政府官員回應市民的訴求，喜歡用一些通過包裝的模糊話語，令人不著邊際，傳媒慣稱之為語言偽術（always make up stories）。粵語「偽」、「藝」同音，聽來更具諷刺意義。報刊上的例子很多，可供參考。張慧慈云：

香港回歸中國之後，官員面對問題時，都喜歡用含意廣闊的字義作為口號，例如「適當時候」、「重中之重」、「一籃子政策」、「迎難而上」等等。究竟當局有何政策

㉔ 左丁山〈扶乩與貼士〉，《蘋果日報》「蘋果副刊」E6「名采」，2013年9月11日。

> 去處理這些挑戰，往往都沒有詳細交代。希望他們多進行語言培訓，從而掌握與市民有效溝通的實用技巧。㉕

其實這些都是空泛的說話，很多還是想做而做不來的，只好拖延。此外她還指出英國政府設下新規定，「要求行文簡潔，令人容易理解，避免語意不清的專業術語。另外，政府公佈事項時亦要開放地交代實際行動，不能以一堆說完等於沒說的含糊字句代替。」可見公眾所期待的語言還是清晰明白的，不想遊花園。

2013 年 8 月 11 日，梁振英安排了天水圍居民論壇，在開場發言說：

> 我上任一年來，來過元朗包括天水圍十幾次，應該『微服出巡』十幾次，我身邊的警員應該最清楚。失驚無神，我要去元朗魚塘同太太買魚，同太太食咖喱，來元朗粥粉麵鋪食飯，帶個女來圖書館。㉖

這一段話不單誤用了有濃厚封建意味的「微服出巡」，

㉕ 張慧慈〈官方語言偽術〉，《頭條日報》「頭等艙」98 版，香港，2013 年 8 月 9 日。

㉖〈CY 炮轟傳媒反智〉，《都市日報》「要聞」02 版，香港，2013 年 8 月 12 日。案 CY 即振英英文拼音的字母縮寫。

以君臨天下自居；而且公私不分，將帶妻女來元朗買菜吃飯的私事跟正式的公務工作混為一談。嚴格來説，整段都是不及格的模糊語言，跟體察民情完全扯不上關係，只能説是又一樁的語言偽術了。結果當然招來非議，翌日《都市日報》頭版標題説：「自喻微服出巡，梁帝訓民。」還在梁振英的照片上替他加上皇冠，扮成皇帝似的，充滿諷刺意味。

近日立法會主席曾鈺成（1947-）亦警告政府官員若不妥善處理利益衝突的問題，只會跌入「塔斯佗陷阱」（Tacitus trap），市民不再相信政府任何説話。塔斯佗（Publius Cornelius Tacitus，A.D.55-120?）是羅馬帝國的執政官，著有《歷史》和《編年史》，他在談論執政感受時説：「當政府不受歡迎的時候，好的政策與壞的政策都會同樣的得罪人民。」[27] 美國甘迺迪（John Fitgerald Kennedy,1917-1963）總統有一句名言：「公眾信任，是政府有效運作的基石。」[28] 用中國傳統的話語來説，就是「民無信不立」。語言偽術往往給人黔驢技窮的感覺，騙不了人的。江麗芬論云：

㉗ 參〈陳茂波囤地醜聞糾纏不清　曾鈺成警告：市民不再信政府〉，《蘋果日報》「要聞」A2 版，香港，2013 年 8 月 1 日。

㉘ John F. Kennedy(1917-1963):" The Basis of effective government is public confidence." Special Message to the Congress on Conflict-of-Interest Legislation and on Problems of Ethics in Government. April 27, 1961.

> 這不是單單基於陳茂波近期捲入「圈地」風波所致，而是過去一年多以來，新政府上場前後的種種政治事件累積所致，諸如包括行政長官梁振英上任前的「僭建事件」，解説時用上的「語言偽術」，及後管治班子的連串事件等等，社會對特區政府的管治均抱有很大的問號。㉙

一石激起千層浪，這是積累已久的怨氣，香港人還是明白的。

關於德育及國民教育科，梁振英説過「撤回與不撤回之間有好大空間」；關於僭建事件，則説「僭建處理咗，〔這〕個僭建就唔存在」、「記憶中，我無講過話我無僭建」等。又陳茂波（1955-）指「妻子及其家人」持有的 Orient Express Holdings〔股份〕，後來發現該名「家人」竟然就是他的兒子陳天行。「家人」一詞可以變大可以縮小，退可攻，進可守，而中文也變得含糊了。這都是給人不老實的感覺，有意玩弄文字遊戲，想將問題輕輕帶過，蒙混過關，但眼睛雪亮的市民又怎麼會放過他們呢，而信任就是這樣白白的丟失了。

關於「嚴正執法」一詞，表面完全沒有問題，可是一落實到具體的人事方面，不同立場、不同觀點的人就各有打

㉙ 江麗芬政局筆記：〈食得鹹魚抵得渴〉，《信報》「時事評論」，香港，2013年8月3/4日。

算了，總有一方覺得並不「嚴正」。金針集云：

> 似乎，在「嚴正執法」與「嚴正執法」之間，實在存有很大的空間！筆者如此言，並不是在施展過去一年多瀰漫香江的語言「偽」術，卻其實一個客觀的觀察。所説的，是警方以至官方眼中的「嚴正執法」，跟捍衛香港核心價值及擁抱人權自由的市民所認為的「嚴正執法」，兩者雖似一樣，卻原來相距甚遠。㉚

本文將「嚴正執法」分作官方及民間兩種不同的詮釋，大家都期待「嚴正執法」，可是觀點各異，自然會影響到「嚴正」的功效了。黃天賜亦云：

> 從來正、邪不兩立。今天，坐在特區一哥寶座的特首，既掌管執法機構的權力，又有口罩黨以粗口、武力護航，實在是過去幾屆特首所不及。天水圍論壇一役，場內叫罵聲四起，場外打鬥聲不絕，梁特首連日來卻選擇「沈默」，沒有對打鬥譴責，也沒有要求警方嚴正執法，

㉚ 金針集〈龜縮一哥暗盤算　前線警員食黃蓮〉，《信報》「獨眼香江」A16版，香港，2013年8月16日。

提交報告，如此政府實在令人汗顏。㉛

批評特首對兩派互鬥表現「沈默」，沒有譴責，也沒有「嚴正執法」。而陳景輝亦對「沈默大多數」作出新的詮釋，如果雙方都據為己有的話，那麼這個詞語的意義就相當模糊了。論云：

「沈默大多數」的「沈默」兩字幾乎毫無意義，因為他們都只想急就章的據為己用，將「沈默」都看成給自己的掌聲，完全是一種政治幻聽。㉜

「泛珠三角區合作與發展暨經貿洽談會」由福建、江西、湖南、廣東、廣西、海南、四川、貴州、雲南等九省區人民政府和香港、澳門特別行政區政府（簡稱“9+2”）共同主辦。《明報》云：

梁振英表示，香港在未來新一階段的泛珠合作中，可以擔當「超級連繫人」及「首席知識官」的角色，以創新

㉛ 黃天賜〈香港進入鬥爭嗎？〉，《都市日報》「港聞」22版，香港，2013年8月16日。

㉜ 陳景輝〈詭異和被利用的「沈默大多數」〉。(《明報》「觀點」A34版，2013年8月29日。

思維驅動泛兄弟省區全方位合作，及與國際接軌。[33]

梁振英在第九屆「泛珠大會」上提出自己是「超級連繫人」及「首席知識官」，缺乏準確具體的意義，除了生造詞語及刻意拔高自己的地位之外，試問這又將其他各區的領導人置於何地呢？難道他們都不夠「超級」和「首席」嗎？可見在公開場合中，用詞得特別小心，以免誤會。

陳紹銘析論香港政府「三年上樓承諾」口號，只能予人美麗的憧憬，有人等了三五七年都未能獲得分配房屋。那麼「三年上樓承諾」究竟是怎樣計算出來呢？

「篤數」偽術一：不計算「非一般」的單身人士及新來港人士。

「篤數」偽術二：三年內派屋，而非三年內上樓。

「篤數」偽術三：計算特快公屋編配。

「篤數」偽術四：「平均」三年，非「所有人」三年。

「篤數」偽術五：申請或遞表日期並非輪候時間的開始。〔案：登記日期才是計算輪候時間的起點。〕[34]

㉝ 〈梁振英晤汪洋，談經濟未談政改〉，《明報》「港聞」A16版，香港，2013年9月10日。

㉞ 陳紹銘〈「三年上樓承諾」的語言藝術〉。《明報》「觀點」A34版，2013年8月29日。

粵語「篤數」有作大計算之嫌，並非真實數字，甚至更是騙人的技倆。如果將上述五種因素結合起來，可見「三年上樓承諾」也是模糊語言。

上文所舉「適當時候」、「重中之重」、「一籃子政策」、「迎難而上」、「微服出巡」、「妻子與家人」、「嚴正執法」、「沈默大多數」、「超級連繫人」及「首席知識官」、「三年上樓承諾」各例，以及「撤回與不撤回之間有好大空間」、「僭建處理咗，個僭建就唔存在」、「記憶中，我無講過話我無僭建」等語句，可能都是模糊語言所要探討的材料，但我們還是勇於追求真相，希望有明確的語言，不許模糊。

〈模糊語言與音義訓詁〉，《模糊語言研究》第一輯（北京：中國社會科學出版社，2014 年 12 月），頁 285-293。

海外漢語的異化

壹、寫作語言與文學表現

漢語是層層積累的成果，有歷史的積澱，也有方言的選擇，甚至還融合了不同的民族語言，以至異域外語等，就像吸星大法似的，不斷壯大，體貌日新，絕不是固定的板塊。漢語從何處來？往哪裏去？方言不但沒有奪去漢語的正統地位，更從前世今生的輪轉中，不斷地強化漢語的骨骼，豐富漢語的表現力，深化漢語，美化漢語。如果漢語書寫只限於一套標準的普通話，沒有廣大方言牡丹綠葉的扶持，那麼我們的漢語可能還是相當貧血的。當然，也有學者不同意這個論點的，戴昭銘云：「某些作家力圖用方言土語來造成地方特色、語言風格和藝術風格的傾向，實際上已經是一種理論上和實踐上的迷誤。」箇中的原因是：

> 第一，地方腔調和作家的語言風格實際上不是一回事；第二，外地方言區讀者是難以體會這種地方腔調的，他們對此總是有隔膜感；第三，土語詞也是俗語詞，土語成分多，容易使作品語言不夠莊重，近於浮滑；第四，對於大多數外地讀者來說，土語詞正是生僻詞，用多了只能增加閱讀的困難。所以，方言土語的使用對於作家語言風格的形成不僅構不成必然因素，弄不好還會成為一個破壞因素。①

從規範的角度來看，方言土語很自然的都被看成了洪水猛獸，外地的讀者看不明白，構成破壞因素。但從作者來看，只要是最恰當的表達就行了，有時還要拗盡天下人的嗓子，才能顯出創意。方言土語用得出色，有時也會匯入共同語中，《現代漢語詞典》在不同的版本當中，不斷地吸納新詞語，淘汰一些不合用的舊詞語，與時並進。

魯迅的《故事新編》為了表現出獨特的語言技巧，他常用文言來代表一些死人説的話，特別是專指心智方面説的，具有諷刺效果；例如〈補天〉中官員説的，「裸裎淫佚，失德蔑禮敗度，禽獸行。國有常刑，惟禁！」盲目批評女媧不

---

① 戴昭銘（1943-）著：《規範語言學探索》（哈爾濱：《北方論叢》編輯部，1994年12月），頁138,140。

穿衣服，即可為證。至於白話則是活人說的，自然就是現代人了。兩者可以劃分出不同的時代意義。此外魯迅有時也用方言來象徵不同的空間場景，例如〈出關〉：

1. 人們卻還在外面紛紛議論。過不多久，就有四個代表進來見老子，大意是說他的話講的太快了，加上國語不大純粹，所以誰也不能筆記。沒有記錄，可惜非常，所以要請他補發些講義。

「來篤話啥西，俺實直頭聽弗懂！」賬房說。

「還是耐自家寫子出來末哉。寫子出來末，總算弗白嚼蛆一場哉碗。阿是？」書記先生道。②

前句夾雜著南北方言，「你在說些甚麼，我簡直聽不懂」；後句則為蘇州方言，意謂「還是你自己寫出來吧。寫了出來，總算不白白地瞎說一場。是吧？」讀者也許會感到困惑，但魯迅卻將老子的困境具體地刻畫出來。這是方言運用的獨特效果，值得注意。

廖恩燾是清末民初的駐外使節，精通中西語文，古典詩詞根柢極好，後來受了五四運動的影響，順應新文學的潮

② 魯迅（1881-1936）〈出關〉，《故事新編》（上海：文化生活出版社，1936年1月）。

流，接受新思潮的洗禮，亦以提倡白話文學為己任，寫下了大量的粵語七律詩。1923 年春有〈報紙每日登載議場種種色色因紀以四首〉之作，其一云：

2. 大家都為兩蚊錢。半句唔啱嗌定先。墨盒噏穿成額血，茶杯打爛幾牙煙。直頭燒到開花砲，錯手傷埋起草員。有箇想趯唔得徹，飛嚟交椅當青磚。③

此詩專寫北洋軍閥的議會政治，刻畫政壇醜態，為了利益，大打出手。這些場面有些面熟，我們以前在電視上也看過了很多臺灣議會的打鬥鏡頭，竟然同出一轍，中華文化源遠流長，原來連打架也是一脈相承的。「嗌」解爭吵，全句說一言不合先吵起來；「噏」即「掟」，解投擲；「花砲」指鞭炮；「趯」即「溜」，逃跑；「唔得徹」解「來不及」，「交椅」即椅子。廖詩影射政壇人事、風俗習尚，嬉笑怒罵，寓莊於諧；雖失之俚俗，亦足以反映官場及人心的卑污齷齪。

早期白話詩也有用方言寫的，劉半農 (1891-1934)〈隔壁阿姐你為啥面皮黃〉就曾用吳語作試驗。詩分四段，每段四句，第三段云：

③ 廖恩燾（1866-1954）〈報紙每日登載議場種種色色因紀以四首〉之一，《嬉笑集》（懺綺盦主人甲子自刊本，1924）。

3.「我説隔壁阿姐你為啥來面皮紅？」/「你阿姐勿曉得紗廠裏格先生 艛面孔！/他撈撈搭搭勿曉得要做啥，/我勿睬他來他就起哈哄！」[④]

此詩專寫兩個上海女工對話，諷刺管工的性騷擾。詩中「艛面孔」即不要臉，而「起哈哄」就是不高興了。用方言寫比較容易喚起當地工人的共鳴。

八九十年代以後，臺灣國語獨尊的局面已經完全被打破了，臺語流行於大街小巷，甚至回到學校，回到文藝創作中去。林強〈向前走〉云：

4. 火車漸漸在起走　再會我的故鄉和親戚/親愛的父母再會吧　到陣朋友告辭啦/阮欲來去臺北打拚聽人講啥物好空（著數）的攏在那/朋友笑我是愛作瞑夢的憨子　不管如何路是自己走/OH！再會吧OH！啥物攏不驚/OH！再會吧　OH！向前走/[⑤]

④ 劉半農（1891-1934）〈隔壁阿姐你為啥面皮黃〉，載《瓦釜集》。今據尹肇池等編：《中國新詩選》（香港：大地出版社，1975年6月），頁7。

⑤ 林強（1964-）〈向前走〉，原刊《中國時報》「人間」副刊，1991年1月13日。今據李瑞騰（1952-）編《八十年詩選》（臺北：爾雅出版社，1992年4月），頁8-9。

全詩十八句，今錄前六句。寫農村青年大無畏的要到臺北拚搏，「阮」，我也；「好空」即「著數」；「啥物攏不驚」意即甚麼都不怕，唱出了年輕人打拚的心聲。林強〈向前走〉還獲得了 1991 年金曲獎最佳歌詞。李瑞騰在《八十年詩選》中選了五首臺語詩歌，除林強外，還有黃勁連（黃進蓮，1946-）〈抱著咱的夢〉、林沈默（林承謨，1959-）〈紅田嬰〉、許思〈食水拜溪〉、林宗源（1935-）〈鹹酸甜的世界〉，創作新的音節，反映了新一代的觀念和詩趣。紅田嬰就是蜻蜓，「黃昏日頭漸漸畸，/滿天紅甲親像火燒山」，寫出田間的熱鬧，富於鄉土氣息。食水拜溪寫屏東縣東港溪的污染，飲水思源，呼籲阿叔阿伯合力治好溪水的病。鹹酸甜就是蜜餞，指出「唔妥協唔反抗是個的性地」（他們的性情），別有會意。

以上四則可以反映二十世紀的文學語言並不排斥方言，從魯迅的《故事新編》、廖恩燾《嬉笑集》中的粵語七律、劉半農用吳語寫的白話詩，到林強在臺北寫的歌詞，都在書面語中滲入了很多方言的因素。其他老舍（舒慶春，1899-1966）的京片子小說、[⑥] 巴金（李堯棠，1904-2005）作

⑥ 老舍作品中的北京話詞語（包括詞、短語、成語、俗語、諺語、歇後語）1064 條。參楊玉秀編著：《老舍作品中的北京話詞語例釋》（北京：北京大學出版社，1984 年 5 月），凡例，頁 3。

品中的方言詞語、⑦ 各地的戲劇曲藝表演項目，以及香港的粵語流行歌曲、電視片集等，各呈異采，更足以豐富我們的語言生活了。

就漢語來說，基於長久以來地域文化及語言背景的差異，各地的漢語亦同中有異，異中有同，語言上的「兩岸四地」其實可以分為四大板塊：大陸漢語、台灣國語、港澳中文及海外華語（新、馬、泰以及美、加、英、澳、紐等華人社區）。⑧ 前二者都是正體，具有濃郁的正統書寫及官方色彩；後兩者則屬變體，表現民間智慧，有時還帶有邊緣地區異化的色彩，充分反映漢語的靈活多姿和應變能力。自其不變者而觀之，我們的漢語都是源自一個恆久龐大的母體；自其變者而觀之，那麼我們又可以在不同的時空及地域中，表現出個別獨特優雅的身影。其實過去並沒有普通話，但絕不影響「書同文」的漢語書寫，不同的方言自然都是漢語的源頭所在，而我們所要追求的更是一種有活力、有動感的中文。未來的漢語蓄勢待變，我們並不滿足於標準的現狀，而海外漢語剛好就提供很多的選項和試驗，優勝劣敗，自然

---

⑦ 巴金作品中的方言詞約得 167 條，參林立編：《巴金語言詞典》（成都：四川辭書出版社，1990 年 11 月），頁 122-194。

⑧ 新加坡的華文報刊有《聯合早報》、《聯合晚報》、《新明日報》、《南洋視界》、《我報》等；馬來西亞亦有《星洲日報》、《南洋商報》、《光明日報》、《中國報》、《東方日報》等。

淘汰，健康的基因最後都會匯聚到漢語的母體中去。

英語流通全球，亦有各地不同的變體。海外漢語的「異化」現象，看來未嘗不可以作如是觀。

貳、標準語與語文規範

中國的新聞媒體對語言文字的規範一直都十分嚴格，用的都是標準語。翻開中國的報刊，中央和各省市之間的語文差異並不明顯，語文風格基本一致，很多時還刻意泯除了地方色彩。至於廣播語言，當然也還是在不斷的修正之中，例如從 2014 年 7 月起，廣東電視台新聞頻道的「正點報道」欄目都轉用普通話播出。「正點報道欄目每日上午 9 點至下午 5 點逢整點播出，每天播出 9 次，是新聞頻道中目前為數不多的廣東話欄目之一，其他如全球大視野、廣東報道、權威訪談等欄目，都已經用普通話播放。」[9] 對於大量外來人口來説，這自然是方便溝通了。

2014 年 11 月 27 日，國家新聞出版廣電總局發出《關於廣播電視節目和廣告中規範使用國家通用語言文字的通知》，指出「認真清理整改廣播電視用語不規範現象，取得了明顯成效，刻意模仿有地域特點的發音、亂用外來詞語

⑨ 《明報》「中國」A20 版，2014 年 7 月 12 日。

和網路用語等現象得到遏制。但是近期聽衆觀衆反映，一些廣播電視節目和廣告中還存在語言文字不規範的問題，如隨意篡改、亂用成語，把『盡善盡美』改為『晉善晉美』，把『刻不容緩』改為『咳不容緩』，等等。」(網頁資料) 可見國家媒體對語言的規範十分嚴格，甚至已經做出了很好的成績，如果還有美中不足的地方，就是商業廣告中的「食字」現象，利用同音字推廣銷售概念，吸引消費者注意。這在香港的商業廣告中更是應用廣泛，屢見不鮮的。其實「食字」現象也是表現創意的手法，用得好耳目一新，用得不好自然會遭受摒棄，相信群眾的眼光和選擇，不必大驚小怪，廣電總局有時未免管制過嚴了。

此外，也有人對不斷湧現、日新月異的外語詞提出了異議，擔心會破壞漢語的純潔性。樂水云：「於是，我讀到彭博商業周刊一篇關於漢語純潔性的文章時，由衷地做了一個漢語不純潔的動作，O 嘴。……編者大抵是想說，社會日新月異，新的外來詞語層出不窮，國人不能囫圇吞棗通通採用。日常慣用的 X 光等可以保留，但某些便於翻譯成中文的詞語，如 WiFi、CEO、MBA、CBD、VIP、PM2.5，應該翻譯後使用。否則，這些『零翻譯』詞語既難懂，又『破壞了漢語言文字的嚴整與和諧，影響了漢語表意功能的發揮，使語境支離破碎，從深層次來說，也消解了中國文化精深而豐富的內涵。』」[⑩] 新產品出現時，如果沒有適合的譯文，我想最準確的處理辦法還是原文直錄，等大家有了共識，自會採用。電視上談到 GDP，連領導人都掛在口中，幾個外語詞就能顛覆了漢語的純潔性，那麼我們的漢語看來也真的弱不禁風了。

但海外媒體的風格可就不一樣了，綜觀香港、澳門、臺灣等地的華文報刊及電視廣告，各有不同的個性，自由放任，多姿多采，自然更具創意了。海外漢語的異化，看來也是對立中的必然現象。現在我們試從澳門、香港及臺灣等地的報刊中舉出若干例子，考察漢語異化的軌跡。

叄、澳門語文的異化現象

5. 呂首富之喼帽商標，早已風行海內外。三伏暑天照戴如儀。真唔怕熱？曰：唔除得，怕凍。此公雖家財萬貫，卻可與友朋踎街邊整件油多嘆咖啡，不以為忤。可見其持家節儉之風，致成商界美談。[⑪]

6. 幾個月大，父母就要開始憂慮小朋友迎接未來的

⑩ 樂水：〈漢語純潔性？〉，《澳門日報》「新園地」，D5，2014 年 5 月 26 日。

⑪ 西門公子：〈翻版首富亦有型〉，《澳門日報》「閒話風情」，F1「消閒」版，2014 年 7 月 11 日。

能力，他們平日炒股炒樓處處碰釘，自以為兒女早些掌握金融知識就不會輸蝕。本來只分得出人奶和奶粉之別的人，未戒奶就被帶去那些學前培訓班受財經洗禮了。他們相信一條所謂人生起跑線的東西，卻從來不去理解人類心智從來沒有拔苗助長這個事實。⑫

7. 電視廣告有云：「做事要有實力，講嘢要有牙力。」近日城中話題都講「阿蘇咬人」，我忽有所悟：「講嘢要有牙力」這句話要改一改，曰：「咬人要有牙力。」蓋講嘢最重要的是道理，最好加上悅耳的聲音，再添幾分表情，足矣！要是動聽的話，冇牙佬、冇牙婆也能令人信服。但咬人，非有牙力不能致對方於痛楚，要咬出血，要咬甩肉，少點牙力也不行。⑬

8. 在《澳門日報》寫稿兩年，正擔心被人罵我寫得唔鹹唔淡，不文不白，不料，卻在「新園地」版中出現陸奥雷先生以「冷月無聲」為題的大文，對拙作頗加稱譽，使我出了一身冷汗，真可説是不虞之譽了。……解放前，我在新會，倡言無忌，縣長張

⑫ 王禎寶：〈出街小心〉，《澳門日報》「新園地」，E3，2014 年 6 月 10 日。

⑬ 冬春軒：〈粵俚的「廿廿烏」〉，《澳門日報》「新園地」，D5，2014 年 7 月 2 日。

> 壽以「莠言亂政，為匪張目」的罪名加以拘捕，那時，親朋絕跡，只有老師來探監，我在拘留所聽到老師和獄卒對話：「你係邊個？」「我係人。」「混帳，快躝屍（快滾蛋）！」「混帳嘅係你，躝屍嘅亦係你地，躝遲步你地都唔掂（其時解放軍已在荻港渡江）。」我在內聽得縱聲大笑，樂不可支。老師雖不能見我，聽到笑聲，知我未死。獲釋後老師說：你不愧是澳門人，敢賭命。⑭

例 5 西門公子沿用舊小說的語調，寫澳門的時尚生活，包含文言及方言土語成分，駕輕就熟，談笑風生，自然也寫出呂首富的特徵和神采，平易近人，生活節儉。例 6 王禎寶寫的是流暢的白話，但行文之間仍然免不了加上很多本地的用語「輸蝕」、「人奶」、「戒奶」等，多用長句，滔滔不絕。例 7 冬春軒的粵語寫作已經出神入化、運用自如，例如「講嘢」、「咬甩肉」，更寫出了緊張的氣氛，引人入勝。例 8 李烈聲在拘留所的對話中用了大量的粵語，但又加上適當的翻譯或旁白，保留語言的神采，兼顧不懂粵語的讀者，其實也是避無可避的。李烈聲稱之為「三及第文」，「即是文言、白

⑭ 李烈聲：〈不虞之譽〉，《澳門日報》「新園地・八方」，E3，2014 年 6 月 10 日。

話和粵語混合而成，寫三及第文，高雄先生與陳霞子先生，無人可及」。可見這已成了一種地方特有的文體，俗中帶雅。

以上四則引自《澳門日報》的副刊，跟一般的漢語寫作不同，帶有濃厚的地方色彩，外地讀者可能比較陌生，但本地讀者卻感到親切，不勞注釋，一看就明白。這些都是一些「異化」了的漢語，為甚麼說異化呢？自從普通話成功地統一了書面語之後，其他的書寫風格自然都看成異化的對象了。至於異化的程度，相對於香港、臺灣來說，澳門還是比較穩重保守的。

肆、香港語文的異化現象

9. 《沒女大翻身》犯下第二大忌，就是挑戰傳統道德價值。Eva 巴辣寸嘴，她把 Maggie 三十幾歲人有一把雞仔聲，稱為「世紀大騙案」，啜核抵死，只要當事人 Maggie 抵受得了，很能刺中要害。成年人操一把孩子的聲音，以「可愛」作為保護罩和「低能」的藉口，是很多人不肯面對失敗的通病。[15]
10. 雖然「散水餅」能為一份工作畫上完美句號，不過

⑮ 潘麗瓊：〈每個人都是「沒女」〉，《頭條日報》「港聞」39，2014 年 8 月 18 日。

梁美儀提醒，表達心意時要避免踩中誤區。她説，部分年輕人會將告別儀式搞得太大陣仗：「例如有人會向同事高調宣佈『我今日 last day 喇』，好似個人 show 一樣；亦有人會要求大家擺好多 post 影相，再上載 fb，讓人覺得自己很受歡迎，其實這樣做會浪費公司很多時間。」她又指，「散水餅」貴乎真誠，「如果買得太貴，留給同事的印象可能是有錢仔女，洗腳唔抹腳。」⑯

11. 遇到變態上司或同事，又投訴無門，應該怎辦？他尖酸刻薄、雙重標準、朝令夕改、為人八卦、公私兩事都關他事、專俾死貓你食、在公司周圍講是講非……你覺得他衰格，且有點變態，跟他工作極之不快，但為了生計，你不能隨便辭職，這種情況，你還可以怎樣做？默默承受啞忍嗎？⑰

12. 香港教育界好神奇，有頭頭無頭頭都照飛，一切自動波，看來有一天會變成轟炸伊拉克的無人駕駛飛機。無人駕駛可能更好，起碼無「開口吸著

⑯ 畢嘉敏（記者）：〈切記「大陣仗」，派禮物前先請示上司〉，《晴報》News 38，2014 年 9 月 5 日。

⑰ OL 公主．朱佩君：〈你變態，我也「變態」〉，《頭條日報》「頭等艙」43，2014 年 8 月 5 日。

脷」的人為錯誤，撳錯掣炸死無辜百姓。[18]

13. 東鐵沿線的沙田新城市廣場、旺角朗豪坊等大型商場昨再被自由行攻陷，隨處可見「拉篋人」。其中新城市廣場內的連鎖服裝店，多個貨架衣服被撈至一片凌亂，衫褲隨地可見。店外更特設「停篋場」，避免消費者誤被旅行篋弄傷，高峰期有 20 多個旅行篋、嬰兒車停泊。有市民形容，「啲衫被撈到亂晒，好似打仗咁，好恐怖！」。[19]

以上五則引自香港的報刊，談的都是現實生活的問題，差不多都是有話直說，口語照錄。例 9 潘麗瓊評論電視片集《沒女大翻身》，「沒女」是指沒有錢、沒有身材、沒有樣貌、沒有學識和沒有自信的「N 無女性」，也就是甚麼都沒有了。「巴辣寸嘴」指辭鋒厲害，得勢不饒人；「雞仔聲」即孩子的聲音，還沒有長大；「啜核抵死」是俗語，說的很到位。例 10 畢嘉敏是以記者身分採訪卓越人力資源管理顧問行政總裁梁美儀女士，「散水餅」指新世代員工離職時向同事派發小禮物，表達謝意，有個性，拒絕一式一樣。「大陣仗」指很隆重，「洗腳唔抹腳」說的是只會花錢，不會省錢。

---

⑱ 王師妳：〈自動波的香港教育〉，《明報》「教育有 say」26，2014 年 9 月 16 日。

⑲ 〈服裝店驚現「停篋場」〉，《蘋果日報》頭版新聞，2014 年 12 月 8 日。

例 11 朱佩君評論上司的各種醜態惡行，「八卦」即打聽別人私隱；「專俾死貓你食」則硬指人犯錯，不得申辯。例 12 王師奶想罵教育局長，「頭頭」即領導人；「開口吸著脷」即一說就錯；「揿錯掣」指按錯了開關的電掣。以上這些文字不假修飾，中英夾雜，十分潑辣，得勢不饒人。用普通話讀幾乎都不順暢，必須通過翻譯或改寫，才能讀出來的。例 13 指香港遊客太多，購物熱潮竟然引申出「拖篋人」、「停篋場」等的新概念，「篋」就是皮箱〔拉桿箱〕，拉著到處跑，更可以盛載大量的貨品。「啲衫」指那些衣服，「攞到亂晒」即翻得亂七八糟。這也是一段口語白描，生動傳神。

伍、臺灣語文的異化現象

14. 警方調查，兩派饒河街一帶在地角頭，近來疑似為了某精華地段即將都更的大樓拆除、土方、廢棄物運利益槓上，兩派人馬都想分一杯羹，多次談判「喬」不攏，民眾目擊，昨天下午雙方約 5 人，先在慈佑宮爭吵，咆哮、三字經叫罵引來路人側目。[20]

---

⑳ 胡欣男（台北報導）：〈鬧市開 6 槍　角頭逼退對手快閃〉，《中國時報》「社會新聞」A14，2014 年 9 月 5 日。

15. 利比亞不同派系民兵數週前開始在首都的黎波里機場附近激戰，美國將其駐的黎波里大使館的人員撤出當地，但八月卅一日在Youtube流傳的一段影片顯示，美國大使館內一處官舍遭數十名民兵闖入，且民兵還在一座游泳池旁飲酒作樂。[21]

16. 太離譜！爸媽捐錢成為家長委員，庇蔭孩子優先參加校內社團與校外比賽，還有助十二年國教超額比序占優勢？台南市新營區新進國小協助家長會長王耀鴻發出家長意願調查表，明列常務委員1萬元、副會長2萬元行情價，並祭出多項與十二年國教超額比序相關的「好康」，企圖爭取家長捐款成為家長委員，有家長痛批「校土淨化向錢看製造階級化！」[22]

17. 「大家將旗子舉起來，搖咧！搖咧！」嘉義市長候選人的選前之夜，昨晚照例在噴水環周邊登場，除藍綠對決的「凍蒜」吶喊聲大車拚，這次氣氛比以往更嘉年華；歌聲、音樂聲取代了叫罵聲，搭配藝陣演出，圍觀民眾肢體跟著搖擺，緊繃選情的對

㉑ 馮克芸（編譯／綜合報導）：〈利比亞民兵　美大使館開趴〉，《聯合報》「國際」A13，2014年9月2日。

㉒ 曹婷婷（台南報導）：〈白紙黑字　列出「行情價」　扯！家長會募成員祭12年國教好康〉，《中國時報》「生活綜合」A8，2014年9月4日。

峙場面不失輕鬆歡樂。㉓

18. 大、小S姊妹淘近來都有新動向，大S日前產後首度復出，與小S在北京合體、出席家具代言活動，撈金約台幣1,600萬，而小S再圓歌手夢、發行迷你「elephant DEE」，與一線歌手拚人氣。兩姊妹公開合體，小S在微博PO兩人合照，卻引發網友質疑她鼻子動刀，小S也罕見動肝火反擊，「我他X的沒動鼻子，就是歪，沒別的！」㉔

以上五則採自台灣報刊，例14「在地」(當地)、「角頭」(地區勢力)、「都更」(都市更新)、「利益槓」(利益連線)、「喬不攏」(合不來)、「快閃」(速逃)，一連串的地方詞語，雖然寫的都是漢字，可是一時間也不容易看明白。例15題目上的「開趴」說的是英語的開party，內文說是「飲酒作樂」，而Youtube更直用英語詞語了。例16題目上的「扯！」不好理解，指胡扯嗎？「祭」就是列出，「好康」即著數、好處。例17「凍蒜」就是當選，「大車拚」即比拼，而題目「選戰high如嘉年華」更是中英夾雜了。例18「姊妹淘」英語

㉓ 魯永明、林伯驊、陳永順(嘉義市報導)：〈綠藍對峙　選戰high如嘉年華〉，《聯合報》「九合一選舉」A5，2014年11月29日。

㉔ 闕志儒(台北報導)：〈歪鼻遭疑整形　小S回嗆粗口〉，《聯合報》「影視消費」C1，2014年12月2日。

All things girl，意指女性的同性好友，中英夾雜，還用了很多潮語「合體」、「撈金」、「拚人氣」，甚至粗話等，行文恍皮活潑，生動鬼馬。跟香港報刊的語文比較，不遑多讓，自然也讓讀者看得過癮了。

陸、不斷冒起的新詞語

無論身處任何地方，我們一般的漢語書寫都是標準的書面語。可是同中有異，兩岸很多的詞語還是有所區別的，「大陸叫一次性筷子，台灣叫免洗筷；大陸叫方便麵，台灣叫速食麵；大陸叫創可貼，台灣叫 OK 繃；大陸叫獼猴桃，台灣叫奇異果；大陸叫廁所，台灣叫化粧間」，「早上好/早安；軟件 / 軟體；晚飯 / 晚餐；酒店 / 飯店」，[25] 各有不同的表述。

現在網絡用語十分流行，例如「打醬油」、「給力」等大家都很熟悉，看來也快將成為新一代的標準語了。當然也有些比較生硬的，例如「普大喜奔」、「十動然拒」、「人艱不拆」之類，都是極端的縮略語，一時間不容易弄明白，必須等待解釋清楚，說不定將來還會為大家所接受的。Clara Chan 說：

㉕ 江迅：〈潮語三弄〉，《明報》副刊 D4「世紀」，2014 年 12 月 6 日。

> 早前，我們公司在蘇州開 workshop，找來了一名 88 年生的網絡創業者，分享 90 後的語言。列出一大堆中文字，別說我這個香港人未聽過，就連做雜誌多年的國內主編也不認識，瞬間被這堆語言擊倒了。
>
> 這些語言包括甚麼呢？暖男、治癒系、二次元、吐槽、崩壞、毒舌、秒懂、也是醉了等等算是比較常見，也是現今大陸平台多見的用語。但說到甚麼胖次、膝蓋數割機、抖 s、鬼畜、十動然拒等就真的茫無頭緒，後來有人告訴我，「十動然拒」的意思，是「十分感動然後拒絕」的時候，我真的無語了。㉖

年輕人的語言日新月異，而網上平台更有無限的創意，到規範的時候，可能連他們都不使用了。例如「暖男」指好男人，會把溫暖帶給女人的男人。㉗ 如果大家喜歡新鮮口味，將來說不定還會創製出「冷男」、「超男」、「沒男」、「出租男」、㉘「地球男」，㉙ 加上傳統的「宅男」、「港男」、「賤男」，

㉖ Clara Chan：〈歪理〉，《明報》副刊 D5「時代」，2014 年 11 月 27 日。

㉗ 參李純恩：〈暖男〉，《頭條日報》「要聞」4，2014 年 8 月 4 日。

㉘ 指服務女客的男人，耐心打開女子的心扉，讓她們重新學會了愛。參高慧然：〈情迷出租男〉，《都市日報》「專欄」44，2014 年 8 月 20 日。

㉙ Kelly Chu：「男主角竟然將剛上枱咖啡杯內的靚靚拉花搞勻，搞到想影相嘅女主角一臉無奈。」〈地球男搞破壞　火星女無奈「手機食後」〉，《頭條日報》「要聞」12，2014 年 9 月 8 日。

可以帶出一系列的產品來了。近來日劇中又多了一種「牆壁咚」(kabedon)，更是強勢 man 爆的男生。「指女生背靠牆壁，男生面向著她，忽然一手拍向牆壁，整個人緩緩湊上去，讓女生無處可躲，完全展現拍牆一方的強勢表現。」[30]

最近香港冒起最快的詞語，看來非「鳩鳴」莫屬了，初看並不明白，原來是普通話「購物」的粵語音譯，只是一種示威的姿態，假裝集體購物，意在搗亂秩序，帶有貶義。近日香港各大報刊的頭條標題都用上了這個新詞。

「旺角鳩鳴搞手起底」(《文匯報》，2014 年 12 月 8 日)

「警嚴防『鳩鳴』　旺角人流減」(《蘋果日報》)，2014 年 12 月 8 日)

「滋擾店鋪　阻塞道路　圍堵小巴　鳩鳴黨『流動佔領』抗法」(《大公報》)，2014 年 12 月 7 日)

「『鳩』合之眾旺角滋事驅散」(《東方日報》，2014 年 12 月 8 日)

用這個詞的時候，各大報刊處理手法並不一樣。有些加上藍底，顯出醒目效果；有些加引號，不見得是合法詞語；有些組成「鳩鳴黨」，加上「流動佔領」解釋詞義；有

[30] 參王貽興：〈牆壁咚〉，《都市日報》「專欄」42，2014 年 12 月日。

的竟然創造出「『鳩』合之眾」一詞，更是傳神精采，拍案叫絕了。

近日台灣也不遑多讓，選出了 2014 年度代表字「黑」。第二到十名依次為「餿」、「油」、「怒」、「食」、「假」、「偽」、「混」、「怨」、「崩」，都與負面事件有關。第十一名才出現正面能量的「誠」，第十二名則是具體行動意義的「做」。今年也是候選字中，首次沒有「愛」的一年。[31] 陳宛茜云：

> 上週「白色的力量」剛打了一種漂亮的勝戰，沒過幾天，「黑」字立刻席捲而來，坐上今年度代表字的寶座。回想這一年，從黑心油、黑心貨到各式各樣選舉抹黑戰，把台灣搞得烏煙瘴氣，說「黑」是台灣人的心情顏色，當之無愧。[32]

「白色的力量」指柯文哲的崛起，跨越藍綠黨派，連同新當選的「黑」色，真是眾色紛陳、百感交集了。

在香港，Facebook（NASDAQ 股票編號：FB）譯做「臉書」，初時以為這是正式中文名稱，直至在某本地報章上看到「臉譜」這個譯名，查看後才知道譯名各地有異。例如港、

㉛ 陳宛茜（台北報導）：〈2014 年度代表字　黑〉，《聯合報》頭版，2014 年 12 月 4 日。

㉜ 陳宛茜：〈徹底掃黑　漂白行動開始〉，《聯合報》「生活」A6，2014 年 12 月 4 日。

澳、臺普遍叫「臉書」，新加坡叫「面簿」，馬來西亞則叫「面子書」。㉝ 可是我日常聽到的，還是以「面書」為主。

〈海外漢語的異化〉，《澳門語言文化研究》(2014)——「語言與社會生活」學術研討會論文集(澳門：澳門理工學院，2015 年 10 月)，頁 23-35。

㉝ 審計密探 CIA〈臉書中期純利為何下跌〉，《am370》，香港，2015 年 9 月 16 日，A37 am invest 專欄。

「平」、「靚」、「正」與現代粵語詞彙的變異

壹、「靚」字是古漢語詞與粵方言詞

近期香港社會有一則爭論，由「靚」字引起，牽涉到粵語詞彙的一些基本概念。有人認為「靚」字是方言字；有人認為是古漢字，並指對方「矮化粵語」。雙方各執一詞，互不認錯。其實都只是主觀感情作祟，在表述上並不準確。因此，本文擬從「平」、「靚」、「正」說起，除了辨識雙方的爭論之外，並藉此討論現代粵語詞彙的變異問題，以及詞典編輯上的安排，以正視聽，糾正觀念。

Kelly Chu〈《放學 ICU》教壞細路？網友鬧爆「矮化粵語」〉云：

> 最近有媽咪級姊妹，同 Kelly 投訴 TVB 教壞細路，何解？原來今個星期一出街嘅兒童節目《放學 ICU》，其中教普通話環節提到個「靚」字，話係屬於「方言字」，

節目出街後，引來「有識之士」網上鬧爆，話「靚」字絕對唔係「方言字」。研究「廣東正字」嘅次文化堂社長彭志銘同 Kelly 講，「靚」係古漢字，幾千年前已有，話作為兒童教育節目，TVB 有責任考證後先教人。

有網友就話，「靚」字早於唐朝已出現，引唐代詩人賈至《長門怨》做證，話當中一句「舞蝶縈愁緒，繁花對靚妝」，已有「靚」字，仲話粵語歷史悠久，承傳自中原古音，並非「方言」。結果引起大批網民鬧爆 TVB 教壞人兼「矮化粵語」。Kelly 唔敢妄下判斷，向彭志銘請教，佢話，廣東話裏有所謂「合音字」，好似「漂亮」講快啲，就變咗「靚」，又好似「便宜」，講講下就變咗「平」。「靚」字本身係古漢字，唐代之前已有，但合音字本身文字，於是用咗「靚」字。佢話「靚」本身亦有「漂亮」意思，讀音有兩個，包括「jìng」【正】、「liàng」【靚】。

教壞細路呢個罪名唔輕，TVB 外事部強調，話節目做足資料搜集，話參考過《現代漢語詞典》同《香港人學說普通話》，唔係亂噏㗎，唔會更正喎！①

平心而論，除了缺乏語言學知識，混淆字、詞的概念之外，TVB 在節目中的說法大致沒有錯，如果不說「方

① Kelly Chu〈《放學 ICU》教壞細路？網友鬧爆「矮化粵語」〉，《頭條日報》，香港：2013 年 4 月 19 日，港聞第 24 版。

言字」而說「方言詞」，可能更為恰當。例如TVB外事部說查過《現代漢語詞典》，可見在資料搜集方面也很足夠的。《現代漢語詞典》解釋「靚」有兩讀，一音 jìng，靚妝 jìngzhuāng，〈書〉美麗的妝飾；一音 liàng，靚女 liàngnǚ，〈方〉漂亮的女子（多指年輕的）、靚仔 liàngzǎi，〈方〉漂亮的小伙子。[②] 簡單準確，一般是夠用了。TVB只是忽略了他們用的是詞典而非字典而已。

彭志銘指「靚」係古漢字，絕對正確，但這不影響「靚」又兼具方言詞的身分。至於「合音字」的解釋，反而是「亂噏」（胡說）了，須知「漂亮」的合音是 p+iàng=piàng，「便宜」的合音是 p+í=pí，無論如何怎樣講快啲，都不會得到「靚」、「平」的粵音的。又有人認為具有方言詞的身分就會「矮化粵語」，未免上綱上線，議論過激，同時更不了解語言的本質了。

「靚」字來源甚古，古書或通作「請」、「靖」、「靜」等字。

② 中國社會科學院語言研究所詞典編輯室編：《現代漢語詞典》修訂本（北京：商務印書館，1983年1月第2版），頁672,792。其實《現代漢語詞典》修訂本（1978）早已收錄了「靚」的方音 liàng，頁594,702。案《漢語詞典》（1957）、《辭海》（1979）原沒有 liàng 音，《現代漢語詞典》1985、1998、2009各版始增錄方音，後來的版本更增加了「靚麗」一詞。參歐陽覺亞（1930-）著：《少數民族語言與漢語》（廣州：暨南大學出版社，2011年6月），頁179。

《説文》:「靚,召也。從見,青聲。」附孫愐音:「疾正切。」[③]《廣韻》云:「靚,裝飾也。古奉朝請亦作此字。疾政切。」[④]本訓為「裝飾」,假借為「召也」及「奉朝請」義,即諸侯朝覲天子,通作「請」字。東周末期周天子姬定謚曰慎靚王(320-315B.C. 在位),胡三省認為是「複謚」,並引《謚法》釋云:「敏以敬曰慎,柔德安眾曰靖。靚,疾正翻。」[⑤]則「靚」通作「靖」字。賈誼〈服鳥賦〉:「澹虖若深淵之靚,氾虖若不繫之舟。」《漢書》用「靚」,而《史記》作「靜」,亦為二字相通之證。[⑥]如果更推遠一點,《詩經 · 邶風 · 靜女》:「靜女其姝,俟我於城隅。」毛傳:「靜,貞靜也,女德貞靜而有法度,乃可説也。」[⑦]即有文靜閒雅之意,兼指女子的德性而言,除了「姝」的美色之外,還有內在美,「靚」固可通於「靜」,而「靜女」也同於「靚女」了,音義一致。其後用例更多,司馬相如(179-117B.C.)〈上林賦〉:「靚糚刻飾,便

③ 許慎(58-148?)撰,徐鉉(917-992)校定:《説文解字》(香港:中華書局,1979 年 2 月),頁 178。

④ 余迺永(1949-)校注:《新校互注宋本廣韻》(上海:上海辭書出版社,2000 年 7 月),頁 431。

⑤ 司馬光(1019-1086)編集,胡三省(1230-1302)音註:《資治通鑑》(北京:古籍出版社,1956 年 6 月),頁 81。

⑥ 班固(32-92)撰:《漢書 · 賈誼傳》(北京:中華書局,1964 年 11 月),頁 2228;司馬遷(145-86B.C.?)撰:《史記 · 屈原賈生列傳》(北京:中華書局,1959 年 9 月),頁 2500。

⑦「説」訓悦。《重校宋本毛詩注疏附校勘記》(嘉慶二十年【1815】江西南昌府學開雕本,臺北:藝文印書館,1955 年 4 月),頁 104。

嬛綽約」，郭璞（276-324）云：「靚糚，粉白黛黑也。」[8] 左思（250-305）〈蜀都賦〉「都人士女，袨服靚粧。」張揖曰：「靚謂粉白黛黑也。」[9] 可見靚妝當指「粉白黛黑」的素雅清飾，表現清冷的色彩。《後漢書．南匈奴傳》：「昭君豐容靚飾，光明漢宮，顧景裴回，竦動左右。」[10] 宋詞常見的還有張先（990-1078）〈望江南〉「與龍靚」之「青樓宴，靚女薦瑤杯」、周紫芝（1082-1155）〈清平樂〉「淺妝勻靚，一點閒心性」、宋徽宗（趙佶，1082-1135）〈宴山亭〉「北行見杏花」之「新樣靚妝，豔溢香融，羞殺蕊珠宮女」等。[11] 案「靚妝」或訓為「妝飾豔麗」，[12] 其實可能更多帶點清冷素雅的表現，其他「靚飾」、「靚女」、「勻靚」詞意似亦相近。[13] 以上書證甚多，都

⑧ 蕭統（501-531）編，李善（636?-690?）注：《文選》（上海：上海古籍出版社，1986年8月），頁375。

⑨ 《文選》，頁185。

⑩ 范曄（398-446）撰：《後漢書》（北京：中華書局，1965年5月），頁2941。

⑪ 唐圭璋（1901-1990）編：《全宋詞》（北京：中華書局，1965年6月），頁79,886,898。

⑫ 參漢語大字典編輯委員會：《漢語大字典》（武漢：湖北辭書出版社、四川辭書出版社，1989年9月），第六冊，頁4048。

⑬ 董忠司（1947-）論云：「『靚』〔《說文》：召也〕的釋義，從唐宋以前文獻的用法，可否分為三類詞義：『召呼朝請』、『通「靜」（深）』和『粉白黛黑』。後者又來自『裝飾』義。後兩類詞義，分別是『靜』、『彭〔《說文》：清飾也〕』的假借字。說是假借字，是就已經有『靜』、『彭』二字來說的，從語源上來說，是一義的分化。專從『粉白黛黑』或『清飾』一義來說，應重視『清』字和『粉白黛黑』的『清冷』色彩。」

是古漢語中「靚」的典型用例，不屬方言詞，用粵語讀這些句子，「靚」皆音 dziŋ 6，不音 liŋ 6。⑭

至於日常口語中，「好靚」、「靚嘢」、「靚歌」、「靚姐」、「貪靚」、「扮靚」等都是通行的詞語，粵語「靚」字就只解為美麗，一般音 lɛŋ 6，絕不音 dziŋ 6。就是「靚仔」、「靚女」也叫得比較浮誇和俗豔，沒有古典莊重的感覺。如果變調讀「靚仔」【lɛŋ 1 dzɐi 2】、「靚妹」【lɛŋ 1 mui 1】，即高平調，説起來更有輕佻淺薄之意。此外，粵語形容詞「立立呤」【lap 3 lap 3 liŋ 3】、「閃閃呤」【sim 2 sim 2 liŋ 3】、「熱頭靚靚」【jit 9 tɐu 4 liŋ 3 liŋ 3】⑮ 等都帶有鮮明亮麗的意思，其實「呤」也就是「靚」的音變，lɛŋ 6、liŋ3 同屬來紐 l- 聲母。而 dziŋ 6、lɛŋ 6 兩讀音義不同，一為古典的書音，一為方言的口語，來源不同，不相混淆。嚴格來説，兩讀聲母不同，我們也無法證明現代粵語的 lɛŋ 6 源自古代漢語的 dziŋ 6。這兩個詞語剛好援用同一的漢字「靚」作書寫形式而已。按照詞典的編排方式，我們不妨分為靚 1【dziŋ 6】、靚 2【lɛŋ 6】二詞，甚至

⑭ 參文若稚（陳雅，1923-1992）著、劉樺編訂：《廣州方言古語選》（澳門：澳門日報出版社，2001 年 12 月），頁 46。

⑮ 廖恩燾（1866-1954）〈汲黯〉詩云：「熱頭靚靚晤【fɐn 3】花廳。皇帝週時嚇一驚。」原注：「靚靚，音冷。」參《嬉笑集》（甲子本，1924 年），頁 6。

增加靚[3]【liŋ[3]】一詞。⑯

貳、「平」、「靚」、「正」的音義結構

粵語中的「平」、「靚」、「正」乃是一組很活躍的日常生活詞語，應用廣泛。除了「靚[2]」係方言詞之外，其他二字一般都視作漢語詞彙，好像沒有甚麼粵語的特點。《現代漢語詞典》「平」píng、「正」zhèng 二詞各有一音，並沒有注出方言詞語的用法。⑰ 但在粵語中，「平」、「靚」、「正」卻是兩讀並存的，甚至具有辨義作用。據《廣州話正音字典》，「平」字一般音 piŋ[4]，舉例有平滑、平整、平坦；平分、平等；平安、平靜、平穩、心平氣和；平定、平叛、平息；平時、平常；平聲六組的詞語及意義，國粵語的用法完全一致。⑱ 又音 pɛŋ[4]，則為粵方言詞，訓為便宜、價錢低廉，例如「平貨」、「平賣」、「爛平爛賤」、「平通街」等，而國語並沒有這個義項。兩讀的音義區別清楚，顯示各有不同來源，

---

⑯ 董忠司論云：「粵語的『靚』不必然是傳自古漢語，應該是底層語言的殘存影響，或者是新創的詞義——這兩種來源都是『方言』性的。有可能先有 lɛŋ 音，再取漢字訓讀之（一種音義雖不同卻都相近的訓讀）。」

⑰ 《現代漢語詞典》（1983），頁 977 、 1605 。「正」字另有正旦、正月，依傳統音 zhēng ，平聲，粵語音 dziŋ[1]。

⑱ 詹伯慧（1931-）主編：《廣州話正音字典》（廣州：廣東人民出版社， 2002 年 7 月），頁 6 。

不可能混為一讀，相互取代對方。因此，我們也建議分為平[1]【piŋ[4]】、平[2]【pɛŋ[4]】二詞。

「正」字一般音 dziŋ[3]，《廣州話正音字典》舉例有正中、正午；正派、正當；正好；正説著、正在開會；改正、正音、糾正；正牌、正宗、純正；正負、正面等七組的詞語及意義，國粵語的用法基本相同。又音 dzɛŋ[3]，則為粵方言詞，訓為正宗、地道、真正的；準確、正中、中的兩組義項，例如「正嘢」、「擺正啲」、「打正旗號」等。⑲但「正」字兩讀的釋義有些重疊，有人刻意要將以上三例音 dziŋ[3]，固然未嘗不可，可是就給人矯枉過正的感覺，讀得不太自然了。其他在日常應用中，粵語還有「執正」、「正斗」、「四正」【si[3] dzɛŋ[3]】等，亦音 dzɛŋ[3]，「正」解為太好了。可見兩讀還是有所區別的，不能完全混為一詞。按理也可以分為正[1]【dziŋ[3]】、正[2]【dzɛŋ[3]】、正[3]【dziŋ[1]】三詞。粵語另有「硬正」、「新正」、「實正」等詞，音 dzɛŋ[6]，可能是 dzɛŋ[3] 的變調。「正」或寫作「淨」，記音而已，不見得有具體的意義，尚待論證。

由此看來，「平」、「靚」、「正」的方言詞語是相對獨立的，只是借用了傳統的漢字來書寫粵語而已，但又跟漢語原來的音義有所區別。粵語詞彙有條不紊，自成體系，跟漢語互有分合，豐富語言的表現能力。有時粵語寫作更為生動，例如報刊雜文、流行歌曲等，都能深入人心，到喉到肺。黃

⑲ 《廣州話正音字典》，頁 403。

錫凌將「靚」【dziŋ ⁶】訂為正讀，其他不作討論。[20] 何文匯、朱國藩則將「平」、「靚」、「正」的兩組讀音視作正音及語音之別，語音即口語字，只列出簡單的辨義作用，例如「平」訓便宜，「靚」訓美麗、「正」訓外表端正、外形方正、四平八穩等。[21] 也都未能具體指出國、粵語兩讀音義方面的差異。

粵語口語「平」、「靚」、「正」通讀 -ɛŋ 韻，主要元音都是半低前元音【ɛ】音，而不是國語的高元音【i】音。除了「平」字可能是「便宜」的音變之外，其實「靚」、「正」二字都屬本土的俗音。又「靚」、「正」二字的相反詞亦讀【ɛ】音。例如「靚」的相反詞就是「烏搲」【wu ¹ wɛ ²】，有骯髒、不事修飾的意思；「咧啡」【lɛ ⁵ fɛ ⁵】指粗枝大葉、不修邊幅。[22] 都有令人討厭的感覺，也就不靚了。粵語「正」的相反詞是「歪」【mɛ ²】，例如「歪咗」、「歪嘴」、「歪斜」【mɛ ² tsɛ ³】，都是不正的現象。瑤語「歪」【uɛ ¹】音跟粵語比較接近，可供參考。[23] 又粵語「靚嘢」意即「好嘢」，「正嘢」亦為「好

⑳ 黃錫凌（1908-1959）著：《粵音韻彙》（香港：中華書局，1981 年 6 月），頁 30。

㉑ 何文匯（1946-）、朱國藩編著：《粵音正讀字彙．凡例》（香港：香港教育圖書公司，1999 年），頁 149,150。

㉒ 粵語【lɛ ³⁵ fɛ ³⁵】（【lɛ ³⁵ hɛ ³⁵】）與壯語【lɛ ³⁵ fɛ ³⁵】同音，參李敬忠（1932-）〈粵語中的百越語成分問題〉，《語言演變論》（廣州：廣州出版社，1994 年 12 月），頁 122。

㉓ 參戴慶夏（1935-）主編：《漢語與少數民族語言關係概論》（北京：中央民族學院出版社，1992 年 12 月），頁 342。

嘢」，可見「靚嘢」「正嘢」意蘊相關，都是「好嘢」；而「平嘢」相對來説即為「貴嘢」，但俗話「平嘢冇靚」，主要是指品質説的，亦為「平」、「靚」語音相通之證。大抵粵語口語「平」、「正」二詞的音義受了「靚」的類推作用影響，因而通讀 -ɛŋ 音。

叁、粵語 -ɛŋ 、 - ɛk 二韻與庚清合流的古今音變

粵語 -ɛŋ 、 -ɛk 二韻的字詞主要來自上古音的耕部，陳新雄的擬音為【ɐ】，並以粵語作旁證，論云：

> 廣州讀《廣韻》耕、庚韻之今讀，其主要元音據高氏《方言字彙》多為【ɐ】，例如耕【kɐŋ】、庚【kɐŋ】、鶯【ɐŋ】、萌【mɐŋ】、生【ʂɐŋ】，高本漢所定《切韻》之音，耕庚原皆為【kɐŋ】，後改作耕【kæŋ】、庚【kɐŋ】，王力《漢語音韻》所擬《廣韻》庚、耕、清皆為【ɐŋ】，陌麥錫皆為【ɐk】，亦可旁證支錫耕三部主要元音之為【ɐ】矣。三部之對轉式如下：支【ɐ】——錫【ɐk】——耕【ɐŋ】。[24]

耕部的上古音原為半低央元音【ɐ】，中古音則為梗攝，

---

[24] 陳新雄（1935-2012）著：《古音學發微》（臺北：文史哲出版社，1975 年 12 月），頁 1004。

《切韻》分為耕、庚、清、青四韻。李正芬構擬唐代梗攝的音值，訂出北音耕二、庚二【(u) ɐŋ/k】、庚三、清三【j (u) ɛŋ/k】、青四【i (u) eŋ/k】三組讀音，剛好就是現代粵語梗攝字音中所呈現的基本面相。不過，如果加上了南方古越語底層的因素在內，以及長短元音【a】與【ɐ】、【ɛ】與【i】相互配對，粵語中的梗攝往往就分化出 -aŋ、-ak、-ɐŋ、-ɐk；-ɛŋ、-ɛk、-iŋ、-ik 八組的讀音。粵語 -ɛŋ、-ɛk 二韻主要來自梗攝的三、四等韻，只有【ɛ】與【i】兩種主要元音，但具體的表現錯綜複雜，幾乎沒有甚麼規律可言，顯得隨意。其中常用詞在現代粵語分別有三類的讀音選擇。

一、大部分讀 -iŋ、-ik 的，例如「瓶」、「姓」等，不必舉例。

二、小部分讀 -ɛŋ、-ɛk 的，依切語該讀 -iŋ、-ik，但今音通讀 -ɛŋ、-ɛk 了。例如「餅」、「鄭」、「頸」、「鏡」；「笛」、「糴」、「炙」、「摭」、「拓」〔拾也〕、「跖」、「蹠」、「隻」、「吃」、「喫」、「劇」、「屐」、「石」、「碩」、「祏」、「鼫」、「踢」、「尺」、「蚇」等字詞。

三、其他兼存兩組讀音的，大抵正音、書音讀 -iŋ、-ik，而語音、俗音則讀 -ɛŋ、-ɛk 了。例如「柄」、「病」、「疔」、「釘」、「頂」、「定」、「精」、「井」、「正」、「淨」、「阱」、「驚」、「猄」、「輕」、「贏」、「靈」、「嶺」、「領」、「靚」、「名」、「命」、「平」、「聲」、「腥」【sɛŋ1】、「腥」【sɛŋ3】、「城」、「成」、「醒」、「廳」、「聽」、「艇」、「青」、「請」；「壁」、「瘠」、「脊」、「蹐」、

「鷁」、「蓆」、「甓」、「赤」、「錫」等字詞。[25] 另有曾攝「鯪」(力膺切) 一字。

為甚麼會有這樣的語音變化呢？李正芬〈方言接觸與韻部的分化及合流——論梗攝韻部的分合演變〉通過分析《經典釋文》諸家大量的音切材料，論云：

> 庚韻二、三等以及青韻的地位，是造成梗攝分韻複雜的原因，這個差異正是構擬此時期梗攝讀音的基礎，利用現代漢語方言以及域外對音，大致可看出兩晉北音梗攝二、三等元音較低，四等元音較高，南朝梗攝元音都是低元音。南北方言接觸之後，在東晉初期時，徐邈梗攝仍維持北音分韻，但至南朝語言接觸造成的韻部變異始浮現，產生了南北融合之後的韻類分化與合併，梗攝內部韻字，也因此互相流動，造成詩文用韻當中，看不出梗攝各類的界限。
>
> 《釋文》所記錄的諸家反切，及其前後期語音材料，提供歷史文獻中梗攝分類上的差異，南方庚二獨立為韻，受到北語耕、庚不分的影響，在逐漸向北語靠攏的過程中，仍留下庚三的特徵，並且與清韻合流，形成南朝新的梗攝的韻部分類，因南北方言的接觸，梗攝內部各韻產生了庚韻的分化，以及庚清合流的音韻變遷。從西晉歷經南北朝，

[25] 參《粵音正讀字彙》，頁 149-152。其中「鯪」字乃曾攝蒸韻三等，屬於例外現象。

> 直至唐代，梗攝內部韻類經過兩次的分化與合流，顯示出共時的語音差異與歷時的語音演變，以及兩者交互影響的變化過程，正彰顯語言具有空間與時間的維度。㉖

現代粵語 -ɛŋ、 -ɛk 二韻主要來自梗攝庚清合流的音韻變異，語音分化為庚三（3B）清四（3A）、清三、青四各韻，庚三（3B）清四（3A）剛好構成重紐的配置。而曾攝蒸三的「鯪」字則是受了類推因素的影響而改讀 -ɛŋ 的，算是例外。上述三類粵語字音當中，依照中古漢語的演變規律，按理全都讀 -iŋ、 -ik 韻的，如第一類的「瓶」、「姓」等字詞；但第二類「餅」、「鄭」等卻明顯選讀了 -ɛŋ、 -ɛk 二韻，可見是受了現實方言語音的支配，而生出了系列性的變化。第三類「驚」、「青」等兼存 -iŋ、 -ik 韻及 -ɛŋ、 -ɛk 韻兩組讀音，則更是粵語詞語與漢語借詞的激烈碰撞所致，可能各走各路，

㉖ 李正芬（1967- ）：〈方言接觸與韻部的分化及合流——論梗攝韻部的分合演變〉，《兩晉南北朝方言現象與韻部變遷探析——〈經典釋文〉及兩晉南北朝文獻的比較考察》（臺北：五南圖書出版股份有限公司，2012 年 2 月），頁 54-55。

目前也就兩讀並存了。㉗ 因此，我們大概可以作這樣的推測，古越語的【ε】韻跟漢語長期的接觸，導至了梗攝音韻出現鉅大的變化，而庚三（3B）清四（3A）、清三、青四個別字詞的讀音也就作出相應的安排了。粵語的安排跟《切韻》系統及現代國語並不一致，自然也反映了獨立的語言個性。㉘

肆、古越語【ε】元音與現代粵語的構詞

粵語【ε】構成的韻部較少，只有 -ε、-εŋ、-εk 三韻。-ε 韻的字詞不多，有些還是方言讀音，例如「烏搲」【wu [1] wε [2]】、「咧啡」【lε [5] fε [5]】、「咧 hae」【lε [5] hε [3]】、「hae 吓」【hε [3] ha [5]】、「搲」【wε [2]】、㉙「歪」【mε [2]】、「孭」【mε [1]】、

㉗ 董忠司論云：「粵語古無『介音』，但有『i、ε』『iŋ、εŋ』等韻，和壯語相同，當北方漢語一批批南下，粵語在語言接觸之下，早期只有用既有的音韻結構『折換』北音，唯漢語非一次就都傳下來，所傳音讀不必然一致，同時採取『折換』的辦法也不一定相同，因此產生先取『εŋ』為白讀，後取『iŋ』為文讀的結果，其中有一字而兼有文白者。有時讀音是跟著詞彙跑的，進入方言的詞彙，時代和來源地不同，其讀音的『折換』又有不同，這就是方言漢字讀法多歧之故。」

㉘ 李正芬云：「粵語裏梗攝三四等的讀音，看來是語言接觸和文白層次的雙重影響，語言競爭之後殘留下來的無規則的讀音，仍依循歷史文白異讀的層次，語音的變化總讓我覺得神祕又不可思議。」

㉙ 「搲」【wε [2]】，例如搲爛塊面〔抓破臉皮〕、搲開件衫、搲親〔抓傷了〕、搲銀〔賺錢〕等，都是生動的粵語詞語，而國語就沒有這種用法了。瑤語扒開音 huε [53]，與粵語音近。參李敬忠〈粵語是漢語中的獨立語言〉，《語言演變論》，頁 101。

「騎呢」【kε ^{4} lε ^{4}】、「笑騎騎」【siu ^{3} kε ^{4} kε ^{4}】、「咩」【mε ^{1}】、「啫」【jε ^{1}】、「嘅」【gε ^{2} 、gε ^{3}】、「唓」【tsε ^{1}】、「哆」【dε ^{2}】、「禾輋」【wɔ ^{4} tsε ^{4}】等。這些都不屬於漢語詞語，而是粵語 -ε 韻中所雜有的古越語的口語詞。俗語又有「屙」【kε ^{1}】，㉚ 意即糞便，由於不雅，現在大家都不説了。上世紀二十、四十年代，廖恩燾先後有粵語俗話七律詩之作，多次用屙字入詩。

衣服思疑屙有撳，被鋪想必味都全。(〈東婦〉四首之三）注：撳【mɐn^{4}】，抹走。〕

亂嚟射尿淋人帽，詐去疴屙避把刀。(〈漢高祖〉三首之二、〈漢高祖〉二首之一）注：亂嚟【lɐi ^{4}】，胡來。疴屙，大便。㉛

宮中有種都泇雜，甩艼番瓜染狗屙。(〈再論秦王子嬰與趙高〉）注：泇【kɐu ^{1}】雜，混雜。甩艼【lɐt ^{7} diŋ ^{3}】，瓜蒂脱落。㉜

㉚ 壯語「屎」武鳴話音 hai ^{4} 、龍州話音 khi ^{3} 。參韋慶穩、覃國生編著：《壯語簡志》(北京：民族出版社，1980 年 7 月)，頁 109 。瑤族勉語音 gai ^{3} 、布努語音 ko ^{3} 、拉珈語 kwei ^{4} 。參毛宗武 (1926-)、蒙朝吉、鄭宗澤編著：《瑤族語言簡志》(北京：民族出版社，1982 年 4 月)，頁 201 。

㉛ 〈東婦〉、〈漢高祖〉二詩見《嬉笑集》(甲子本)，頁 17 、1 。

㉜ 「蒂」粵語音【teŋ ^{33}】，壯語音【te: ŋ ^{55}】。參李敬忠〈粵語中的百越語成分問題〉，《語言演變論》，頁 121 。

王謝堂前蠅咁靜，又聞狗吠倒屙人。（〈烏衣巷〉）注：倒屙人，清潔工。

想嚟赤壁詩屙拂，怕乜青帘酒債賒。（〈蘇東坡遊赤壁〉）㉝ 注：嚟，來也。怕乜【mɐt 7】，怕甚麼。

連見於五詩之中，即興之作，可謂俗濫，但又俗中見雅，惹人發笑。此外，《廣韻》有些切語可能跟粵語通行的 -ɛ 韻讀音有關。《廣韻》云：「爹，陟邪切。羌人呼父也。」㉞ 案古音端知不分，粵語音 dɛ 1，過去多用來稱呼父親。又云：「姐，茲野切。羌人呼母，一曰慢也。」㉟ 粵俗亦呼母叫阿姐 dzɛ 2。這兩條中的「羌人」，會不會都包括古越人在內，或者互為影響呢？㊱ 又《廣韻》：「廿：人執切。《說文》云：『二十并也。』今作『卄』，直以為二十字。」㊲ 此條依反切音 jɐp 9，現代粵語音 jɛ 6。此條粵語沒有採用《廣韻》的

㉝ 廖恩燾著：《嬉笑集》（己丑本，澳門：澳門日報出版社，1995 年 12 月），頁 12、16、41、44。〈漢高祖〉詩甲子、己丑兩本並見。

㉞ 《新校互注宋本廣韻》，頁 169。《廣韻》另有「爹，徒可切。北方人呼父。」頁 304。粵語依反切音 tɔ 5，可是就沒人這樣讀的。

㉟ 《新校互注宋本廣韻》，頁 309。《廣韻》另有「媽：莫補切。母也。」頁 264。依反切 mou 5，現代粵語音 ma 1，不合切語條例。又《廣韻》「母：莫厚切。父母。」頁 325。依反切亦音 mou 5。

㊱ 壯語武鳴話母親音 me 6、姐姐音 pei 4、ɕe 3；龍州話母親音 tɕa 3、姐姐音 tɕe 5。參《壯語簡志》，頁 111。

㊲ 《新校互注宋本廣韻》，頁 532。

讀音，可能還是保留了古越語的一些痕跡。

《廣韻》梗攝庚、清、青的三、四等韻中，同一條切語含若干字詞，現代粵語往往分化為 -iŋ、-ik 韻及 -ɛŋ、-ɛk 韻兩組讀音，約得 44 條切語。另有曾攝蒸韻 1 條。其中個別字詞傾向選讀 -ɛŋ、-ɛk 韻的。例如：

1. 餅 bɛŋ ^{2}：必郢切。《廣韻》列餅、屏、鉼、併等五字，音 biŋ ^{2}。粵語「麵餅」、「餅乾」、「嫁女餅」、「波餅」等音 bɛŋ ^{2}，並不音 biŋ ^{2} 的。此條切語宜分兩組讀音。(p.318)
2. 鏡 gɛŋ ^{3}：居慶切。《廣韻》列敬、竟、鏡、獍四字，其中敬、獍二字音 giŋ ^{3}；又竟一字，音 giŋ ^{2}，改讀上聲。粵語口語「眼鏡」、「韻鏡」、「鏡片」等音 gɛŋ ^{3}，只有一讀。此條切語宜分三組讀音。(p.429)
3. 蓆 dzɛk ^{9}：祥易切。《廣韻》列席、夕、穸、汐、蓆等六字，音 dzik ^{9}。粵語口語「草蓆」、「瞓蓆」音 dzɛk ^{9}。此條切語宜分兩組讀音。(p.518)
4. 井 dzɛŋ ^{2}：子郢切。《廣韻》列井、阱二字。粵語「井水」、「水井」、「臨渴掘井」、「井井有條」、「井卦」音 dzɛŋ ^{2}，一般不音 dziŋ ^{2}。此條可能只有一組讀音。(p.318)
5. 艇 tɛŋ ^{5}：徒鼎切。《廣韻》列挺、艇、鋌、梃、娗、町、霆、莛、涏、蜓、訂、誔十二字，音 tiŋ [5]。粵語口語「艇仔粥」、「扒艇」、「坐艇」、「遊艇」、「潛水艇」音 tɛŋ [5]。此條宜分兩組讀音。(p.319)

6. 柄 bɛŋ [3]：陂病切。《廣韻》列柄、棅、怲、邴、鈵、寎六字，音 biŋ [3]。粵語口語「權柄」、「笑柄」、「把柄」等音 bɛŋ [3]，很少音 biŋ [3] 的。此條宜分兩組讀音。(p.429)
7. 病 bɛŋ [6]：皮命切。《廣韻》列病、評、枰等四字，音 biŋ [6]。粵語口語「病痛」、「疾病」、「探病」、「病壞」等一般音 bɛŋ [6]，很少音 biŋ [6] 的。此條宜分兩組讀音。(p.429)
8. 劈 pɛk [8]：普擊切。《廣韻》列霹、劈、澼、憵、癖、僻等七字，音 pik [7]。粵語口語「劈柴」、「劈開」、「劈價」、「劈炮」、「劈腿」、「劈低」(放下)音 pɛk [8]，不會音 pik [7] 的。此條宜分兩組讀音。(p.520)
9. 錫 sɛk [8]：先擊切。《廣韻》列錫、析、裼、晳、緆、蜥、菥、淅、惁、等十三字，音 sik [7]。粵語「錫紙」、「無錫」、「錫哂你」音 sɛk [8]，不會音 sik [7] 的。此條宜分兩組讀音。(p.520)

古越語的【ɛ】韻是一個比較頑強的元音，以上除了「餅」、「鏡」等字詞選讀了 - ɛŋ 、 - ɛk 韻之外，其他「蓆」、

「井」、「艇」、「柄」、「病」、「劈」、「錫」七字兼注兩讀的，現在也選讀了 -ɛŋ、-ɛk 韻。此外「瘠」、「脊」、「鶺」、「蹐」四字亦只音 dzɛk 8，不音 dzik 8。這些字詞偏離了切語條例的規範，跟同組其他字詞各走各路，分為兩組或三組的讀音。

梗攝同一字詞中兼存兩讀之例亦多，粵語文讀比較規矩，而口語一讀生動活躍，顯然亦不受反切條例所規範了。例如：

10. 驚 gɛŋ 1 / giŋ 1：舉卿切。《廣韻》列驚、京、荊、麠、麖、鶁、鱉七字，音 giŋ 1。粵語口語「好驚」、「驚青」、「未驚過」音 gɛŋ 1，其他「驚醒」、「驚慌」音 giŋ 1。(p.186)

11. 青 tsɛŋ 1 / tsiŋ 1：倉經切。《廣韻》列青、鶄、鯖、蜻、艶五字，音 tsiŋ 1。粵語口語「面青」、「驚青」、「標青」、「青啤啤」【tsɛŋ 1 bi 1 bi 1】音 tsɛŋ 1，其他詞語音 tsiŋ 6。(p.193)「青」或可分為青 1【tsiŋ 1】、青 2【tsɛŋ1】二詞。

12. 名 mɛŋ 4 / miŋ 4：武并切。《廣韻》列名、洺二字，音 miŋ 4。粵語口語「出名」、「有名」音 mɛŋ 5，其

他詞語多數音 miŋ 4。(p.192)

13. 命 mɛŋ 6/ miŋ 6：眉病切。粵語口語「救命」、「算命」等音 mɛŋ 6；而「性命」、「命令」等音 miŋ 6，兼存兩讀。(p.429)

14. 成、城 sɛŋ 4 / siŋ 4：是征切。《廣韻》列成、城、誠、宬、郕、筬、盛、珹等十字，音 siŋ 4。粵語口語「成日」、「成條街」、「成唔成」、「生成條命」、「省城」、「出城」等音 sɛŋ 4，其他詞語多數音 siŋ 4。(p.191)

15. 定 dɛŋ 6 / diŋ 6：徒徑切。《廣韻》列定、掟、廷、錠四字，音 diŋ 6。粵語口語「定」即地方，音 dɛŋ 6，「知定」、「識定」就是懂得去的地方；「阻定」佔用了地方，意為妨礙；「冇定去」指沒有地方去。以前又有「去定」之說，今已少聽。其他詞語多數音 diŋ 6。案壯語亦音【tɛ:ŋ 31】，訓「地方」，可能是用了壯語的說法。[38] 又「掟」，粵語口語音 dɛŋ 3。《廣韻》云：「天掟，出道書。」現有「掟嘢」【dɛŋ 3 jɛ 5】、「掟煲」(分手)、「掟貨」、「掟彎」、「掟蕉」等詞語，「掟」訓投擲，聲調稍異。此條宜分三組讀音。

---

[38] 李敬忠指出壯語「地方」一詞音【tɛ:ŋ 31】，跟粵語音【tɛ:ŋ 55】幾乎是同音的，只有聲調差異。案李敬忠所注粵語 55 乃高平調，聲調或誤，當為低去。參〈粵語是漢語中的獨立語言〉，《語言演變論》，頁 99。

(p.432) 而「定」或亦可分為定^{1}【diŋ^{6}】、定^{2}【dεŋ^{6}】二詞。

其他同一字詞中兼存 -iŋ、-ik 及 -εŋ、-εk 韻兩讀者尚多，一般沒有意義區別，然而也還是沒有破除同條切語中兩讀並存的事實。

16. 聲 sεŋ^{1}/siŋ^{1}：書盈切。粵語口語「出聲」、「好多聲氣」音 sεŋ^{1}，其他兩讀通行，沒有別義作用。(p.192)
17. 領、嶺 lεŋ^{5} / liŋ^{5}：良郢切。粵語口語「衫領」、「粉嶺」音 lεŋ^{5}，其他多數音 liŋ^{5}。(p.318)
18. 輕 hεŋ^{1} / hiŋ^{1}：去盈切。粵語口語「輕重」、「輕飄飄」音 hεŋ^{1}，其他詞語多數音 hiŋ^{1}。(p.192)
19. 精 dzεŋ^{1} / dziŋ 1：子盈切。粵語口語「精叻」【dzεŋ^{1} lεk^{7}】、[39]「精仔」、「走精面」有聰明的意思，音 dzεŋ^{1}，其他詞語多數音 dziŋ^{1}。(p.190)
20. 請 tsεŋ^{2} / tsiŋ^{2}：七靜切。粵語口語「請客」、「請槍」音 tsεŋ^{2}，其他詞語多數音 tsiŋ^{2}。(p.118, 319)

---

[39] 李敬忠指出粵語「叻」【lε:k^{35}】、壯語【lε:k^{55}】都有聰明能幹的意思。案李敬忠所注粵語 35 乃高上調，聲調或誤，當為高入。參〈粵語是漢語中的獨立語言〉，《語言演變論》，頁 99。

21. 阱 dzɛŋ [6] / dziŋ [6]：疾郢切。粵語口語「陷阱」音 dzɛŋ [6]。（p.317）

22. 淨 dzɛŋ [6] / dziŋ [6]：疾政切。粵語口語「乾淨」音 dzɛŋ [6]，其他詞語「淨化」等多數音 tsiŋ [6]。（p.431）同條中的「靚」即有靚 [1]【dziŋ [6]】、靚 [2]【lɛŋ [6]】、靚 [3]【liŋ [3]】三音。

23. 贏 jɛŋ [4] / jiŋ [4]：以成切。粵語口語「贏咗」、「贏晒」、「輸贏」音 jɛŋ [4]。（p.190）

24. 釘 dɛŋ [1] / diŋ [1]：當經切。粵語口語「釘死佢」、「釘十字架」、「釘子戶」、「落釘」音 dɛŋ [1]。（p.194）

25. 頂 dɛŋ [2] / diŋ [2]：都挺切。粵語口語「山頂」、「頭頂」、「摸頂入市」等音 dɛŋ [2]，其他詞語多數音 diŋ [2]。（p.319）

26. 聽、廳 tɛŋ [1] / tiŋ [1]：他丁切。粵語口語「聽話」、「大廳」、「聽出耳油」等音 tɛŋ [1]，其他詞語多數音 tiŋ [1]。（p.197）

27. 腥 sɛŋ [1] / siŋ [1]：桑經切。粵語口語「腥味」、「又腥又臊」、「腥臭」、「血腥」音 sɛŋ [1]。（p195）

28. 腥 sɛŋ [3] / siŋ [3]：蘇佞切。粵語口語「熱腥」、「暑氣腥熱」音 sɛŋ [3]。（p.431）

29. 醒 sɛŋ [2] / siŋ [2]：蘇挺切。粵語口語「瞓醒」、「好醒瞓」、「早醒」、「醒吓啦你」音 sɛŋ [2]，其他詞語多

數音 siŋ [2]。(p.320)

30. 靈 lɛŋ [4] / liŋ [4]:郎丁切。粵語口語「靈擎」【lɛŋ [4] kɛŋ [4]】、「好靈」音 lɛŋ [4],其他詞語「靈魂」等多數音 liŋ [4]。(p.196)

31. 鯪 ɛŋ [4] / liŋ [4]:力膺切。粵語口語「鯪魚」音 lɛŋ [4]。(p.198)

伍、結語

粵語的【ɛ】元音比較神秘,字數不多,卻藏有很多粵語底層的俗語,跟漢語的距離較遠。而 -ɛŋ、-ɛk 韻好像更是無中生有的,只是依附於古漢語梗攝庚、清、青的三四等韻中,並從 -iŋ、-ik 韻衍生出來的一種變調。通過上文不同角度的分析,我們認為,上古音耕部【ɐ】演變分化為中古的梗攝耕、庚、清、青四韻,主要是受了古越語【ɛ】的影響,出現了庚三(3B)清四(3A)、清三、青四的合流現象,而耕部也由半低央元音【ɐ】逐漸走向舌前半低【ɛ】和高化【i】。現代粵語的音韻和詞語的積澱剛好反映了南北朝以後歷代民族遷徙和融合的歷時場景,古越語的【ɛ】韻和中古漢語梗攝合流和分化構成了現代粵語在同一切語或同一字詞中 -ɛŋ、-ɛk 韻和 -iŋ、-ik 韻並存的現象。梗攝在北方語言中只是中間偶然受到了 -ɛ 音的干擾,因此庚三、清、青三韻合流為高元音【-i】，不像粵語會有【ε】、【i】兩套並存的元音。粵語「平」、「靚」、「正」兩讀的出現剛好就帶出了古越語【ε】所隱藏的複雜的語言訊息。

粵語 -εŋ、-εk 韻中也有很多日用的詞語，例如「精叻」、「驚青」、「標青」、「靈擎」、「錫晒你」、「贏晒」、「成日」、「阻定」、「掟煲」、「扒艇」、「瞓醒」、「劈炮」、「鯪魚」、「畀蚊叮咗」、「油瓶仔」[40]【jɐu 4 pεŋ 2 dzɐi 2】、「拗頸」等，依然活躍於現代口語當中，不受漢語 -iŋ、-ik 韻約束，可以不斷的創新詞彙。如果我們只是簡單地看作漢語詞，可能有點不妥；如果認定是方言詞，則也是古已有之的詞語，源於古越語，而不是漢語音變的結果。粵方言是古越語和漢語的融合，經過了長時期及不同階段的磨合，漢語的成分愈來愈多，也就成為我們的現代粵語了。古越語只有語言，不立文字，一般都借用漢語作書寫工具，久而久之，自然都融合到粵語的神韻裏去。漢語與越語混成一片，難以辨析，你中有我，我中有你，問題還是相當複雜的。本文以粵語的「平」、「靚」、「正」為例，溯本尋源，雖是口語詞彙，但卻借用了

---

⑩ 廖恩燾〈汲黯〉詩云：「急屎戴番釘繸帽，好心見吓挽油瓶。」《嬉笑集》（甲子本），頁 6。又〈衞青〉詩：「將軍點忿挽油瓶。老母瓜埋去帶兵。」《嬉笑集》（己丑本），頁 21。瓶，音 piŋ 4，讀低平，叶韻。「油瓶」指一般日用載油的瓶子。而「挽油瓶」則是婦女喪夫後帶著子女嫁人，有些累贅，子女被人歧視時會叫「油瓶仔」、「油瓶仔」，變調讀低上聲。

漢語的文字音義作表述形式，自然也兼具漢語的語意和語感了，或者可以根據音義分為兩三個詞語來處理。其他「青」、「定」等字詞亦然。

此外古越語亦跟壯語、瑤語等有所接觸，相互影響，但程度如何，有時也不好說的。例如在「正」、「平」、「輕」、「釘」、「腥」、「聽」、「醒」、「贏」、「聲音」、「名字」、「城」、「井」、「鏡」、「病」、「錫」、「踢」、「壁」、「尺」等詞語中，壯語、瑤語亦深受漢語的影響，多讀【i】音而非【ɛ】音。其他讀【ɛ】音的，壯語龍州話「釘」音 teŋ^{1}；瑤族勉語「平」音 pɛ:ŋ^{2}、「輕」音 heŋ^{1}、「病」音 pɛ:ŋ^{6}、「乾淨」音 ko:n$^{1 \cdot 2}$、dzeŋ^{6}；拉珈語「釘」音 tɛ:ŋ^{1}、拉珈語「聽」音 thɛŋ^{5}、「踢」音 thɛ:k^{7} 等，例子不多，看來跟粵語的關係並不見得特別密切了。㊶

㊶ 董忠司論云：我看廣西的平話和土語，在梗攝上也多有異讀，像：

	義寧	江尾	六甲話	文橋	延東	靈鳳
爭	tsjẽ^{1}	tɕã^{1} tʃã^{1}	tɕ jəŋ^{1} tʃjəŋ^{1}	tsã^{1}	tsuo^{1}	tsɐ^{1} tsɔ^{1}
箏	tʂɐn^{1}	tsən^{1}	tɕəŋ^{1} tʃəŋ^{1}	tsẽ^{1}	tsən^{1}	tsjin^{1}

《廣韻》同為「側莖切」的兩個字，在不少方言裏，讀不同的音，不同方言的「折換」策略也个有不同。——這真是難為研究者了。

附錄一：粵語 -ɛŋ 、 -ɛk 韻與壯語、瑤語字詞的讀音參考

其中「歪」、「便宜」、「貴」、「亮」四條非粵語 -ɛŋ 、 -ɛk 韻字詞，僅列出以供對照。壯、瑤語音參《壯語簡志》、《瑤族語言簡志》二書。

	壯　語 武鳴話	壯　語 龍州話	瑤　族 勉語	瑤　族 布努語	瑤　族 拉珈語	頁　碼
正／正（帽帶正）	ɕiŋ^{5}	tɕiŋ^{5}	tsjaŋ^{5}、 tsiŋ^{5}	ɕiŋ^{5}	tsiŋ^{5}	p.126/225
歪／歪（戴帽歪）	beu^{3}、 bit^{7} bi:ŋ^{1}	tɕa:i^{4}	phjen^{1}	ka^{2}、 ŋiaŋ^{5}	tsek^{7}、 tshõ:i^{3}	p.126/226
平	piŋ^{2}	phi:ŋ^{1}	pɛ:ŋ^{2}	piŋ^{2}	piŋ^{2}	p.125/225
便宜	pi:n^{2} ŋei^{2}	tɕen^{6}、 pi^{2}ji^{2}	phen^{2} ŋ̥ei^{2}	pen^{2}ŋi^{2}	piŋ^{2}ŋi^{2}	p.127/227
貴	peŋ^{2}	peŋ^{2}	tɕa:i^{5}	mpiŋ^{1}	kuə:^{1} i^{5}	p.127/227
亮	ɣo:ŋ^{6}	ɸuŋ^{6}	gjwaŋ^{1}	ʐoŋ^{6}、 kwen^{2}	kja: ŋ^{1}	p.126/226

乾淨	seu 5	ka:n 1 tɕiŋ 6	ko:n 1、2 dzeŋ 6	nthɤ 1	tiŋ 6、 tiŋ 6 ɗep 7	p.126/226
輕	bau 1	bau 1	heŋ 1	khwai 1	kjie 3	p.126/226
釘	tiŋ 1	teŋ 1	ti:ŋ 1	ɰu 1 tiŋ 1、1	tɛ:ŋ 1	p.112/205
釘（釘釘子）	tiŋ 1、 to:k 7	teŋ 1	ti:ŋ 1	tiŋ 1	tɛ:ŋ 1	p.121/219
腥	siŋ 1	tɕa:u 2	dzi:ŋ 1	cɤŋ 5、 ntsiŋ 4	fiŋ 1	p.128/228
聽	tiŋ 5	tiŋ 6	mwaŋ 5	cɤŋ 5	thɛŋ 5	p.116/214
醒（睡醒）／醒	diu 1	ɠiŋ 3	fi:ŋ 3、 n̥e 1	ntɤŋ 6	blen 2	p.118/216
贏	hiŋ 2	hiŋ 2	ɕi:ŋ 2	ɣiŋ 2	iŋ 2	p.121/219
吃	n̥en 6	nau 2	tsjaŋ 5、 tsiŋ 5	ɕiŋ 5	tsen 1	p.117/214
城	siŋ 2	tɕiŋ 2	tsi:ŋ 2	θiŋ 4	tshin 4、 wiŋ 2	p.112/205
井（泉）／井（水井）	ɕiŋ 3、 bo 5	tɕiŋ 3、 bo 5	wam 1、2 tsi:ŋ 3	ɕiŋ 3′	suə:i 1	p.103/191

鏡子	kiŋ ^{5}	ki:ŋ ^{5}	tɕi:ŋ ^{5}	ciaŋ $^{1'}$	toŋ ^{4} tsiŋ ^{5}	p.112/209
聲音	siŋ ^{1}	hiŋ ^{1}	sin $^{1、2}$ tɕhe ^{5}	ka ^{1} hɤu $^{1'}$	siŋ ^{3} hi ^{5}	p.115/221
名字	ɕo ^{6}、 miŋ ^{2} ɕi ^{6}	miŋ ^{2}	bwo ^{5}、 meg ^{2} bwo ^{5}	mpe ^{5} θɤ ^{1}	ja:n ^{1}	p.115/221
病	piŋ ^{6}	piŋ ^{6}	pɛ:ŋ ^{6}	ntsɤŋ ^{2}	piŋ ^{6}	p.124/223
錫	sik ^{7}	hik ^{7}	fi ^{7}	ka ^{1} θai ^{7}	fik ^{7}	p.104/192
踢	tik ^{7}	thik ^{7}	di ^{7}	tiak $^{1'}$	thɛ:k ^{7}	p.118/215
劈（劈柴）	pa:k ^{8}	phi:k ^{7}	phi ^{7}	pho ^{7}	phap:k ^{7} phik ^{7}	p.119/216
尺	ɕik ^{7}	ɕik ^{7}	tshi ^{7}	ɕik $^{1'}$	tshik ^{7}	p.130/230

〈「平」、「靚」、「正」與現代粵語詞彙的變異〉，《澳門語言學刊》2013年第2期，總第42期（澳門：澳門語言學會，2013年10月），頁27-36。

大灣區粵語 DNA

壹、大灣區粵語

大灣區方言就是粵方言，即廣州話、白話，本地人的生活語言。由於普通話是全國通行的共同語，很多官方場合要說普通話。但離開了官方場合，大家我行我素，一般還是慣用粵語作交流語言。

大灣區九市二特區的語言DNA基本上都是粵語，有些地方可能會混雜客家話、潮州話、壯語、瑤語、畲（$s\varepsilon^4$;shē）語等，這是民族融合的必然結果，而粵語自然也深受這些地方語言的影響，發生本質上的變異，因此也產生了不同的方言片。

粵方言內部比較一致。按地域分佈及語言特色，或可分為四個方言片：粵海片、四邑片、高陽片、桂南片。其中粵海片亦可分出香山片、莞寶片，則為六片。大灣區粵方言以粵海片，香山片、莞寶片為主，次為四邑片。至於東邊的惠州話，介於粵語與客語之間，亦粵亦客，半粵半客，或可謂之「客粵語」。[①] 細分之則有廣州話、香港話、澳門話、石岐話、莞城話、台山話、新會話、惠州話等不同的方言點。即以聲調為例，廣州、香港九調。澳門陰上、陽上不分，只有八調。中山話六個聲調，即平分陰陽、上聲、去聲、陰入、陽入。四邑片多數為八個聲調，例如台山話平上各分陰陽（陰去與陽平同調值 33）、去聲、上陰入、下陰入、陽入。惠州話七調：陰平（33）、陽平（11）、上聲（35）、陰去（13）、陽去（32）、陰入（5）、陽入（2）。[②]

其實大灣區個別縣市往往同中有異，無論語音、語法、

① 劉叔新（1934-2016）〈惠州話系屬考〉云：「惠州話的語音略向廣州話傾斜，與廣州語音近些，距客家話語音較遠。在話語聲音的語感上，盡管惠廣之間同惠客之間有著差不多同樣大的差距，但惠州話與粵語四邑系的台山話卻很相像。這一點也是值得注意的。」參《粵語壯傣語問題——附語法語義詞匯問題研討》（北京：商務印書館，2006 年 5 月），頁 179。

② 詹伯慧（1931-）、張日昇（1938-）主編《珠江三角洲方言字音對照》（香港：新世紀出版社，1987 年 7 月）列出的方言調查點有北京、廣州（市區）、香港（市區）、香港（新界錦田）、澳門（市區）、番禺（市橋）、花縣（花山）、從化（城內）、增城（縣城）、佛山（市區）、南海（沙頭）、順德（大良）、三水（西南）、高明（明城）、中山（石岐）、珠海（前山）、斗門（上横水上話）、斗門（斗門鎮）、江門（白沙）、新會（會城）、台山（台城）、開平（赤坎）、恩平（牛江）、鶴山（雅瑤）、東莞（莞城）、寶安（沙井）、惠州（市區）、東莞（清溪）、深圳（沙頭角）、從化（呂田）、中山（南蓢合水）、中山（隆都），其中大灣區的方言點 31 個。

詞彙、構詞法等各有不同，不會完全一致。例如石岐話，長輩讀「堯」(ŋiu^4)、「魚」(ŋy^4) 等字都有 ŋ 聲母，這是石岐鄉音保留古疑紐字的痕跡；可是現在一般人都讀零聲母 (jiu^4、jy^4)。至於八十年代以後出生的，所有疑紐字「銀」(ŋɐn^4)、「藝」(ŋɐi^6) 等幾乎都不能將 ŋ 聲母讀出來。一家人三代不同的讀音，可能就是歷史音變過程中的一個共時的縮影。

大灣區方言可以說是「不一樣的方言」，或有兩重意義：其一可以理解為粵語，相對於普通話來說，就是不一樣的方言。其二可以理解為大灣區九市二特區的話語，互有不同，以至各市 (特區) 的語音、聲調、語法、詞彙、構詞等並不一樣，各有各精采，看來未嘗不可。

貳、香港語言的變遷

大灣區原屬古越族的蕃息之地，現在絕大部分都已漢化，但很多地方仍然住有壯族、瑤族、畲族等少數民族，語言之間的相互影響在所難免。

香港土著居民大多為傜、崋 (tsɛ^4;shē) 及越族。最早在正史出現的就是南宋慶元三年 (1197) 大嶼山一帶傜人作亂。《宋史 · 寧宗紀》:「慶元三年，是夏，廣東提舉茶鹽徐安國遣人捕私鹽于大奚山，島民遂作亂。」「八月辛卯，知廣州錢之望遣兵入大奚山，盡殺島民。」③ 案大奚山即大嶼山，酋長萬登，又名老萬山，嘗領導島民抵抗宋軍。其後被官兵平定，傜民亦逐漸漢化。現在大嶼山恰巧亦屬萬山群島一帶，當時傜人可能控制萬山群島附近的海域或若干島嶼，面積相當遼闊。

輋民[禾輋、坪輋]本作「畬」，為古代傜族的分支。現在沙田的上、下禾輋、大輋、大埔林村的大芒輋、沙頭角蓮麻坑的坪輋、十四鄉的輋下、西貢壕涌的莫遮輋、橫輋、西貢北港的輋經篤、東平洲的輋腳下，以及大嶼山東涌的藍輋等地，皆疑為早期輋民居處。他們以刀耕火種為業，所耕的梯田稱輋田。亦已漢化。

越民，古作越蠻。大多以洞為名。香港以洞為名的聚落如粉嶺丹竹坑的簗洞（舊稱黎洞）、下簗洞、十四鄉的大洞、大洞禾寮、上水的古洞、船灣畔的沙螺洞（亦稱沙羅洞）、洞梓，以及西貢深涌的南北洞（亦作牛湖塘）等，皆疑為早期的蠻洞。④

蛋（蜑）家，水上居民。本是南蠻之一種，以舟楫為家，以打魚為業，屬於賤族，明朝特在廣東設立「河泊司」的職

③ 元．脱脱（1314-1355）等撰：《宋史》（北京：中華書局，1977 年 11 月），冊三，頁 723。

④ 蕭國健（1945-）著：《香港古代史》（香港：中華書局，1995 年 10 月），頁 7-8。

官管理蛋戶。1841年英軍在香港島西營盤水坑口登陸，據說當時只有五千居民，多為蜑家。明末清初屈大均（1630-1696）著《廣東新語》二十八卷，其中《鱗語》部有「怪魚」條云：

> 人魚雄者為海和尚，雌者為海女，能為舶祟。火長有祝云：「毋逢海女，毋見人魚。」人魚之種族有「盧亭」者，新安大魚山與南亭、竹沒、老萬山多有之。其長如人，有牝牡，毛髮焦黃而短，眼睛亦黃，面黧黑，尾長寸許，見人則驚怖入水，往往隨波飄至，人以為怪，競逐之。有得其牝者，與之淫，不能言語，惟笑而已。久之，能著衣，食五穀。攜至大魚山，仍沒入水。蓋人魚之無害於人者。人魚長六七尺，體髮牝牡亦人，惟背有短鬣微紅，知其為魚。間出沙汭能媚人，舶行遇者，必作法禳厭。海和尚多人首鱉身，足差長無甲。⑤

所謂「盧亭」，或指中華白海豚，亦指人，由於語言不通，只能稱之為「人魚」。人魚亦有雌雄之別，體髮跟人類相似，善泳會笑，穿衣吃飯，住在大魚山及老萬山一帶海

⑤ 屈大均（1630-1696）撰：《廣東新語》（香港：中華書局，1974年2月），卷二十二，頁550。

域，能與人交合，顯然就是古越族的遺民或蜑家後裔。蜑家人不能上岸，而「蜑家妹」、「蜑家婆」往往也成了妓女的代詞，帶有貶義。

隨著廣府、客家、鶴佬（福佬）等相繼遷入，原住民傜、輋、越、蜑等族亦逐漸漢化。香港乃匯集了廣府、客家、鶴佬（福佬）、（蜑）家等四大民系。1864 年太平天國覆亡，大部隊逃亡來港，粵語人口急劇增多，而香港也逐漸整合各族語言，粵語一枝獨秀，變成英語之外的主流語言。

據 2023 年統計，香港人口約得 749.81 萬。主要有粵語、普通話、英語、閩語、潮語、客語、吳語、四邑語。非華裔人士則有菲律賓塔加洛語、印尼語、印地語、泰語、日語、尼泊爾語、巴基斯坦烏爾都語等。長期容納大量的外籍人士，人口的組成自然起了不少的變化，非常複雜。

香港話與廣州話原屬同一系統，可是粵語在香港，隨著工商業、航運業、新科技及娛樂事業的發展，詞彙的變化日新月異，層出不窮。因此香港話也是標準的大灣區方言，吸收各方語言的特點，特別是跟英語長期的接觸，創新運用，領導潮流，融為一體。香港語言的變遷可能就是大灣區語言的縮影。

叁、古越語與大灣區粵壯、粵瑤詞匯

粵語屬於漢語方言的範疇，特別是繼承古漢語的精華和格局，一脈相承，固無疑義。甚至説粵語音韻與隋唐的《切韻》、《廣韻》幾乎一致，讀詩詞古文白話文等都沒有問題，大抵也是有跡可尋的。此外粵語亦源出於古越語，粵語底層融合了大量壯語、瑤語、傣語、侗語、黎語、泰語的基因，特別是在話語方面，出口成章，很多時就跟中原的漢語不同了。廣西壯族自治區很多縣市都是説粵語的，語言學上稱為桂南片，可見粵語與壯語的結合非常密切。

早期壯侗語在粵方言中留下了許多痕跡。例如粵語、壯語都是唯一有長短音區別的語言［雞 (gɐi¹)：街 (gai¹)；監 (gam¹)：甘 (gɐm¹)］，而漢語跟別的方言都沒有。粵語明顯混有壯語的基因（DNA）。

粵語、壯語詞序相反，例如常見的「人客」、「菜乾」、「雞公」、「晨早」、「布碎」、「數尾」各例，跟普通話比較就是不一樣，要掉過來讀。而「雞乸」跟「母雞」，變化更大。

粵語、壯語倒裝句型：「你行先」、「畀兩個添」；「呢度太多人」、「越凍越少蚊」；「畀件冷衫我」、「我問聲你」；「佢得把口啫」、「隻牛腳跛咗」；「唔食得咁多」、「手唔寫得字」；「佢做起先過你」、「你行得快過我」。這些都是教科書中常見的例子，可以教學生怎樣改寫為正確的書面語。可見粵語話語的語法明顯亦跟普通話的表達方式有別。

粵語有大量日用的詞語，可能與壯語、瑶語有關。李敬忠〈粵語是漢語族群中的獨立語言〉列出過一些例子。

1. 定：地方。dɛŋ^{6}（粵語）／ tɛ:ŋ^{31}（壯語）參「唔知定」、「搵定匿埋」。
2. 抶（抉）：鞭打。fak^{8}（粵語）／ fa:k^{55}（壯語）參「fak^{8} 隻牛」、「fak^{8} 佢一下」。
3. 楔：墊。sip^{8}（粵語）／ ɗe:p^{55}（壯語）參「楔埋啲嘢」。
4. 褪：移動。tɐn^{3}（粵語）／ t‘an^{13}（壯語）參「打倒褪」。
5. 諗：想、思考。nɐm^{2}（粵語）／ nam^{55}（壯語）參「諗吓先」、「諗陣」。
6. 噍（趙）：嚼。dziu^{6}（粵語）／ dziu^{12}（瑤語）參「噍完鬆」、「牛噍牡丹」。
7. 橦（戙）：豎。duŋ^{6}（粵語）／ tuŋ^{31}、kei^{24}（瑤語）參「戙篤企」、「戙篤笑」、「戙係度唔知做乜」。⑥

這一批日用詞語在現代粵語口語中仍然非常活躍，我

⑥ 李敬忠（1932-）：〈粵語是漢語族群中的獨立語言〉，《學術論壇》（南寧），1990 年第 1 期，頁 60。又見《語文建設通訊》（香港），第 27 期，1990 年 3 月。

們可以一一找出它們的古漢語來源，有些學者則認為源自壯語或瑤語。究竟這是漢語影響壯語、瑤語呢？還是壯語、瑤語影響漢語？甚至可能另有來源。我們一般可以相信，粵語基本架構源於古漢語，可是粵語的底層卻吸納了大量古越語及其他民族壯、侗（duŋ^{6}）、瑤、黎、傣（tai^{3};dǎi）、泰等的語言因素，估計約佔 25%，跟普通話發展殊途，差異亦大，說不定還可以訂為兩種語言。

此外粵壯詞匯尚多，有些只有話音，沒有方言字，有時寫不出來，要借用音近的字，或自創會意的新字。廖恩燾《嬉笑集》甲子（1924）本、己丑（1949）本以粵語俗話寫七律，詞語用例甚多，可供參考。⑦

1. 用長棍打，pan^{3}。廖恩燾〈秦始皇〉二首之一：「荊軻嚇失佢三魂，好在良官冇搬（ban^{3}）親。」此條借用「搬」字平仄不合，按詩句這裏一定要讀去聲，音扮。用粵語説「一棍扮落嚟」，馬上明白。
2. 削，pɐi^{1}。廖恩燾〈旗亭畫壁〉二首之一：「亭嚟點有埲牆啫，四柱批灰畫起蛇。」「埲」（buŋ^{3}），形容牆壁的單位詞，去聲，例如「挨住埲牆」。「批」

⑦ 廖恩燾（1865-1954）：《嬉笑集》，甲子夏日，1924 年。《重印嬉笑集》，香港，己丑孟夏，1949 年。曾清重刊本，1970 年冬月。澳門：澳門日報出版社，1995 年。兩本內容不同。

(pɐi[1])，削去，動作詞。例如「蘋果要批皮。」「啫」字乃粵語語氣詞。

3. 蹲，mɐu[5]。廖恩燾〈題寒江獨釣圖〉:「踎低隻鶴依還瘦，釣起條魚乜咁肥。」又〈馬援〉:「痞[踎]響殿前嚟數米，可憐隻馬似禾蟲。」「踎低」、「踎響殿前」乃常用詞。原作「痞」(普 pǐ、粵 pei[2])誤字。

4. 聰明、能幹，lɛk[7]。廖恩燾〈朱虛侯劉章〉:「後生叻馬真唔錯，先帝從龍削嘅多。」粵語「削」指弱者、廢柴，「叻」的相反詞。又〈董仲舒〉:「咁叻天人三度策，唔睺鬼火幾枝花。」粵語「睺」(hɐu[1])，看的意思。參「叻仔叻女」。

5. 禿，gwɐt[9]。廖恩燾〈班超投筆〉「掘頭掃把劈青光，呢位書錐想轉行。」又〈自由女〉「梳成隻髻鬆毛狗，剪到條辮掘尾龍。」參「掘頭巷」、「鉛筆寫掘咗」。

6. 罩住，kɐp[7]。參粵語「揾個碗吸住」、「吸實佢」。

7. 欺負，ha[1]。廖恩燾〈馬援〉:「明知鬚白有人欺[音蝦]，皇帝跟前捋手瓜。」又〈外江壯士〉:「戥起煙油有幾斤，重還咁惡去蝦人。」廖恩燾或用「欺」，或用「蝦」，記音而已。

8. 噴射，dzit[7]。參粵語「周圍唧」、「俾水唧到條褲」。

9. 帶孩子，tsɐu[3]。參粵語「湊大個細奴」。
10. 浪費，sai[1]。廖恩燾〈李廣〉：「至衰箇帳唔跟眼，白白徙埋箭一枝。」〈賈誼〉：「眼淚成胞白咁嗤，呢條爛命水流柴。」〈馮煖為孟嘗君焚券〉：「相爺飯椀慌唔穩，人地荷包怕乜嗤。」〈牛島料理〉四首之一：「若係怕葱唔敢食，撥歸橫便咪慌嗤。」兼用「徙」「嗤」，都是記音。兩句的「慌」字都解「怕係」、「怕是」。
11. 劣、次貨，jɐi[2]。參粵語「細奴好曳」、「質地好曳」。又「曳曳」讀高平變調，意謂頑皮。(jɐi[2])
12. 腐臭，yn[1]。[冤]。廖恩燾〈東婦〉四首其三：「遇啱菩薩真盲鼻，呢隻豬頭點算冤。」意謂「冤臭味道」、「冤崩爛臭」、「眼冤」。
13. 作弄，nɐn[2]。廖恩燾〈漢文帝勞軍細柳營〉：「望埋堆柳係周營，掃晒其他撚笑星。」粵語「撚」字粗俗，不好説。
14. 騙，ŋɐk[7]。廖恩燾〈汲黯〉：「官都既要呃人做，田就唔慌到你耕。」「唔慌」解等不到。
15. 講，ŋɐp[7]。參粵語「亂噏」、「山草藥噏得就噏」，取其諧聲。
16. 囉嗦，ŋɐm[5] tsɐm[5]。粵語音近「啽尋」、批評父母「日啽夜啽」之類。

17. 關係，la¹ lɐŋ³。粵語音近「拉能」；參「藤 lɐŋ³ 瓜，瓜 lɐŋ³ 藤」。

18. 生悶氣，mɐŋ² dzɐŋ²。粵語音近「抆憎」，跟自己過不去。

19. 乳房，nin¹／壯語 num。廖恩燾〈海水浴場〉：「背心著到箍埋朒，頸領開啱突出脌。」〈東婦〉四首之二「若係揸脌真撞板，幾乎睇髻要擔梯。」粵語「脌」指乳頭，現在一般說「露點」。

20. 痒，hɐn⁴／壯語 hum。廖恩燾〈王猛捫蝨見桓温〉：「一邊談話重挍（ŋau¹）痕，乜啲嚟欺【音蝦】大粒温。」粵語「挍痕」殆即抓痒、搔痒。

以上各例，廖恩燾寫的都是標準合律的七律，用粵語一讀就懂，心領神會。對於外地讀者來説，其中詞匯可以解釋，詩句可不容易看懂，必須通過語譯才能明白，然而卻沒有相應的普通話詞語可供替代。這就是粵語。

粵語、瑤語也有一些互見的詞語。粵瑤詞匯：

21. 邊緣，mɐn³。粵語音近「抆邊」、「抆水」等。

22. 點兒，di¹。參粵語「一啲啲」、「有啲嘢」。

23. 踩、蹬，dɐm⁶。粵語音近「𢱕地」、「𢱕腳」。

24. 扛，dam¹。廖恩燾〈朱虛侯劉章〉：「旛竿若冇人擔起，點敢憑空指鼻哥。」參粵語「擔起頭家」。

25. 褌襠，nɔŋ⁶。廖恩燾〈蕭何〉：「出身咪笑衙門仔，發腳嚟追褌穠蟲。」又〈韓信〉：「點忿低頭捐褌穠，分明打手上雷臺。」又「捐」解穿過、爬過，指胯下之辱。

26. 跨，lam³。粵語音近「大步濫過」、「濫火盆」。

27. 遮蓋，kɐm²。廖恩燾〈牛島料理〉四首之二：「著塊切嚟真熟落，冚盤捧出重生勾。」參粵語「冚埋」、「冚實啲嘢」。「著塊」指逐一。

28. 傻瓜，ŋɔŋ⁶。參粵語「戇居」、「傻傻戇戇」。

29. 扒開，wuɛ²。參粵語「摦開件衫」、「摦爛塊面」。

30. 漱口，lɔŋ²。參粵語「把口 lɔŋ² 過油」、「lɔŋ² 完口瞓覺」。

肆、南宋年間的粵壯詞匯

宋孝宗乾道八年（1172），范成大（1126-1193）出知廣南西路靜江府（廣西桂林市），《桂海虞衡志．雜志》云：「俗字，邊遠俗陋，牒訴券約專用土俗書，桂林諸邑皆然。今姑記臨桂數字，雖甚鄙野，而偏傍亦有依附。奀（音矮），不長也。閩（音穩），坐於門中，穩也。坔（亦音穩），大坐，亦穩也。仦（音媚[裊]），小兒也。奀（音動），人瘦弱也。

歪（音終），人亡絕也。𡘙（音臘），不能舉足也。奀（音大），女大及姊也。石（音磡），山石之岩窟也。閂（音攋），門橫關也。他不能悉記，余閲訟牒二年，習見之。」

周去非 (1135-1189)《嶺外代答．俗字》：「廣西俗字甚多。如䆀，音矮，言矮則不長也；坴，音穩，言大坐則穩也；奀，音勸[倦]，言瘦弱也；歪，音終，言死也。𡘙，音臘，言不能舉足也；仦，音嫋[裊]，言小兒也。奀，徒架切，言姊也；閂，音攋，言門橫關也；石，音磡，言岩崖也；/ 氽，音泅，言人在水上也；氼，音魅，言沒人在水下也；毜，音鬍，言多髭；砽，東敢切，言以石擊水之聲也。」⑧

范成大列出 10 字，周去非前 9 字與范成大同，其後增添 4 字，列出 13 字。這些宋代廣西通用的俗字，都是古壯字。現代粵語還在使用的約有 8 字：「䆀」(ɐi^2 、ŋɐi^2)、「奀」(ŋɐn^1 、ɐn^1)、「仦」(lai^1 、mei^1)、「奀」(dai^6)、「石」(hɐm^3)、「氽」(jɐu^4)、「閂」(san^1)、「氼」(mei^6) 。

伍、大灣區袁崇煥的口頭禪

大灣區袁崇煥 (1584-1630)，廣東東莞人，他是明末抗

⑧ 莊初升（1968-）〈論粵語俗字對巴色會客家方言用字的影響〉，《首屆粵語論壇》會議手冊（澳門：2013 年 8 月 30 日），頁 1。

後金（滿清）的名將，守衛山海關及遼東，指揮寧遠之戰、寧錦之戰等，戰績彪炳。其實袁督師帶兵打仗時最常用的、激厲人心的口頭禪卻是大灣區的一句粗話：「掉哪媽！頂硬上！」這句話曾經刻在東莞石碣鎮袁崇煥故居紀念園內躍馬雕像的基座上，成為一時網絡流行的金句。基座加上注釋云：「『頂硬上』成了輕騎護京的主旋律，『掉哪媽』成了眾人罵昏君的助語詞。」甚至還附有英譯。後來廣州撐粵語運動時大批市民湧到江南西地鐵口高叫這句粗話。可惜據2010年7月14日的一則報導，躍馬雕座上的金句已被鑿掉剷平、消失無踪了。其實粵軍抗日打仗時常也靠這句話鼓舞士氣，大家一起死撐。有人打過抗日戰爭的，解甲歸來時滿口粗話，不敢跟家人說話。

陸、《廣東新語》與清初廣東土言

清初屈大均，廣東番禺人。著《廣東新語》二十八卷。〈土言〉條列出大量明清時代的粵語，約得67條，有些加上注音，現在很多還在使用的。[⑨]

1. 廣州謂平人曰佬，亦曰獠，賤稱也。《北史》：「周

⑨ 《廣東新語》，卷十一，頁336-341。

文帝討諸獠，以其生口為賤隸，謂之壓獠，威壓之也。」

2. 廣州謂新婦曰心抱（sɐm[1] pou[5]），謂婦人娠者曰有歡喜，免㑥而未彌月曰坐月，亦曰受月。
3. 廣州謂母曰嬭（nai[5]），亦曰媽，媽者，母之轉聲，即母也，亦曰毑[毑]（na[2]）。凡雌物皆曰毑，謂西北風亦曰毑，蓋颶與瘴皆名母，故西北風亦曰毑也。[毑，粵音拿上聲。]
4. 子女謂其祖父曰亞公，祖母曰亞婆。母之父曰外公，母之母曰外婆。母之兄弟曰舅父，母之兄弟妻曰妗（kɐm[5]）母。母之叔伯父母曰叔公，曰叔婆。孫謂祖母之兄弟及妻曰舅公，曰妗（kɐm[5]）婆。謂從嫁老婦曰大妗（kɐm[5]）。
5. 子初生者曰大孫頭，子女末生者多名曰孻（lai[1]）。新會則曰長仔，或曰屘（mei[1]）。奴僕曰種仔，惠州曰賴子，言主人所賴者也。[孻，音賴平聲。屘，音尾。]
6. 謂外省人曰蠻果。興寧、長樂人曰哎（ai[1]）子，海外諸夷曰番鬼。
7. 廣州謂美曰靚，顛者曰癈，鯁直曰硬頸，迂腐曰古氣，壯健曰筋節，輕捷曰轆力，言其力如車之轆也。

8. 角勝曰鬭，轉曰翻，飲食曰喫（jak[8]）。遊戲曰則劇，雜劇也，訛雜為則也。

9. 謂淫曰姣（hau[4]），姣音豪，又曰嫪毒（lou[6] ɔi[2] / ŋɔi[2]）。

10. 謂聰明曰乖，謂不曰吾，問何如曰點樣。來曰釐（lei[4]、lɐi[4]），溺人曰碇（dɛŋ[6]）。走曰趯（tik[7]、dɛk[9]），取《詩》「趯趯阜螽」之義。[碇，現在作掟。]

11. 攻治金鐵之器曰打，為醮事曰打醮（dziu[3]）。

12. 取事物曰邏（lɔ[5]），罵人曰鬧，挈曰扱（tsɐp[8]）起。[《廣韻》：扱，楚洽切，取也，獲也，舉也，引也。《說文》收也。]

13. 廣州謂卵曰春，曰魚春，曰蝦春，曰鵝春，曰雞春、鴨春。

14. 數食籠曰幾頭，晉元帝「謝賜功德淨饌一頭」是也。數檳榔曰幾口，陸倕「謝安成王賜檳榔一千口」是也。亦曰幾子。陳少主嘗敕「施僧智顗檳榔二千子」是也。數蕉子曰幾梳，蘇軾（1037-1101）詩：「西鄰蕉子熟，時致一梳黃。」

15. 楮（tsy[2]）錢一片曰一佰，線縷一綹（lɐu[5]）曰一子。一家曰一主，一熟曰一造。擲骰子者一擲曰一手。

16. 禽之窠曰鬭，雌雞伏卵曰哺鬭（bou[6] dɐu[3]）。石湖

（范成大，1126-1193）云：「雌雄曰一鬬，十雞併種，當得六鬬。」是也。

17. 謂人愚曰猥㾬（wui[1] sɔ [2]），怒目視人曰睐（lɐi[6]），音利。[猥㾬，現在或作猥瑣]

18. 謂田多少曰幾畛，肉動曰䏶，音徹。瘡腫起曰𦥑，興去聲。以足移物曰蹬。裸體曰軀軆，音赤歷。（tsɛk[8] lɐk[8]）不謹事曰邋遢（lat[9] tat[8]），鼻塞曰鼻齆，音甕。露大齒曰齙（bau[3]）牙。[參廖恩燾〈朱虛侯劉章〉「軍師到底紅鬚抗，兵卒誰知赤𦢊多。」]

19. 冬至圍爐而食，曰打邊爐。元夕黏詩藏謎，以示博物通微，曰打燈。以鵨翎貫皮錢踢之，曰踢，毽亦曰燕。謂雲脚疎直曰風路。不知人之來歷，曰不知風路。

由以上 19 條可見，現在我們倫常日用的詞語，例如「佬」、「心抱」、「坐月」、「𠳐」、「妗母」、「蘯仔」、「㞘」、「番鬼」、「靚」、「硬頸」、「發狡」、「點様」、「趯」、「邏」[攞]、「魚春」、「雞春」、「猥㾬」[猥瑣]、「睐」、「幾梳蕉」、「哺鬬」、「軀軆」、「邋遢」、「齙牙」、「打邊爐」、「踢毽」等，原來淵源有自，起碼都有幾百年的歷史了。這些詞語很多都沒見於古漢語或普通話的，可能也就是大灣區特有的粵語 DNA 了。

清初廣東高明縣令鈕琇《觚賸．語字之異》亦云：「粵中語少正音，書多俗字，如謂平人曰狫，謂新婦曰心抱，謂父曰爸，謂母曰你[奶]，謂子曰崽[仔]，子女末生曰䊵；衣一襲曰一遝（dap[9]），稻一熟曰一造，禽之窠曰閂[竇]，禽之卵曰春，此粵語之異也。其字之隨俗撰出者，如穩安坐之為奀，音穩。人物之短為矮，音矮。人物之瘦者為奀，音芒。山之岩洞為砳，音勘。水之磯激為泵，音聘。蓄水之地為氹，音泔。通水之道為圳，音浸。水之曲折為氹，音囊。路之險隘為卡，音汉。隱身忽出為閃，音或。截木作墊為不，音墩。橫木上關為閂，音拴。此粵字之異也。至於士子行文，亦多變體，……率皆仍訛襲陋，有乖六書之旨。然而師以訓弟，父以訓子，授受相沿，遂成錮疾，司文柄者，尚宜出而正之。」⑩

鈕琇提到的粵語俗字有「狫」、「心抱」、「爸」、「你[奶]」、「崽[仔]」、「遝」、「造」、「閂」、「春」等，多載於《廣東新語》。現代粵語常見，還在使用。又有「隨俗撰出」者，例如「奀」、「矮」、「奀」、「砳」、「泵」、「氹」、「圳」、「氹」、「卡」、「閃」、「不」、「閂」等，均為南宋壯語記音寫法，其中「砳」（hɐm[3]）、「氹」（tɐm[2];dáng）、「圳」（dzɐn[3]）見於地名紅磡、氹仔，深圳；「閂」（san[1]）字用於門閂、閂門，皆屬壯語借詞。

⑩ 鈕琇（1644-1704）《觚賸》（上海：上海古籍出版社，2002），卷七上。

劉叔新論云：「粵方言指兒媳的『心布』」sɐm[1] pou[5] 是從古越語借來的。這個稱謂在漢語中，唯獨是粵方語的說法，古代漢語文獻也不見此稱謂。……在壯侗語中，極其廣泛地分布著同粵方言 sɐm[1] pou[5] 後一音節近似的說法；地理上隔得最遠的泰語甚至與粵方言一樣地保留有雙音節近似的說法。這表明 sɐm[1] pou[5] 是從古越語來的借詞。」其他「老豆」（父親）、「仔乸」（母子）看來也是古越語的借詞。⑪

歐陽覺亞論云：「在詞匯方面，廣州話有數十個方言詞被考證為古越語的底層詞，等等。現以廣州話與壯侗語族語言比較，古越語底層詞可見一斑。」其中普、粵對照的詞語：這（ni）、拾，撿（tsap）、屎（khe）、田雞（kap）、掐（mit）、蓋，扣（kham）、涮（lɔŋ）、小母雞（hɔŋ）、踩（tam）、泡兒（phɔk）、鞭打（fa:k）、傻笨（ŋɔŋ）、糠心（phau）、乳房（nin）、爬（la:n）、跨（na:m）、痒（han）17 組。附見壯、傣、侗、黎、泰五語的注音，不錄。⑫

---

⑪ 劉叔新〈漢語與壯語同源的和搬借的親屬稱謂〉，參《粵語壯傣語問題—附語法語義詞匯問題研討》，頁 34。

⑫ 歐陽覺亞（1930-）〈粵方言、普通話及少數民族語言的關係種種〉，參《少數民族語言與粵語》（廣州：暨南大學出版社，2011 年 6 月），頁 121-122。粵語例詞用國際音標標音，略去聲調。

柒、戴望舒《廣東俗語圖解》

1943年4月3日到1944年10月19日，戴望舒（1905-1950）以達士筆名，在《大眾周報》連載《廣東俗語圖解》八十一篇，由陳第（鄭永鎮）配圖。現存三十篇，多為歇後語，其實寫的都是大灣區生活的粵語小故事，活潑多姿。

（一）竹織鴨（二）石罅米（三）沙爛（四）盲老貼符（五）閻羅王攎攤

（六）蛋家雞（七）幡竿燈籠（八）頂趾鞋（九）酸薑竹（十）單料銅煲

（十一）放路溪錢（十二）長塘街較剪（十三）冬前臘鴨

（三十二）亞崩咬狗虱（三十三）空羮泮塘（三十四）亞六捉蛤

（三十五）陸雲亭睇相[13]（三十六）肇慶荷包（三十七）蛋家婆打仔

（三十八）亞聾送殯（三十九）鞋桶砂（四十八）東莞佬猜枚

---

⑬ 陸榮廷（1859-1928），原名亞宋，字幹卿，廣西壯族自治區思恩府武緣縣（南寧市武鳴區）人。桂系將領及首領。1916年任廣東都督、廣東督軍，1920年7月被陳炯明討伐，撤回廣西。嘗偽裝窮人前往廣州城隍廟算命，說他本是貴人，「唔衰攞嚟衰」，自討苦吃。

（四十九）牛嚼牡丹（五十）兩公婆見鬼（五十一）跛妹睇戲

（五十二）褸蓑衣救火（五十三）生骨大頭菜（五十四）屎𩙪鬭刀

（五十五）陳村打大交（五十六）屎坑三姑

戴望舒解釋每個故事的來龍去脈，反映大灣區的生活細節，寫得比較詳盡，可能也比較粗俗。現在隨意選錄幾則，壓縮文字，只列重點，俾供參考。⑭

（三十三）空襲泮塘：就是「拋生藕」啦。廣州花地近郊有極多蓮塘，盛產蓮藕，所以「泮塘蓮藕」也像「花地洋桃」有名。假如向蓮塘投下一顆炸彈，那塘底的「生藕」，有不為之「拋」起者幾希？「老藕」有人說是「起粉」，「孔大水少」；而生藕，則近乎嫩，嫩藕則「孔小水多」。「拋生藕」就為人所同好，來者不拒，成為女招待不傳之秘。／［參「星架坡賣蔗，蘇都唔蘇吓」。］

（三十四）亞六捉蛤：「亞六捉蛤」和「亞六著褲」，都是

⑭ 王文彬編寫：《戴望舒全集 · 散文卷》（北京：中國青年出版社，1999 年 1 月），頁 397-460。

「局住」，亦即「出於無奈」，或「不得已」的意思。亞六用手指去捏它的腰，先用一隻罐子悄悄蓋下去，把它「局住」不放，然後放下燈，動用兩隻手去捉。因而成為人們的「話柄」。色情狂的男人，誘他回家，施以懲戒。輕者只要進去洗洗茅廁，讓你[他]嘗嘗木椰香，重者也許要像阿斗官偷良家婦女，拿夜壺作酒壺，骨都骨都地「痛」飲一頓啦！

（三十七）蛋家婆打仔：「驚你飛上灘」，「灘」字讀去聲，意思是「怕你逃到岸上去嗎？」明朝設立河伯[泊]司的職官來管理他們，不許到陸上居住。[局住]/ [參「蛋家婆擺蜆」、「蛋家婆打醮」。][醮，粵 $dzam^3$ 、普 zhàn。醮上汁液或黏附其他物質。]

（三十八）亞聾送殯：亞聾詐聾扮鈍，甚麼奠儀也不送一封過去，只在出殯的時候，前去送殯。乘機「裝聾作啞」，實在是想「唔聽渠枝死人笛」。/ [參「求婚唔駛嚟」、「亞聾賣薑」。]

（三十九）鞋桶砂：「褪清至得安樂」。叫那些「敗家仔」、「阿斗官」身上有錢，就要把它「散清」才安心樂意。「風吹雞蛋殼，財散人安樂」。

捌、大灣區雄文：〈重印《嬉笑集》自序〉解讀

廣東人喜歡粵語書寫，我手寫我口，不受普通話干擾，自然成文。過去報刊上以粵語寫作「三及第」的文章亦多，具有特色。廖恩燾惠陽人，擅寫「廣東俗話七律詩」，一再印行。1949 年〈重印《嬉笑集》自序〉云：

> 蓋自過河卒仔，提倡白話教科；串戲師爺，結束黃疤射利。
>
> 廣東音特別，外江佬畫耳埋牆；外江音更差，廣東佬開喉撞板。
>
> 共你講多徙氣，成班鬧咁揾泥。[徙（sai[1]）氣]
>
> 惟有招銘山半面琵琶抱嚟，靚密解心唱到夠；呂拔湖八股文章講起，秀才笑口合唔埋。
>
> 眼軌轉風，毛管出火。
>
> 隻隻山歌對答既客家村；枝枝河調流傳又水鬼氹。[既（gɛ[3] 嘅）、氹（tɐm[5]）]
>
> 監人賴厚，索油薑鬼咁滋油；夠佢褸幽，鍊體操魄不附體。
>
> 點似不時拈本讀，咪怕蛇春咁長；立刻消啖痰，明知狗屁係辣。
>
> 拜佛先睇佛面，賣花總讚花香。

作者珠海餘生，住近柳波涌畔路；見過泮塘皇帝，微臣足領尿褒。

充埋大良斗官，老友慣打牙鼓。排啱廣嗓，諦成律詩。

一片婆心，唔算踱《西遊怪記》；幾番公認，就算補《北夢瑣言》。

冇摩囉拍柵肉酸，比亞運洗鑊乾淨。［柵 (tsak[8]) ］

能閘能舞，非屎桶中關帝把刀；或掘或尖，任腦袋裏董狐枝筆。

是為序。己丑孟夏珠海夢餘生撰於香港寓園影樹下之捕風捉影亭。

文章一氣直下，節奏輕快，為方便欣賞對仗，特用分行排列。此外本文粵語詞語易於辨識，可是合起來或多歧義，不易索解，意象跳躍，想像飄飛，有必要用翻譯將作者的想法固定下來，未必正確。不合原意之處，讀者可重新解讀。

〈重印《嬉笑集》自序〉分兩段。前段九句，先是自認「過河卒仔」，學習新文化運動，提倡白話寫作，結束舊時代排戲「師爺」的手段和套路；廖氏認為「廣東音」吸引外江佬聽出滋味，而「外江音」就不合廣東曲調的節拍了。粵語能夠「成班」演出，其實並不「拉泥」(差勁)，就像招子庸唱粵腔、呂拔湖講八股，吐納風雲，粵語都一樣精采，讓大家興奮。就像客家村的〈山歌〉、水上人（蜑家）的〈河調〉，別具風土特色，「滋油」淡定，「褸幽」寒酸。還是本地話傳神，依照粵音直讀，別怕水蛇蛋那麼長，潤一下喉嚨，就係欣賞狗屁夠有辣味，這才過癮。請大家賞面看看，自問必屬佳品。

後段六句，以「珠海餘生」對「泮塘皇帝」，自認出身貴冑，住在廣州西關，靠近柳波涌（tsuŋ[1]）路；見慣政府高層，有資格服事皇帝倒尿。平時喜歡跟二世祖吹水埋堆，做不了大事，乾脆就借用粵調寫律詩。我想學《西遊記》、《北夢瑣言》，刻畫大時代的故事。這批作品不會像印裔警察「摩囉拍柵」橫蠻任性，大致文筆清爽，比「阿運洗鑊」乾淨多了。自問文武全才，不同於棄置的屎氹（茅廁）鬭刀，「或掘或尖」，有些硬掘有些尖刻，如果批評到位，可能就是借用了董狐的直筆書寫。

廖恩燾以粵語寫駢文，對仗精工，語言流麗，捕風捉影，句法靈活，讀起來抑揚頓挫，鏗鏘有聲，可以說是大灣區的一篇雄文，不讓文言專美。文章多用今典，富有時代氣息，神采飛揚。其中有些人名、地名的典故可以稍作解釋。

招子庸（1786-1847），字銘山，廣州南海橫沙村（今屬廣州市白雲區金沙街道南橫沙社區）人，嘉慶二十一年（1816）舉人，善書畫，著《粵謳》一書。1904 年香港總督金文泰（Sir Cecil Clementi，1875-1947）譯成英文，改名《廣州情歌》，介紹到歐洲。

呂拔湖乃清末廣東八股文名師。1875 年，康有為（1858-

1927）嘗於學海堂從呂拔湖學文。1885年梁啟超（1873-1929）補博士弟子後，亦先在廣州呂拔湖大館求學，皆有所成。康、梁皆不喜時文，惟此乃唯一入仕途徑，必須過關。

泮塘位於廣州市荔灣區龍津西路、荔灣湖公園及泮塘路、泮塘五約一帶。唐朝時為鄭公堤、南漢建華林園。現闢為荔灣湖公園。

廖恩燾住西關，靠近柳波涌畔路。柳波涌與珠江岸線平行，從泮塘的西北流向西南，又叫芙蓉涌。四鄉屎艇由此駛入西關。芙蓉者，糞便也。屎艇駛入柳波涌後，並不是朝西行，而是沿著大觀河、下西關涌進入西關。

至於文中「串戲師爺，結束黃疤射利」、「眼軌轉風，毛管出火」[鬼揞眼、睇漏眼；毛管戙]、「夠佢褸幽，鍊體操魄不附體」[褸幽或係不修邊幅、寒酸]、「冇摩囉拍柵肉酸，比亞運洗鑊乾淨」諸句，不好解釋。參看上下文，大抵可以領略作者的意蘊。請高明的讀者多多指正。

廖恩燾擅用口語詞匯，配合傳統格律，把七律及駢文寫得鏗鏘上口，出神入化，創出粵語的高端寫作，使大灣區的文化基因愈能發揮得淋漓盡致。

〈大灣區粵語 DNA〉，第十二屆海峽兩岸現代漢語問題學術研討會（珠海：北京師範大學珠海校區，2023 年 11 月 25-26 日）。

詩與語言的互動：程祥徽教授詩說

天涯何處不風流

程祥徽教授夙負詩名。來澳後主導澳門詩壇，反映時代風雲、社會百態、朋友交誼，以至生活雜感、生命姿采等，形諸賦詠，時有佳製，見諸報刊期刊，出版詩集，琳瑯滿目，已為大家。其實程教授更是語言學大師，尤精研語言風格學及社會語言學。詩乃餘事耳！1992 年《澳門當代詩詞選》選〈程遠詩詞十六首〉，今年（2011）新出版的《餘事集——中華當代教授詩詞選》則選〈程祥徽詩詞十七首〉。[①] 前者選澳門詩人 46 家；後者選大陸 36 家、港澳 14 家、臺灣 11 家，其中澳門僅得程祥徽、周荐二家。儘管二書選錄

① 〈程遠詩詞十六首〉，馮剛毅（1944-）主編：《澳門當代詩詞選》（澳門：澳門中華詩學會，1992 年 9 月），頁 193-199。又〈程祥徽詩詞十七首〉，陳永正（1941-）主編：《餘事集——中華當代教授詩詞選》（廣州：中山大學出版社，2011 年 4 月），頁 255-259。

的標準不同，而程教授都是大家公認的學者詩人了。至於程祥徽個人的詩集，已著《程遠詩詞初編》、《程遠詩詞二編》、《程遠詩詞三編》、《泛梗集》四種，深獲好評，鄭煒明與施議對在東亞大學、澳門大學親炙日久，先後以東坡為喻。鄭煒明〈編後記〉云：

> 事實上程師的詩詞有一股蒼茫奇氣，雄邁奔放之餘，每有哀怨沈痛之處，但往往能以達觀的心態自我開解，這些風格必是從他個人的性格與生活磨練中來。有時覺得祥徽師很像東坡，最少在對待人生的態度上是如此。②

施議對〈序〉云：

> 程教授少年得意，負笈京師，頗有蘇氏兄弟『初來』之時那般豪情與壯志，但也遭遇歷來知識份子之所謂不幸與幸。以其性情、才華，加上不平常經歷，為詩，為詞，自當妙趣橫生，另有建樹。③

---

② 鄭煒明（1958-）〈《程遠詩詞初編》編後記〉，鄭煒明主編：《程遠詩詞初編》（澳門：自印本，1993 年 11 月），頁 74。

③ 施議對（1940-）〈《程遠詩詞二編》序〉，引文「那般」疑為「那股」。鄧景濱（1945-）編輯：《程遠詩詞二編》（澳門：澳門語言學會，1994 年 11 月），頁Ⅹ。

甚至連何九盈〈夜讀《程遠詩詞初編》〉七律有句云：「素以雄文鳴學界，又憑才氣步東坡。」④ 他們都指出程祥徽詩似東坡，可見豪邁之情，神采飛揚。其實程祥徽詩中隱約地也透露出這樣的訊息，〈三蘇祠〉云：

東坡故里在眉州。水伴亭臺竹伴樓。顛沛人生存品節，縱橫筆墨尚風流。大江煮酒論豪傑，明月吟詩邀斗牛。冷眼熱腸教我似，文章千古世間留。⑤

程祥徽欣賞東坡的「品節」、「風流」及「冷眼熱腸」，很自然的感同身受，引為知己了。天涯搖落，竟然同樣的遠貶嶺南。幸而程祥徽也自有他的樂觀懷抱，所謂「天涯何處不風流」，⑥ 揮灑自然，此後半生的經歷，其實也就有點像東坡「苦雨終風也解晴」及「茲遊奇絕冠平生」的境界，⑦ 化悲憤為力量，開創出另一片的江山。1979 年 6 月，程祥徽初到香港定居。翌年 1980 年 5 月 28 日，陳耀南〈次韻奉答程祥

④ 何九盈（1932-）〈夜讀《程遠詩詞初編》〉，《程遠詩詞初編》，頁 78。

⑤ 程祥徽（1934-2023）〈三蘇祠〉，《程遠詩詞二編》，頁 54。

⑥ 程祥徽〈贈周自木董事長〉，《程遠詩詞二編》，頁 12。

⑦ 蘇軾（1937-1101）〈六月二十日渡海〉云：「參橫斗轉欲三更。苦雨終風也解晴。雲散月明誰點綴，天容海色本澄清。空餘魯叟乘桴意，粗識軒轅奏樂聲。九死南荒吾不恨，茲遊奇絕冠平生。」參王文誥（1764-?）輯註，孔凡禮（1923-2010）點校《蘇軾詩集》（北京：中華書局，1982 年 2 月），卷四十三，頁 2366。

徽先生〉云：

> 癲飆狂霈幾時終。此日荊州慶我逢。廿載西寧藏霧豹，一朝南島出雲龍。牆稀薜荔遮秦雨，術有師承播漢風。真學漫嗟無雅賞，且看邃密沈潛功。

末註云：「程君武漢人，嘗從王了一、唐作藩諸語音專家遊，客青海西寧二十載，本當受聘某校中文系，阻於飄風雲霓，聞者惜之。今教授於港大語文研習所。」⑧ 所謂「癲飆狂霈」、「飄風雲霓」，看來也就等同於東坡的「苦雨終風」，塞翁失馬，泰然處之，因而開拓了澳門語言學的盛世。此外張建華指出程祥徽詩詞的美學因素包括精妙的語言、狂放的激情、蒼茫的意境三項，⑨ 也很到位。又云：

> 同樣道理，我們本來不覺得牧場之中有詩，從讀過程遠七律〈荷蘭牧場〉之後，覺得它也有詩。在我看來，衹

⑧ 陳耀南（1941-）〈次韻奉答程祥徽先生〉東冬通叶，末句「且看邃密沈潛功」犯下三平句法。收入《敝帚珍留五十年》（悉尼：自印本，2009 年 6 月），頁 37。又〈濠江程子兩彰宜〉，參《澳門語言學刊》總第 37 期（澳門：澳門語言學會，2011 年 5 月），頁 5。又鄧景濱編輯：《程遠詩詞三編》（澳門：澳門語言學會，1999 年 6 月），頁 98。「牆稀」或作「牆無」、「語音」作「語言」。

⑨ 張建華（1953-）〈程遠詩詞真善美因子抽樣賞析〉，《程遠詩詞三編》，頁 171-177。

要太陽還是紅的，大地還是黃的，海洋還是藍的，詩就不會消亡。紅、黃、藍是美的三原色，詩是人類生存的基因。詩——永遠是生活的牧歌。⑩

程祥徽身上自有詩的基因，無論在青海草原，或是澳門海濱，他都可以自由地行吟放歌，煥發出鮮麗的彩色。〈贈文字音韻學友人〉云：

流水太山何必多。相知始覺已蹉跎。陰陽上去粗吟唱，
撇捺鈎横細琢磨。雅俗從來求共賞，仄平豈可任偏頗。
詩詞不是尋常事，拙筆安能妄作歌。⑪

詩詞高山流水，當然是不比尋常了，但巧拙有別，不能妄作；而語言學的知識運用得當，自然更可以提升意境，如虎添翼了。

⑩ 張建華〈感悟程遠西遊五首〉，《程遠詩詞三編》，頁 206。

⑪ 程祥徽〈贈文字音韻學友人〉，首句作「太山」，疑當為「高山」。《程遠詩詞初編》，頁 10。此詩又題〈拙筆作歌（贈錫純）〉，首聯改作「知己一生有幾多，高原偏得遇同科」，頸聯亦改為「人謂平仄須講究，我稱雅俗難調和」，參廖灝主編：《泛梗集》（澳門：九鼎傳播有限公司，2008 年 9 月），頁 20。附林錫純（1935- ）和詩三首。

詩與語言的互動

程祥徽詩題材新穎，內容廣泛，其中《泛梗集》更細分為「草原影像」、「歲遠情長」、「泛梗歸來」、「家居點滴」、「山水寄興」、「語言雜詠」六章，末附「自由吟嘯」殆屬新詩。情之所至，詩興勃發，隨口吟成，不假修飾，好壞由之，偏重性靈。陳曉烽〈《泛梗集》序〉云：

> 一是以西岸土偶人身份寫了許許多多草原的景物和由此引發出的深厚的情感。它有如一本草原景物攝影集，一幅幅生動的畫面，讓沒有去過草原的人身臨其境，見識日月山、青海湖，知道甚麼是奶茶、血腸，了解甚麼是高山反應、牧民男女如何分工。……二是以語言學家的敏感捕捉當前許許多多語言現象，並且發表感言，或做出點評。百靈溝、克里奧、歌壇新語、網上語言、大展紅桃、人氣急升，……都進入詩人視線，紀錄生動，評論具有專業水平，詼諧有趣，發人深省，是別具一格的語言學小品。[12]

陳曉烽特別推薦《泛梗集》中「草原影像」及「語言雜

---

⑫ 陳曉烽〈《泛梗集》序〉，《泛梗集》，頁 1。

詠」兩章，尤為精采。因為這兩章恰好最能表現程祥徽的語言學修養，通過詩與語言的互動，更巧妙地將理論與創作緊密地結合起來。除了《泛梗集》外，其實程祥徽早期的幾本詩集也常常反映了他豐富多姿的語言現象及語言學生活。換句話說，程祥徽就是通過詩作來試驗他的語言風格學，以及實踐他的社會語言學，甚至還牽涉很多語言學的課題及話題。

程祥徽先後長期在青海及澳門生活的地方都是多種語言交匯的地區。青海通行藏語及漢語的青海方言，澳門則通行粵語，兼用葡語及普通話，如果要充分反映生活，無論日常交際及寫作語言，在標準的漢語之外，難免不受其他語言的干擾，其實這也豐富了語言的表現能力。例如港澳報刊或用粵語書寫及港式中文，如實地反映現況，有時也是避無可避的。2011 年 8 月 9 日廣州《羊城晚報》的頭條標題「美股跌到阿媽都唔識」，⑬ 用普通話幾乎讀不出來，但粵語人就特別親切生猛了。在《泛梗集．草原影像》中，程祥徽詩多用藏語入詩，配合青海風光，十分自然。例如〈勒科〉云：「勒科漢譯手推磨。替代雄雞晨放歌。炒熟青稞碾作粉，曲拉相

⑬ 彭志銘（1956-）云：「以前唔少人都覺得口語無咁高級，書寫就要寫白話文，但網絡世界講求直接，所以會用未經修飾嘅文字表達自己，依家口語同白話文嘅界線已經愈嚟愈模糊喇。」《明報．Emily》A15 版，2001 年 8 月 16 日，陳嘉文編輯。

伴莫嫌多。」又〈早餐〉云：「勒科迎得滿天霞。款待來賓享早茶。先以酥油潤素手，洗梳已畢用糌粑。」其中勒科、糌粑、曲拉都是藏語，「糌粑由曲拉、酥油、炒熟的青稞磨成的麵粉攪拌而成」；曲拉就是「打酥油剩下的餘渣，脆而香，有如榨豬油所得油渣」。⑭ 有時則用借代的方式表現草原生活，例如〈牛毛帳篷〉云：「一馬平川百里寬。白雲滾滾起波瀾。狂風送走初秋雨，洗淨莽原黑牡丹。」注云：「黑牡丹：棕黑色牛毛織成的帳篷。」波瀾壯闊，形神俱備。⑮ 又〈長袍〉：「藏女拒穿短打裝。長袍拖地作圍牆。內中自有乾坤在，草原處處可梳妝。」注云：「潮流興雅語。梳妝，如廁之雅語也。」⑯ 梳妝稍見含蓄，顯得雅正。其他〈認父〉「訪貧來到草庫倫。鄉長原為受苦人。敢問令尊何處在，傳聞就在水之濱。」〈草原無水〉：「三片塔拉好牧場。風吹無處見牛羊。只因飲畜缺秋水，綠草年年空自黃。」直接用土語及蒙語入詩。注云：「草庫倫：空曠草原上為擋風、堆積飼料而建之臨時性矮土牆。」又云：「塔拉，蒙語草原。共和縣與興海縣交界之三片草原缺水，牧草豐美而不敢放牧入內。『飲』讀去聲，作使動用。」⑰ 諸詩行文中還用了粵語「早茶」

⑭ 程祥徽〈勒科〉、〈早餐〉二詩及注釋參《泛梗集》，頁 5-6。

⑮ 程祥徽〈牛毛帳篷〉，《泛梗集》，頁 5。

⑯ 程祥徽〈長袍〉，《泛梗集》，頁 7。

⑰ 程祥徽〈認父〉、〈草原無水〉二詩，《泛梗集》，頁 8-9。

「油渣」、新詞「短打裝」、古漢語「令尊」「飲畜」等，豐富了詩語的表現力，構成了程祥徽詩中特有鮮活的語言風格，同時也帶出社會語言學很值得思考的課題，純正的語言可能就相對顯得呆板乏味，缺乏神采了。又青海方言的「哈」字用法也很特別，〈後置詞〉云：「哈字追源於藏語，你哈我打你為賓。假如我後置哈字，臉腫鼻青非別人。」注云：「『哈』字為青海方言之『後置詞』，為賓語置前標誌，『哈』字前面的成份是賓語。『你哈我打』挨打者是你，『我哈你打』挨打者是我。」[18] 指出不同的語法現象，讓人耳目一新。

程祥徽有意利用歌訣的形式來摹寫語言現象，這有點像古人的論詩絕句、論詞絕句、論書絕句、論畫絕句等，傳神寫意，把握重點。《泛梗集．語言雜詠》共收 80 首，帶出不同的語言問題，自成體系。〈引子〉云：

> 語言到底為何物。代有才人創學說。多是鴻篇成系統，獨無散論付歌訣。辭騷兼表事情理，紀傳包含文史哲。庶幾街談堪詠歎，遂將韻語充唇舌。[19]

語言與生俱來，反映了整體的社會文化的事情理和文

⑱ 程祥徽〈後置詞〉，《泛梗集》，頁 81。

⑲ 程祥徽〈引子〉，《泛梗集》，頁 74。

史哲，而韻語也就是普通的街談和歌訣，十分實用。程祥徽首先提出〈語言在何處〉〔頭、顱腔、齒唇〕及〈語言加工廠〉〔肺葉、喉腔聲帶〕的生理特徵，再討論克里奧 (creole) 混合語、百靈溝 (bilingual) 雙語人、一家三語、網上語言、詞匯語法、新詞、縮語簡稱、構詞法、歌壇新語、簡體漢字、陰陽對轉、後置詞、語義同源、造字法、構詞、社會語言、語言風格、語文規劃、修辭學、手勢語、十三元等語言問題，其中又有若干詞語用法正誤的討論，例如人氣急升、非典和 sars、人士、回鄉、傾偈、阿色 (sir) 打的、四大天王、悲蒼、誓為前盾、強差人意、半近五兩、細支非四隻、人間天上、十八層地獄、芳名息影、工程、大展紅桃、雪糕筒、馬路無馬、下崗、家和牢、心廣體胖 (pán)、閒字新解、內在美和太空人、蟹有足、擴大打擊面、星字構詞、「佬」字構詞、冷熱構詞、圓形地、麥當奴、快閃族等，千奇百怪，生動有趣，亦足以發人深省。〈網上語言〉云：「網上語言花樣多。英文數碼一淘籮。E Z 當作容易解，886 為 bye bye 囉。」〈歌壇新語〉：「主打勁歌正熱唱，群星閃亮齊登場。激情火爆迷番士，新秀排名憑票房。」注云：「主打、勁歌、熱唱、閃亮登場、激情火爆、番士、新秀、排名榜等等今日歌壇常用詞語。番士：fans，擁躉。」〈圓形地〉：「大道通衢四面開。交叉園地築花台。葡文稱作圓形地，處處高懸此路牌。」注云：「圓形地，葡語 rotunda，葡語街道的一種通名，有表現力，為漢語吸收，澳門有近三十條圓形地。」[20]舊詩潮語，創新思維，反覆詰難，深入挺進，表現社會語言學豐富的內涵，打造了特有的程詩品牌，同時也充分反映了他行雲流水、活潑多姿的語言風格。近來復有〈說「潮語」〉一文，專論之外復得詩三首，其三云：「語言壽命賴流通。潮字構詞狂似風。潮語潮人聲在耳，又來潮爆與潮童。」[21]一氣吟成，見解精到。[22]

在早期的《程遠詩詞二編》中，程祥徽也有很多詩與語言結合的作品，例如：

---

⑳ 程祥徽〈網上語言〉、〈歌壇新語〉、〈圓形地〉三詩，《泛梗集》，頁74,75,85。

㉑ 程祥徽〈說「潮語」〉，參《澳門語言學刊》總第35期（澳門：澳門語言學會，2010年5月），頁63。

㉒ 程祥徽對「潮語」可能也有一個認識的歷程。1990年11月初，張卓夫（1949-）〈感事致某報人〉詩云：「悠悠國事幾滄桑。激濁揚清不輕忘。求真豈可言轉軚，丹心熱血薦炎黃。」某報人即龔文（1925-2017），程祥徽建議將第三句改為「豈可求真言轉向」，除了訂正格律之外，還將口語「轉軚」改為書面語「轉向」，張卓夫云：「覆函的最後一段說：『絕句用字不必太古雅，亦不可太淺白。太古雅則近古詩或古風，太淺白則近樂府、詞、曲。您所作七絕很有七絕味道。』這段話實際上暗示這詩的第三句原本所用『轉軚』（車的方向盤）一詞不符合近體詩風格的要求，然而說來委婉而洋溢關愛之情。這段話是非常切要的，因為確有不少新一代寫近體詩的人雖學懂了格律，卻往往忽略了近體詩的特有語言風格，用上過於冷僻或過於俚俗的詞語，程師的教導使我在初學階段就及時地避免走上這段彎路。」參張卓夫〈紀念程祥徽從教的「文物」〉，《澳門日報》新園地Ⓓ5版，2011年9月1日。其實從潮語入詩的角度來看，「轉軚」看來要比「轉向」活潑多了，似可不改。

1. 我愛陸州方塊字，汝憐海國屈條蟲。〈登望洋山〉(2-22) ㉓
2. 從今改用形容語，摹寫河樑棄彩虹。〈詠澳門第二座跨海大橋〉(2-23)
3. 新城巴士代山轎，舊款涼鞋配便裝。〈珠海渡假村紀遊〉(2-29)
4. 聲聲語尾帶阿溜，元日迎賓到寨頭。〈萬泉河——海南紀遊之四〉注云：「其方言以『阿溜』為語尾，出現率極高。」(2-41)
5. 平川十二洪為首，民族村莊布綠洲。咬手追男男亦樂，剃頭嫁女女誰羞。莫敲基諾門前鼓，可上阿良室後樓。何處家園如問我，飄然四海一扁舟。〈民族風情村——西雙版納紀遊之一〉注云：「傣語西雙意為十二，版納意為平川。西雙版納首府景洪意為黎明之城，景即城之謂也。又，瑤族青年以咬手方式訂親。拉祜族女子婚後剃光頭。基諾族之『基』意為舅父，『諾』意為後代，行大家族制；族人門前神鼓曾救過該族祖先，過年過節始可敲響。阿良為哈尼族寨子，其前樓為老人專用，

㉓ 為減少引詩注釋繁瑣，以後每條隨詩句注明頁碼，前面依初編、二編、三編及《泛梗集》等酌加 1,2,3,4 編號。

少年男女只可由後樓上下。」(2-48)

6. 景洪城外有春歡，都著黃衫配彩冠。〈靈魂之園——西雙版納紀遊之二〉注云：「春歡，傣語，意為靈魂之園。」(2-49)

7. 莫呼阿呂為阿李，半磅何同磅半多。〈植物園——西雙版納紀遊之三〉注云：「當地人說普通話圓唇與不圓唇混，故『呂老』音同；前鼻音與後鼻音不分，故『半磅』同音云。又『磅半』，港澳方言『一磅半』；數量詞前之『一』字常省，如『斤半』、『千來元』、『百幾個』等。」(2-50)

前三首以語言學現象刻畫詩情，字詞的運用相當成熟。後四首則以不同的民族語言入詩，不讀注也可以有所會意，讀注當然更了解所用詞語的來龍去脈了。第五首〈民族風情村〉反映了少數民族的文化彩色，十分熱鬧，但結語問「家園」何在？忽然悲從中來，未免就有些落寞和傷感了。

九十年代以後，程祥徽推動澳門的語言學的研究和發展，十分活躍。一方面籌辦澳門語言學會，1994 年 6 月 4 日成立。一方面則舉辦了一系列有連貫性的語言學術研討會，計有「澳門過渡期語言發展路向國際學術研討會」(1992)、「語言風格學與翻譯寫作國際研討會」(1993)、「語言與傳意國際研討會」(1995)、「方言與共同語國際研討會」

(1996)、「港澳(暨海外)漢語探新國際研討會」(1997)、「語言規劃的理論與實踐國際學術研討會」(1998)、「語體與文體學術研討會」(1999)等，出版專著，成績亮麗，程祥徽詩中尚有很多記人記事及研討會上的唱和之作，十分熱鬧。

程祥徽認為語言風格「專指處於使用狀態下的語言風格」，「是把一種語言放在具體的交際場合中，考察不同的交際場合具有哪些語言上的特點。」又云：「語言中的任何一個詞都無所謂好與壞，任何一個語法格式都無所謂優與劣，只有把語言材料運用於具體的交際環境，才能分出這些材料的高下——實際上不是語言材料本身的問題，而是人的運用語言能力的高低。能否將語言材料運用得與交際環境的氣氛相協調，是衡量一個人語言能力的唯一標準。」㉔結合程祥徽的理論和作品，運用之妙，存乎一心，顯然具有雙劍合璧的功效，而語言能力亦漸入化境了。

程祥徽詩的語言比較直接，直抒胸臆，多用話語，有時就像我們大多數人平常說話一樣，直接了當，清楚明白。《程遠詩詞三編》中例子亦多。

1. 幾多辛苦付將去，一瞬光輝現出來。參悟斯情明此理，為人為學始成材。〈元日焰火〉(3-14)

㉔ 程祥徽：《語言風格初探》(香港：三聯書店，1985年3月)，頁5,4,8。

2. 交情何計下三等，問學當爭第一流。〈步耿韻送耿振生孫靜〉(3-15)
3. 梳妝打扮復登臺，歌手明星渡海來。〈無題〉(3-117)
4. 爺爺奶奶俱兼語，遠近聞名錯亦同。提供 model answer 者，須知有過並無功。注云：「全班語法作業互相抄襲，僅馮傾城一人例外。戲作三首附作業中退還學生。」〈評卷戲作三首．之一〉(3-125)

以上四詩字句清晰，不勞注釋。有時更直接援用生活中的英語，剛好構成七言句的音節，如果不管平仄硬譯為「標準答案」者，未嘗不可，但作者寧以英語入詩，名之為「戲作」，其實也可以看出程祥徽對自我的語言風格，平易近人，充滿自信。參看上文「E Z 當作容易解，886 為 bye bye 囉」兩句，兼用字母、英語及數字諧聲，配合白話句法，行雲流水，即可為證。

不過，程祥徽詩失律的地方亦多，可能他不屑於受格律的拘束，甚至有意破律了。

1. 南濠仲夏早風涼，花擁梨園衣襟香。〈澳門紫羅蘭舞蹈團首演〉(3-10)
2. 千里黃田水茫茫。鐵龍探路海中航。幾分天意與

人禍，豆腐堤防眾目彰。〈天問二首·之一〉(3-43)

3. 啟航未遠曾擱淺，擱淺經年再啟航。注云：「六十年代初語言風格學傳入中國，熱心者致力於漢語風格學之創立，惜啟航未遠即告停頓。八十年代重整旗鼓，今次澳門舉行研討會，與會者多屬當年佼佼者，故有笑說滿頭霜之歎云。」〈恭迎語言風格學者〉(2-30;3-32)
4. 未忘鳥島聽鳥語，猶記雪山採雪蓮。注云：「建華稱我為『恆惴慄』的『僇人』。領聯用重字拗，諒可接受。」〈贈建華〉(3-81) 案：僇人即受過懲罰的罪人。
5. 即從上古到中古，便以教程入課程。〈賀班主任唐作藩八十壽辰〉(4-50)
6. 每日承君教一字，七年聽我說酒香。注云：「『酒』字拗，若改用『茶』字則意境全無。」〈步韻賀林佐瀚三論出版〉(3-121)

在以上五例中，例 1「梨園衣襟香」連用五平，例 2「黃田水茫茫」亦多平聲，難以接受。其實二例都只有第六字犯律，稍作訂正就可以了。例 3,4,5 乃因好用重複字修辭犯律。例 6 作者甚至自圓其說，不欲以辭害意。讀者是否「諒可接受」，其實也是見仁見智的，要看怎麼樣的語言場合了。平時寬容相待，當然大家也就不以為意了。此外，例6末聯「不借鐫雕斧鑿技，從容揮灑懶匆忙」，不涉格律問題，但「懶」字依普通話有些費解，但用粵語來讀可能更帶有貶義，例如「懶叻」、「懶醒」、「懶聰明」、「懶匆忙」等，未審有誤字否？

程祥徽詩中有些詞語或出新創，不容易理解或接受。

1. 漫罷花兒辭雪嶺，登樓曷問幾多層。注云：「花兒，西北回族民歌；漫花兒即唱花兒，西北地方語。」〈澳門中華詩詞學會周年〉(1-2)〈初抵南溟〉(3-1)
2. 漁舟夜半燈如豆，離島月央形似鯨。〈竹灣〉(2-24)
3. 衹圖妙技風姿美，豈為虛名作派兇。〈世界杯三律〉之三 (2-37)
4. 蕉霧彌天增夜色，椰風滿面送温流。〈海口——海南紀遊之一〉(2-38)
5. 誰信詞山無瑰寶，惟知字海有晶瑩。〈悼辭書編纂家〉(2-34)

例1「漫花兒」《程遠詩詞初編》原有注文，回族民歌的背景一看就明白。但在《程遠詩詞三編》中易名為〈初抵南溟〉，刪去了注文，那麼「漫罷花兒」就不好理解了。又此詩收入《澳門當代詩詞選》，首句改作「飲罷青稞辭雪嶺，登樓不問幾多層」，[25]以青海的青稞酒取代了漫花兒，那就易懂多了，可見詩是不怕修改的，有時還愈改愈好，精益求精，而語言就是這樣鍛鍊出來的。其他詩中的「月央」、「作派」、「溫流」雖然有對句的「夜半」、「風姿」、「夜色」相互映襯，看來都並不好懂。此外例 5 中的「瑰」字普通話讀平聲，粵語多誤讀為去聲，此處平仄依粵讀無誤，但程教授一般說普通話的，連用四個平聲，又怎麼會讀錯「瑰」字呢？

關於十三元及詩韻問題，希望在這裏一併討論，藉以表達個人的意見。程祥徽〈詠詩韻改革兼賀全球漢詩詩友聯盟澳門年會並序〉云：

詩家最忌十三元。戒律無端鎖藝魂。
未死挺齋錄鬼語，狂生季立論人言。
地分南北調常異，時隔古今音不渾。
濠畔群賢修禊後，中原聲韻出籠樊。[26]

此詩又題〈十三元〉，全用十三元來寫，沒有出韻。程祥徽精研音韻學，叶韻完全沒有難度，只有要不要叶的取態

---

[25] 《澳門當代詩詞選》，頁 198。

[26] 《程遠詩詞初編》，頁 21。《泛梗集》易名為〈十三元〉，置於《語言雜詠》之末，頗有收結之意，刪去注釋及序文，而另附季羨林（1911-2009）〈論新體舊詩〉一文，主張「用今天的新韻，也就是通行全國甚至世界的普通話的韻」，頁 88-90。

問題。詩注稱挺齋即周德清（1277-1365），著《中原音韻》；季立即陳第（1541-1617），著《毛詩古音考》，意在說明古今音的變化。「中原聲韻出籠樊」句，期望詩韻改革，可以用現代的語言自由書寫，減少限制，走出牢籠。關於詩韻兩派之爭，由來已久，程祥徽序云：

> 須知詩韻乃一結構系統，韻部之間相互箝制，各以對方為生存條件，故牽一髮而可動全身。改革者須以結構觀念看待詩韻，始終莫忘體系二字。改革需要時間，尤其需要全民族之認同；一蹴而就、一步登天乃屬幻想，欲速而不達。竊以為，詩韻倘能寬如詞韻，即是改革之一大飛躍；倘能寬如曲韻，當在普通話（國語、華語、祖語）通行全球華人社會之時。有感於此，謹以十三元為韻聊表詩韻改革之忱。㉗

程祥徽精研音韻，同時也明白詩中音韻之妙，只希望寬如詞韻，未肯遽以普通話為唯一的標準，所以他的論點比較持平。所謂寬如詞韻，也就是僅作韻部上的合併調整，保留入聲，減省為十九部。說實在話，程祥徽詩大多數是沿用詩韻的，有時自我放鬆，改用詞韻。但有時也會乾脆破格不合規範，全依口語叶韻了。例如〈荷蘭牧場〉叶天、牽、

㉗ 《程遠詩詞初編》，頁 73。

田、園、然韻，注云：「『園』屬十三元，現時音值與下平聲一先同，姑妄用之。」(3-64) 也就是明知故犯了。又〈拾舊作一首〉叶風、程、明、晴、英，東庚通叶；(3-128)〈澳門寫作學會研討會獻詩〉叶燈、濃、冰、朋、登，蒸冬混叶。(3-34)〈植物園——西雙版納紀遊之三〉叶歌、河、棵、柯、多。(2-50) 案「棵」，斷木也，胡管切，又苦管切。依古音為上聲，音 kuǎn；但依今音則為平聲，音 kē，自然可以叶歌韻了。此外，當遇到友人的贈詩不依詩韻時，例如靳青萬 (1955-) 叶無、殊、讀、乎，平入通叶；(3-84) 劉叔新 (1934-2016) 叶魂、存、貧、辰，真元通叶；(3-88) 丁啟陣 (1963-) 叶辭、時、微、詩，支微通叶；(3-90) 王志根叶年、原、田，元仙通叶；(3-96) 陳耀南叶終、逢、龍、風、功，東冬通叶；(3-98) 程祥徽不會將錯就錯，很多時會換韻，例如靳、劉、丁三首；有時會選用正確的韻部來回應，例如王詩改叶年、天、田；陳詩改叶終、通、鴻、風、功了。(1-22) 後者明顯是改用全仙韻及全東韻。大抵在對待簡體字的態度上，程祥徽主張繁簡由之；其實在對待詩韻的態度上，他也該採用同一的標準：新舊由之了。

我的意思是：如果沒有了粵語教學，普通話一統江湖，絕對可以為所欲為，而詩韻也早就改用普通話叶韻了；但粵語教學一息尚存，就可以讀出普通話的缺憾，例如前引靳詩，我們很難用入聲一屋韻的「讀」字叶其他上平七虞韻

「無」、「殊」、「乎」的平聲字了，程祥徽乃改用上平九佳的「排」、「懷」字作回贈了。（3-83）有了粵語作比照，無論讀音和詞匯方面，隨時都會顯出普通話的單調和貧乏。詩詞入聲及叶韻不說了，就是《現代漢語詞典》也得面對現實的需要，收入了大量的港臺詞語，其實很多還是古已有之，只不過普通話放棄不用而已，有待方言書寫才能復活，寫出神采。[28] 因此，普通話只是現代的通行語，跟源遠流長的傳統漢語並不完全一致。用普通話來寫讀古典詩詞，更是不倫不類，顯得有隔了。目前詩韻的討論大概可分為守舊、折衷、趨新三大派，我是完全守舊的，普通話人基本都是趨新的，至於程祥徽從容中道，可以說是主張折衷了。因此，為了適應不同語言的需要，我也認同程祥徽的觀點，新舊由之，各寫各的，等當代詩詞寫出了膾炙人口的好作品時再作參考及定位吧！目前還是急不來的。

〈詩與語言的互動：程祥徽教授詩說〉，《澳門語言學刊》2011 年第 2 期，總第 38 期（澳門：澳門語言學會，2011 年 10 月），頁 7-14。

㉘ 屈穎妍《怪獸家長》要出內地版，出版社的編輯要將廣東話轉成白話及內地風格排版。屈穎妍〈細路哥與阿哥哥〉云：「收到稿件作最後校對，嘩嘩不得了，笑得我人仰馬翻。廣東話的啜核，其實很難找到恰如其份的配對白話，要把一整句廣東對白原汁原味翻譯出來，非常考功夫，編輯工作艱巨，但字海浩瀚，難免走漏眼，這些漏網魚，頓成我最後校對時悶中作樂的笑料。」《明報》副刊 / 時代版 Ⓓ5，2011 年 10 月 13 日。

《泛梗續集》與大灣區的語文應用

程祥徽《泛梗續集》的詩作分為《東亞留痕》、《中文學院紀事》、《主編難當》、《歲月不老》、《隨遇隨感》、《時代語錄》六輯，以敘事、紀遊、抒情、評論為主。但程祥徽似乎意在不詩，有話直說，很少刻意營造意象及詩境，更不願意嚴守格律，詩在他心中可能只是寫情達意的工具，行雲流水，過癮就好。不過程先生卻很關心他的老本行，也就是現代漢語、語文運用、社會用語及語言現象等相關的語言學課題，感覺敏銳，很自然地都進入他日常生活的視野範圍，反應迅速，隨口吟詩。①

---

① 程祥徽（1934-2023）著：《泛梗續集》增訂本（香港：和平圖書有限公司，2011年10月）。

《時代語錄》:「腦礦」與「缺心」

《時代語錄》錄詩 64 題，程先生遊走於大灣區之內，日常很容易碰到當下社會眾生的語言現實。開宗明義首先探討〈腦礦〉(1) 的課題:「常言財富是金銅。藏匿崇山峻嶺中。智力深埋思想裏，一如腦礦待開通。」「腦礦」是一個新詞，過去很少聽聞。整首詩其實就是解釋「腦礦」的定義，或是說明「腦礦」的思想深度，可以比得上金銀財富，有待大家好好發掘。(2009.8.8)

〈同仇敵氣〉(30):「為何愾字偏旁落，文革十年本缺心。」注云:「實有其事也。文革期間進駐某大學工宣隊長大聲疾呼『同仇敵氣打倒走資派。』」(2009.11 追憶) 作者由一個錯字指出時代「缺心」的現象，探討苦難的根源，意在言外。

〈粵語量詞〉(64) 云:「豆腐一磚樹一裔。巴西輸了兩球波。東洋海嘯嚇餐死，粵語量詞奇趣多。」程先生接觸粵語，可能對粵語的量詞最感興趣，例如詩中「磚」、「裔」($pɔ^1$)、「球」、「餐」四字，置身於一個完全陌生的語言學世界，跟普通話中的量詞系統不同，而這也是粵語傳神最具特色之處，有待開發「腦礦」。

中英夾雜與普粵交纏等的語言現象

程祥徽愛用中英夾雜的語言寫詩，意在創新句式。〈城巴廣告〉(2) 詩云：「旅遊香港坐城巴。睇 show shopping 歎早茶。多語多言相夾雜，五洲聚首舌生花。」程先生欣賞這種粵英夾雜的語言現實，可能有感於夾雜可以激發出語言的火花，以英語入詩，具有新鮮感。相對於規範化的語文教學來說，這類廣告語言可能就有點離經叛道了。這首詩提供一種思考角度，見仁見智，不一定有標準答案。同時也是「腦礦」所要開發的課題。

〈兔年唱兔歌〉(51) 云：「漢語同音字很多。任君選取付吟哦。人間兔有即都有，濠上新荷出殘荷。欲把吉祥贈老外，借將 to you 意如何。兔 night 舉國看春晚，同唱揚眉兔氣歌。」注云：「央視 2011 年春節廣告打出『吉祥兔有 (to you)』字樣，『兔有』即『都有』。上海電視預告春節晚會節目用『兔 night (to night)』。『揚眉兔氣』，《澳門日報》頭版大字標題。」這是一首很活潑的詩作，運用當代口語，中英夾雜，表現不同的語言現象。當年北京、上海、澳門都分別利用「兔」字大作文章，故作食字遊戲，同音假借，甚至邀請「老外」出場，玩埋一份，令人大開眼界。

〈售樓廣告〉(53)：「五一 Happy 放大『價』，睇樓落定三萬元。」注云：「句中繁簡字、方言、外語及諧音修辭俱由 2011 年 4 月 29 日《澳門日報》廣告上摘來。」其中「價」「假」借用，「定」「訂」相混，嚴格來説乃是語文教學的負面教材，但當代的廣告人視之為創作，以此為榮，教師的努力往往也就給社會語言抵消了。

〈粉絲 high 爆〉(54) 詩云：「中西夾雜泰西調，十字標題五字奇。high 爆台灣小巨蛋，睇騷逾萬是粉絲。」作者引用 2011 年 7 月 17 日《明報》C4 版標題：「小巨蛋騷逾萬粉絲 high 爆。」除了雜用英語、粵語之外，其中「騷」、「粉絲」也是譯音，早已融入中文口語及書面語中，甚至用來寫詩。

關於〈中西語素合成詞〉(12)，有「打的」(taxi)、「電𨋢」(lift)。程先生詩云：「電𨋢管升降，民間稱電梯。」粵語「電梯」，普通話稱「升降機」，習慣不同。

〈Chaiwan〉(41)：「新詞構造法多變，Chinglish 例可援。兩岸溝通成一體，韓人為此創 Chaiwan。」(2007.7.12 上海) 韓國學者根據中式英文創出兩岸統一後的中國國名 Chaiwan，用粵語讀有點像「柴灣」，不妨一笑置之。程先生以此為詩，語言的觸覺相當敏鋭。又〈他信即佢信〉(44)：「音譯管音不管義，粵人未必盡明之。暹羅總理是他信，佢信譯名誰可知。」(2009.11) 注云：「泰國總理他信，香港竟有人説成佢信，蓋『他』字轉換成粵語為『佢』，殊不知音譯名詞只取字音不取字義。」其實粵語説「佢信」只是開玩笑説的，意為「佢信就奇」、「信佢就死」，一般不會譯為「佢信」。又〈No Parking〉:「金禁怒目喊禁止，不溫不火 No Parking。」(16)〈open water〉:「水經 boiling 放心飲，open water 從未聞。」(60) 皆專以英語入詩。〈天婦羅〉:「油煎魚餅異名多。借用日名天婦羅。陸客無人能理解，稱呼更換又如何。」(61) 此詩專論日語詞匯「天婦羅」，約定俗成，港澳通行，想為遷就陸客改名，大可不必了。

〈comminication〉(23):「傳媒傳意與傳播，comminication 譯法多。舊有名稱『傳學』好，免除歧義少蹉跎。」(2009.8.9 星期日) 程先生主張譯為「傳學」。此外又有些英語小笑話，〈小姐夠淫蕩〉(27)「姑娘別誤會，有話好商量。我在說英語，電梯 going down」;〈Ambulance〉(28)「解讀按拼音，俺門不讓死。」新式英譯，想像力相當豐富。

在新加坡，語言生態比較複雜。〈星洲語言奇觀〉(46) 云:「馬來不拒中英印，閩粵客家南海潮。」注云:「新加坡有四種官方語言：馬來、英、中、泰米爾；華語有五大方言：福建話、廣府話、客家話、海南話、潮州話。華僑不乏雙語人、三語人或多語人。」(2010.2.21 正月初八回程機上) 可見新加坡的語言環境比香港複雜多了，反映程先生敏銳的語言觸覺，在旅途中仍不斷思考相關課題，致有此詩。

同音異詞

漢語同音詞很多，聽起來容易引起誤會。〈詞語同音〉(13)：「財源滾滾千家喜，海嘯裁員萬戶哀。」按「財源」、「裁員」同音，可是意義哀樂不同，有些人聽起來可能就很難受了。

〈羅馬尼亞漢子〉(52)：「羅漢行兇殺女友。醜聞登報令人驚。佛門豈有如斯事，此處不該用簡稱。」「羅漢」慣指佛門修道中人，報紙把羅馬尼亞漢子簡稱為羅漢，難免使人誤會，運用不當，程先生可能主張要加以管制或規範。

〈天眼〉(56)：「天眼不將天宇照，高竿設鏡對濠城。半空錄盡凡間景，斷案求刑有證明。」注云：「2011 年 7 月 21 日《澳門日報》頭報大字標題『天眼錄像，可作刑控證據』、『歹徒冇樣睇，天眼可低』。今之天眼非神話中之天眼也。」「天眼」一詞多義，古今都有。現在最高級別的可用來觀測宇宙外星太空，近的就是監控社會民生活動，無所遁形，很多罪犯都易於緝拿歸案。

〈勤撈致富與攻官小姐〉(45)：「諧音詞語有多少，致富勤於一字撈。攻克高官不尚武，公關小姐用奇招。」此詩明顯是諷刺世情貪腐之作，用普通話讀一聽就懂。可是粵語「勞」「撈」聲調高低不同，「撈」讀陰平調，「勞」讀陽平調。「攻官」「公關」開合不同，也不同音。用粵語聽讀難免有隔，要思想大拐彎，才能明白。

〈是非得已〉(62)「無須啟事又聲明。是是非非宜擺平。形異音同差別大，事非得已始求情。」注云：「2011 年 8 月 28 日《澳門日報》半版『聲明啟事』稱：『本公司沒有富餘人手，……提供支援服務，是非得已，敬希廣大市民見諒。顯然『是非得已』乃『事非得已』之誤。」其實這份啟事錯字連篇，「富餘人手」是說有錢人嗎？恐怕「多餘人手」或「額外人手」才是。語文水平低劣可見。

詞頭、詞尾的新發展

程先生考察近年新興的詞頭、詞尾及構詞手段，著意討論「潮」、「姐」、「的」、「巴」、「殘」等字。〈潮人〉(4)詩云：「電話手機日日新。爭相購買盡潮人。潮人不是韓江客，追趕潮流無主賓。」注釋：「電話公司招貼：潮人之選，著數潮住你走。著數，粵方言，意為好處。」(2009.9.22)程先生要換手機，看到公司廣告，有「潮人」、「潮住你走」，大玩食字創作，「潮人」意指新潮人士而不是過去所指稱的「潮州人」，甚至把「朝住」寫作「潮住」，可見潮流洶湧澎湃，勢不可擋。跟著還有〈潮字構詞〉一詩，介紹了「潮語」、「潮人」、「潮爆」、「潮童」等新潮詞語，注云：「潮語：潮流領先的話語。潮人：走在潮流前端的人。潮爆：言行品位走在潮流尖端。潮童：以穿著顯示與眾不同的年輕人。」(2009.9.24) 明顯看出來，程先生主要還是介紹「潮」字豐富多姿的構詞現象，也是大灣區特有的語言創新。

又〈空姐、的姐、車姐〉(11) 詩云：「空中小姐稱空姐，此後構詞姐姐忙。的姐的哥成過去，如今車姐又登場。」注稱「車姐，列車女服務員。」指火車、高鐵的工作人員，相對於「空姐」、「的姐」「的哥」來說，「車姐」可以說是新鮮事物。其實粵語早有「媽姐」(順德女傭)、「七姐誕」(七夕)、「港姐」、「亞姐」、「華姐」、「師姐」等構詞，「車姐」只能說是因應新時代、新事物的擴散現象，「姐」字構詞不見得特別忙。

〈樓巴〉(55)：「構詞傳統喜用巴。嘴後加巴泥帶巴。粵港中巴有兩解，參觀屋宇乘樓巴。」注云：「巴作詞尾有嘴巴、泥巴等詞。『中巴』在大陸解作中型客車，在香港是『中華巴士公司』的簡稱。2011 年 5 月在珠海拱北關口懸掛『樓巴』廣告，係售樓公司派車免費接送參觀樓宇的客人，乃推銷手法也。」可見「巴」字用作詞尾相當普遍，難怪作者不避重覆，同一首詩連用三個「巴」字叶韻，有些破格。

〈綠的司機〉(24) 詩云：「綠的司機上電視，熒屏未見綠衣襟。出租車輛分黃綠，的作簡稱讀重音。」程先生談的應該是歧義問題，「綠的」指香港新界的士，不是綠色皮膚或穿綠衣襟的司機。「的」字在普通話中很多時都讀輕聲，粵語只有入聲一讀，沒有別義作用。〈隱婚與悄婚〉(47)，「隱婚，隱瞞婚姻狀況。悄婚，公佈結婚消息不舉行結婚儀式。」乃簡縮構詞。〈轉投族、首投族、不投族〉(56)，亦為選舉場合的簡略分類。〈給力〉(49)「年關盤點新潮語，給力旋風誰與齊。」〈上春晚〉(50)「新詞出了上春晚，小品連番接上聲。」「給力」「上春晚」都是現代生活中流行的新詞語，擴散得很快。

〈殘津〉(63)「特區德政幾翻新，又見施恩殘障人。報紙標題回應快，赫然二字曰殘津。」注云：「《澳門日報》2011 年 9 月 6 日頭版大字標題『殘津今申請』。」程先生可能認為「殘津」用詞不妥，也不能視作「殘障」的簡稱，可是奧運也有「殘奧」的，習非成是，恐怕「殘」字逐漸會演變成詞頭標誌，構造新詞。

程祥徽在詩中考察了眾多當代的語言學現象，有些富有創意，有些則是明顯犯錯，在語言學課程之外，可以作更深入的探討。

逆序詞

〈逆序詞〉(32)：「倒裝語序另成詞。詞義異同須辨析。開展展開相近似，敵情切莫變情敵」。此詩只能用普通話來讀，用粵語讀平入通叶，並不叶韻。「開展」「展開」可以倒裝逆序，沒有問題；可是「敵情」「情敵」，意義相差很遠。

〈老大—大老〉(33)：「總統當今稱老大，不如大老得人心。誰將詞序兩顛倒，表意功能韻味深。」注云：「台灣人稱馬英九為老大，連戰為大老。詞序顛倒表達人民對兩人的觀感。」(2009.12.29 陳雲林赴台，四次江陳會後) 在粵語來說，「大老」指兄長，「老大」可能有黑社會含義。程先生說觀感不同，未知是否跟粵語的表義相近。

〈熊貓與貓熊〉(40)「貔貅落戶海之東。兩地稱呼各不同。漢字橫排無左右，熊貓自此代貓熊。」注云引胡錦矗教授說：「Giant Panda 這種動物的中文名，最初是譯為大貓熊的。1939 年 8 月 11 日，一隻 Giant Panda 從成都華西大學運至重慶北碚平民公園展出。在展出時從左至右橫書其名為『貓熊』，但讀者習慣直書從右至左讀認，而成『熊貓』。從此後，『大貓熊』就變成了『大熊貓』。」

〈新潮廣告語〉(35)：「開心購物每一天。倒裝語句句型鮮。七言節奏兩停頓，前四後三千百年。」作者認為首句「開心購物每一天」乃新句型，承襲古詩七言句法而來。

授受同源與反訓歧義

在〈授受同源〉(6) 一詩中，作者討論了「救人」、「救火」、「恨嫁」、「亂臣」等四組詞語。「救人」、「救火」，所救的對象不同，「救人」是救命，而「救火」可能就是滅火了。「救」字多義。其實「救火」一詞或有省略，早期可能意指搶救火燒的房子，所謂「救人如救火」，自然顯出廹切的樣子。「恨嫁」是想嫁，滿懷歡喜，並沒有怨恨之意。這是粵語特有的語義，普通話沒有「想」的義項。「亂臣」則是治臣、能臣。這些都是古漢語中具有反訓意味的詞語，剛好保留在粵語口語中，長久使用，並不過時。

〈想死我啦〉(34)。「想死我和想死你，句中被想指何人。倒裝語序賓非主，此句主賓兩不分。」「想死我」是指想像入神，思考費神;「想死你」則是極度想念對方。作者以倒裝語序釋之，「我」乃想的主語，而「你」當然是被想的對象賓語了。

規範漢字與繁簡由之

程祥徽長期研究漢字，主張繁簡由之。〈聞道《規範漢字表》公布有感〉(3)：「當今漢字待微調。兩岸齊掀議論潮。……喜盼八千三百字，華人藉以架新橋。」(2009.8.16)作者認同對現行簡體字「微調」的主張，取捨之間，難免還會引發更多的爭論，最後還是各寫各的好了。

從實用角度出發，〈农业兴国〉(7)詩云：「農業興國繁換簡，相差筆劃五成多。」這四個字的繁簡比較，確實省了一半筆劃，不過寫慣了可沒有甚麼辛苦的，筆劃太簡的反而容易誤認，例如「农」字跟「衣」字易混，而「业」則誤作「亞」字。現在繁簡互換往往容易出事，由於簡體字以一字兼容兩三個字，〈化繁莫過頭〉(9) 列出「姜皇後」、「后院」、「下麵」、「萬裡」、〈範冰冰〉(10) 等，正確當為「皇后」、「後院」、「下面」、「萬里」、「范冰冰」，都是常見犯錯的用例，改不勝改，可是目前電腦繁簡轉換時都未能辨識清楚。

現在電腦在繁簡轉換中往往也鬧出很多笑話，整個詞語變了樣子。〈繁簡變異〉(8)，程先生注云：「電腦上繁簡轉換不僅是漢字，詞語也有變異，簡體字的『循環』、『對象』轉換為繁體時變成『迴圈』『物件』；繁體字的『太空人』變簡體竟然是『宇航員』。奇哉怪矣。」很多出版物都會出現這樣的痛苦，校對沒錯，一改再改，可是出版後就令人啼笑皆非，莫名其妙了。

〈錯字錦旗〉(22)：「錯字堂堂現鶴頂，撼天撼地撼兒孫。」注云：「2011 年故宮博物院贈北京市公安局錦旗曰：『撼祖國強盛，衛京都泰安。』」「撼」字訓推翻，犯了大錯，當為「捍」字，最高當局視而不見，語文水平之低劣可怕。

〈網上字冏〉(42)：「六書之外法無窮。笑貌音容入畫中。倒掛眉毛哭喪臉，冏形窘義兩相通。」(2007.7.12 上海) 又〈一、紅〉(43)「商店招牌笑晚風，行書寫就一、紅。既非會意又非簡，心照不宣點畫中。」(2007.7.12 上海) 作者在上海看到「冏」「窘」及「、」「點」兩組民間創作，借用圖像傳神，創作新字，非繁非簡，深具創意。

讀音正誤

〈一泊三讀〉(15)：「梁山泊裏起波瀾。浮筏仙槎泊港灘。泊字翻騰游上岸，城中處處泊車難。」又〈違泊〉(17)：「交通罰款出新招。報紙標題第一條。車輛若停巴士站，罪名違泊罰金高。」(2011.3.28《澳門日報》頭版)，即「泊車」之「泊」。案普通話「泊」音 bó，例如「停泊」、「淡泊」、「落泊」，又音 pō，例如「湖泊」、「血泊」、「梁山泊」等。粵語入聲音 bɔk[9]，例如「澹泊」、「湖泊」、「飄泊」等。又「泊車」音 pak[8]，乃英語 park 音譯詞。程先生稱「泊」字三讀，蓋兼指普通話二音及粵語 pak[8] 音，合為三讀。

〈重滔：香港議員讀錯字例一〉(36)：「香港議員本領高。大庭廣眾説重滔。重滔即可代重蹈，大力豈非成大刀。」〈遞奪：香港議員讀錯字例一〉(37)：「議員拆字功夫強。從政造詞兩不忘。褫奪隨心讀遞奪，無須立法讀偏旁。」香港人不會注音，也不懂得查字典，很多字隨口讀出，有邊讀邊，早已是普遍誤讀。「重蹈」讀為「重滔」，「褫奪」誤認為「遞奪」，集體犯錯，積非成是，議員的讀音反映了現階段的社會狀況，程先生聽來自然刺耳。

〈名劇同化字音〉(31)：「江蘇柳堡本念柳補或柳步。電影《柳堡的故事》讀作柳保，此後當地人亦自稱柳保人。」地名自有傳統的讀音，例如番禺，廣東人一定不會讀錯。可是換了普通話人，不作深究探討，自然一讀就錯，影響深遠。不過回到柳堡當地還是錯不了的。

普通話聲母

〈普通話聲母歌〉(18)：「東風破早梅。趨暖幾枝開。冰雪甦融後，春從天上來。」注云：「明代蘭茂作〈早梅詩〉，每字一聲母，記錄當時語音，余改換『趨幾甦融後』五字，並加『聲母歌』之『歌』字，合共二十一字，概括今時聲母系統，以助初學之用也。」明代蘭茂（廷秀，1397-1470）著《韻略易通》，有〈早梅詩〉一首，適與《中原音韻》的聲母系統相同。詩云：「東風破早梅。向暖一枝開。冰雪無人見，春從天上來。」可以代表元明時代的北京音，便於把握和記誦。今依發音部位排列於下。

	全清	次清	次濁	擦音	濁
唇音	冰 p	破 p‘	梅 m	風 f	無 v
舌音	東 t	天 t‘	暖 n 來 l		
舌尖前音	早 ts	從 ts‘		雪 s	

舌葉音	枝 tʃ/tʂ	春 tʃ'/tʂ'		上 ʃ/ʂ	人 ʒ（ʐ）
牙音	見 k	開 k'	（ŋ）	向 h	
零聲母	一 ø				

明代北方話有 20 聲母，包括唇音、舌音、舌尖前音、舌葉音（或舌尖後音）、牙音及零聲母。其中（-ŋ）僅見於韻尾，並非聲母。

程先生新作的〈早梅詩〉則代表現代普通話的 21 聲母，參看下圖。

	全清	次清	次濁	擦音	濁
唇音	冰 p	破 p'	梅 m	風 f	
舌音	東 t	天 t'	暖 n 來 l		
舌尖前音	早 ts	從 ts'		甦 s	
舌尖後音	枝 tʂ	春 tʂ'		上 ʂ	ʐ 融
牙音	歌 k	開 k'	（ŋ）	後 h	
舌面前音	幾 tɕ-	趨 tɕ'	雪 ɕ		

現代普通話的 21 聲母，包括唇音、舌音、舌尖前音、舌尖後音、牙音及舌面前音。舌面前音 tɕ-、tɕ'-、ɕ-，普通話訂作 j、q、x，乃清代尖團音顎化合流而新增的聲母。又（-ŋ）僅見於韻尾，並非聲母。通過以上兩幅圖表的比較，

可以看出普通話讀音前世今生發展的過程。

普通話韻母詞

〈普通話韻母詞〉(19)：「二月初九，黃國勇博士和翁雲梅小姐相戀八年成功，在外灘花園舉行婚禮。自家親人都去觀賞。好威欸！」注云：「此四十一字概括普通話全部韻母。」富有創意，可是普通話只得39韻母，程先生說是41，明顯有誤。其中「戀」「年」(ian)、「舉」「去」(y) 皆屬同一韻母，可以刪減二字。

普通話元音7+3=10個：a o ɤ ɛ i u y（舌面元音）＋ ʅ ʅ ɚ（舌尖元音）。

韻母39個：單元音韻母15個，以上10個＋ ia iɛ ua uo yɛ。

[八 博 和 欸 禮 初 舉/ 去 自 士 二；家 姐 花 國 月；]

複元音韻母8個：ai ei au ou；iau iou；uai uei。

[在 梅 好 都；小 九 外 威；]

帶鼻音韻母16個：an ən aŋ əŋ；ian in iaŋ iŋ；uan uən uaŋ uəŋ uŋ；yan yn yŋ。

[灘 人 賞 成；戀/ 年 親 相 行；觀 婚 黃 翁 功；園 雲 勇。]

現將〈普通話韻母詞〉一段41字的韻母列下。

ɚ yɛ u iou，uaŋ uo yŋ o ʅ ɤ uəŋ yn ei iau iɛ iaŋ ian a

ian əŋ uŋ，

ai uai an ua yan y iŋ uən i。ʅ ia in ən ou y uan aŋ。au uei ɛ。

成語故事

〈成語不分人與獸〉(20)：「鱷魚亦與人交往，勢眾人多是土狼。成語不分人與獸，誰封獅子獸中王。」注云：「央視《動物世界．自然傳奇》欄目解說詞謂「鱷魚也可以與他人和平共處」，「他人」係「鱷魚龜」。又稱「土狼優勢是人多勢眾，獅子拿他們也沒有辦法」。看來都是成語故事擬人化的表達方式，顯得親切。

「水落石出」(21)：「成語只求比喻義，莫將句子逐詞猜。真情暗作水中石，紅杏不該牆外開。」成語本義是指冬天河流水位低，河底的石頭冒了出來。比喻義是指追查問題，揭出底蘊，把握成語的深層意義。

詞語書寫

漢語書寫沒有隔一空位的習慣，有時上下文連讀難免會出錯。〈雅可？雅可西？〉(25)：「新疆雅可西餐館，如此招牌出問題。不識餐廳名雅可，但知維語雅可西。」一般人看到店名「雅可西餐館」自然有兩種理解方式，「西」字連上、連下都即有不同解釋，產生歧義。

〈粵菜乳豬全體〉(26)：「『乳豬全體』上餐枱。全體嘉賓齊舉杯。Word 並非 phrase，端憑語境可分開。」「乳豬全體」一般解為全隻乳豬，按照現代漢語語法可以理解為所有乳豬，具有擬人化的意味，產生歧義。

〈進行與實施〉(39) 注云：「從電視節目中聽到『進行投降』『實施起義』，覺得十分不順！」(2009.8.7) 這是錯誤的歐化病句，必須改正。

綜觀程祥徽《泛梗續集》[程遠詩詞五編]之《時代語錄》64 首，很多都反映大灣區的語文應用及語言現象。本文區分為「腦礦」與「缺心」、中英夾雜與普粵交纏等的語言現象、同音異詞、詞頭詞尾的新發展、逆序詞、授受同源與反訓歧義、規範漢字與繁簡由之、讀音正誤、普通話聲母詩、普通話韻母詞、成語故事、詞語書寫等 12 項目，都是現代漢語教學重要的考察課題。語言是我們生活重要的組成部分，程先生以語言入詩，表現口語創作，自然充滿了濃郁的生活氣息，同時也反映了不朽的詩的生命。

〈《泛梗續集》與大灣區語文應用〉，《心程——程祥徽先生紀念文集》（香港：和平圖書有限公司，2024 年 5 月），頁 304-314。

寫作八題

構思

寫作不是坐下來想寫就寫的，天下間沒有這麼簡單的事。有時天分雖然重要，但絕不可恃；如果沒有後天的努力，也是不容易把文章寫好的。

構思是寫作時一個很重要的課題，先想想自己要寫些甚麼？怎樣訂題？需要哪些材料？怎樣處理材料？跟著是結構（組織）問題，仔細安排文章的開頭、過渡和結尾。換一句話說，所謂構思，主要就是注意訂題、材料和結構的問題。假如才力有餘，可以進一步注意醞釀感情，擴大襟抱，表現文字技巧，和突出個人的風格。

題目是一篇文章的靈魂。對於專欄作家來說，如果抓到好題目，下筆千言，倚馬可待。做學生一般不必擔心題目的問題，因為老師要學生練習寫不同的體裁，早在一年的計劃中就安排好各種類型的題目了。同學們只要心思考，認真表達就是了。

材料是一篇文章的五官、四肢和軀體。如果由自己訂題，當然會視材料的多寡酌加取捨。如果由老師命題，那就要聽天由命了。不過，這裏所說的聽天由命其也可以由人力安排的。《文心雕龍．神思篇》說：「積學以儲寶，酌理以富才。」就是叫我們平日要多讀書，多了解人情世故，寫起文章來自然就會得心應手，四通八達了。所謂「讀萬卷書，行萬里路」，也是叫我們寫作時一方面要吸收書本知識，一方面亦要取材於現實生活。此外，劉勰 (465-522) 還說：「研閱以窮照，馴致以繹辭。」更是叫我們要細心思考，觀察入微，涵泳感情，針對主題，適當表達了。

構思一般包括訂題、材料和結構三方面。結構是一篇文章的血氣。血氣運行得當，則呼吸暢順，通體舒泰。結構就是怎樣照應題目，將材料組織起來，加以運用表達。結構與邏輯思維有關，側向於抽象的理性分析，而文章分段往往就是結構最具體最落實的呈現了。古人說寫詩要注意起承轉合，雖然未免公式化了，但其實對作文也很有參考價值。尤其是對於初學者來說，安排層次是較難掌握的；往往想到就寫、結構鬆散，也就不成一篇文章了。此外，還要注意在開頭、過渡和結尾部分加以刻意安排，通常會在中段集中火力，製造高潮，吸引讀者。有時天外驚雷，在開頭地方給人耳目一新的感覺；或是餘音嫋嫋，讓人在結尾的地方迴蕩不已。寫文章還要注意剪裁的工夫，不要貪多務得。就好像裁衣一樣，增一分則嫌闊，減一分則嫌窄，適可而止，始謂稱身。這也可以說是「割愛」的道理，有些材料在這篇文章中可能並不適用，但在另一篇文章中就有畫龍點睛之效。運用之妙，存乎一心，自然也與構思有關了。

文章寫好後，最好能擱上一兩天，讓情感冷靜後再作修改。如果馬上要交卷，就要細讀一遍，看上口不上口，不上口就一定有問題，須要修改了。不過，由於香港學生說的是粵語而寫的是以國語為基礎的書面語，有時不知不覺用了粵語，便很難檢查出來。除了讓老師修改外，在環境許可下，我們不妨先給鄰座的同學讀一次，將不上口的地方找出來，再作取捨。我在收作文時往往叫學生交換修改一下，結果也有些意想不到的功效，證明學生的眼睛也是雪亮的，可收觀摩之效。

審題

審題決定一篇文章的大方向，一定要頭腦冷靜，思維清晰，將一些模稜兩可、似是而非的概念區別開來，抓緊題旨，適當發揮，表現重心所在。其他文筆高低，雖與天分學養有關，其實能對題即成功了一半，想拿一個中等成績，看來也不難。現以「推行國語的有效方法」這道題目舉例說說。

寫作要對題，否則前功盡廢，文筆再好也沒有用。這個題目主要說的是有效方法，治本也好，治標也好，不妨提出幾點具體的意見，供人參考。不過這個題目在某些方面很容易誤導同學，把思維引向別的話題上去。例如有人專論國語的重要性，說甚麼龍的傳人、民族大義，或說拓展貿易，促進交流；以至遍遊名山大川，能說國語的都無往而不利等。又如有人只介紹一些語音、詞匯和語法的知識，說甚麼地方捲舌，甚麼地方要寫「你先走」而非「你走先」(粵語句法)；或將國語、粵語加以比較，儘管結論是同種同文，國語並不難學，也是離題了。

如果有人只討論教學法，說跟學習英語一樣，要結合生活經驗，推廣活動教學，必然行之有效。又如有人只介紹個人的學習經驗，包括認知與了解、實踐與應用、交流與批評諸項。相信這兩類內容也不能照應題旨，難以愜人心意，不免有離題之嫌。

以上四點都跟題旨有關，可以簡單說說，卻不能喧賓奪主。其中比例如何分配，那要靠同學自行調節了。那麼，從正面來看，這個題目又該寫些甚麼呢？

要推廣國語，我想學校教育是一個絕對重要的環節，無論小學、中學、大學都應該有一套長遠的計劃。此外傳播媒介的推廣，培養社會風氣也是一個重要的環節；不過有人過分強調傳播媒介的重要性，甚至提議要找電影明星林青霞、王祖賢來教國語，未免過於樂觀，不切實際。有人考慮要從家庭做起，可是對於一般香港家庭來説，做父母的又如何以身作則去引導子女説國語呢？其成效自然也是值得懷疑的。其實這個題目還可以在文化層次上發揮一番，學懂國語之後對中華文化自然多一份了解，擴大視野，利人利己，當然也可以説是公民教育的一部分了。

説「真」

寫作有一個「真」字。「真」可以使你滔滔不絕，理直氣壯，不假修節，自然成文。好像你受了某些委屈，如果沛然理順，就可以不假思索，馬上反駁人家。事真，景眞，情眞，理真，水到渠成，一切就是那麼自然。所以大家要作文進步，「真」字是值得細味的。有些人搜索枯腸，見題即怕，除了文字技巧訓練不足外，大概對「真」字的理解也掌握不夠。裝模作樣，閃爍其辭，寫作自是苦差；我們以理服人，文字並不是甚麼大的障礙。

要訓練「真」並不難，就是不要虛偽。羅列事實，直抒胸臆，日子有功，自然會有意想不到的效果。初學宜寫記敍文，其後可以練習寫報告文學，寫人，寫事，無所不可；然後就會體會到一些描寫和誇飾的技巧，材料的取捨和安排，怎樣説理，怎樣抒情，彼此相互關連，循序漸進，自然也就能掌握寫作的竅門了。

要訓練文字技巧不難，要訓練真情真意卻不容易。有些人故意作偽，也還是可以寫好文章的。歷史上很多大奸雄，説話頭頭是道，文章洋洋灑灑，他的智商又怎會比普通人低呢？就拿辯論比賽來説吧，論題有正反兩面，抽籤決定，萬一與自己的觀點相反，也要違背良心去多方論證，自圓其説。這是説話的技巧，有時也難免會挪用到文章上來的。《論語．雍也篇》説：「質勝文則野（粗野），文勝質則史（迂腐），文質彬彬，然後君子。」內容和技巧該作適當調配，方可下筆。説實在話，辯論比賽中強詞奪理的技巧也不好全用到文章上來，否會有失「真」之感。作文要顧全事實，如果為了某些目的，不擇手段，歪曲事實，是會令人反感的。例如劉心武（1942-）《五一九長鏡頭》（《人民文學》1985 年 7 月號）這篇報告文學作品就犯了這個毛病，中國足球隊輸給香港隊，引發球迷騷動，當時外電報導説有「排外」行為。劉心武為了替北京人辯護，不惜歪曲事實，多方論證，認為球迷拿來出氣的多是「國貨」，不算是「排外」行為。不過作者還是承認下列的事實：

> 但據最後統計，並沒有任何一輛外國人或香港客的小轎車被推翻或失啟動能力，被不同程度砸碎擋風玻璃、

> 砸凹車門車殼、造成掉漆或唾上痰跡的外國人汽車，最保守的數字是九輛，最充分的數字是廿五輛。

難道這還不是「排外」的行為嗎？當時北京警方一共拘留了 127 人，他們都不承認犯過這樣的事，且乏罪證。儘管真正的肇事者抓不到，相信事實也還是抵賴不了。不錯，作者是很有同情心的，他以一個渾渾噩噩的滑志明為例，説明他參與騷動純是一種「集體無意識」行為，他屬於被文化大革命徹底耽擱的一代，但其他 126 人的背景又是否相同呢？作者認為他們大多數是乳臭未乾的小子，即有以偏蓋全、誤導讀者、轉移視線，甚至替罪犯開脱之嫌。當然，作者在題目中明説這是「長鏡頭」抽樣下的大特寫，也是五月十九日整個大事件中的小插曲，一件探討當前社會隱憂的個案。儘管真有代表性，也沒有充分理由可以擺脱「排外」一説。可見材料的處理千萬要小心，同樣的事實，可以直抒胸臆，可以弄虛作假，端在作者一念之間。寫作求「真」的緣故全在於此，可不小心？

詞病

廣東人寫白話文，注定是要吃虧的。因為我們寫的跟説的並不一致，中間必須經過一個即時傳譯的過程，將我們的日常用語轉化為書面語，這不是很麻煩嗎？除非我們學會國語，否則就只能自覺的努力去克服困難了。我們平常作文時碰到的詞病很多，現在歸納為五種常見的類型說說。

（一）濫用單詞。古漢語多數是一字一詞的，單詞特多；現代漢語則向複詞發展，有時還加上一些虛化了的詞頭詞尾，表情達意比較準確。現在粵語還保留了很多古漢語的單詞，直接寫入文章中就不好讀了。（括號裏的是建議答案）

1. 仔細地打量一下「叔」的表情。（叔父，口語說叔叔）
2. 他「爸」飽歷風霜。（父親，口語說爸爸）
3. 一群細小的「鴨」在籠裏亂竄。（鴨子，或乾脆改為一群小鴨）

（二）濫用粵語。對於廣東人來說，這是寫作上最大的致命傷。偶然的活用有時也會製造出一些特別的效果，但要小心選擇。

4. 對於大人的口吻甚至「粗口」……（粗話或粗言穢語）
5. 要他「掉到」垃圾桶去。（丟到，丟進）
6. 吃「一二毫子」的小吃。（一兩毛錢）

（三）輕重倒置。有些詞語詞義相似，但語義的輕重、大小、褒貶及對象等都有所分別，不能亂用。

7. 生意「低落」了很多。（減少，或乾脆説一落千丈）
8. 向「親屬」拜年之後，乘船回家。（親屬是家人，應該改為親戚，或逕指某人，否則對象不合）
9. 這條街道，……是眞正熱鬧的開始，一直到黃昏才消退。（寧靜下來）

（四）生造詞語。詞語是約定俗成的，既有現成的可用，便不必貿然創新了。成功固然可喜，否則不倫不類的，更使人費解。

10. 我心裏有點兒「窒悶」了。（納悶）
11. 我「初眼」看他的時候。（初，或第一眼）
12. 我沒有去看災場的情況，怕看見「過後」的淒涼。（劫後）

（五）文白夾雜。寫文章可以選用一些常見的文言詞，不但能增強表達效果，還給人簡潔之感；然而我們卻不能生搬硬用，否則就讀不上口了。

13. 我「素」沒有給孩子講故事的經驗。（從來）

14. 我「真個」不能把他鎮壓得住。（怕，或一定，或相信，由上下文決定）
15. 他們「那處」沒有東西玩的。（那裏，或那邊）
16. 「儉」一點，留下一些零用錢。（省）

句病

寫作犯句病的機會很多，一不小心，動輒得病。首先，我們該善用句號。無論單句或複句，只要意義完足，也就算是一句了。這樣我們一句一句的寫，檢查起來也就容易多了。其他簡單地歸納三種類型。當然句病是不會這麼少的，觸類旁通，這有賴於我們自覺的努力了。

（一）成分殘缺。通常一個完整的句子總是帶有主語、謂語或賓語的。除了某些特定的情況如對話、標語和承上下文省略外，都應該交代清楚，否則便會造成籠統或殘缺的現象。（下列例句按停頓的逗號再分 a 、 b 、 c 等）

1. 巴士站建築了很久，看到上蓋有些地方破爛，缺去了一塊，下雨的時候，往往給水沾濕了衣服。
2. 但自己沒有信心做到的東西，仍然能夠不胡亂答應。

1b.「看到」該刪，否則要加主語「我們」。1e. 究竟是誰給水沾濕了衣服呢？我們看不出來。2b.「答應」後缺賓語「人家」。

（二）重複累贅。在等量的語義下，我們該用最簡潔的字句來表達。勉強的拉長句子，不但讀者讀起來辛苦，可能還會使語義發生質變。這完全是作者一時貪心所致。作文該像裁縫匠一樣，不隨便放過一分一寸，錙銖計較，惜墨如金。

3. 近來物質價錢飛揚，做生意的人免不了在食物的價錢上，加一點價。
4. 因為方便消防車救援火災的關係，馬路暫時不准通車。

「物價」、「救火」等本來就是很明確、很普通的概念，一旦變成了「物質價錢」、「救援火災」，似乎連對象也變了。3b.、3c. 應該改正為「做生意的免不了又在食物上加價了」，可以減少一個逗號；「做生意的」就是小販，「人」字可刪。4a.「因為……的關係」，可用關聯詞語「為了」來代替，比較乾淨利落。以下兩例括號內的字句該刪。

5. 房子就建在水上「面」，密麻麻的，住了很多「水上」人家。

6. 當時我們看見的，大概只是燒焦了的木板，「房子全都不見了，只留下」一些孤獨的柱子，高高低低地插著，遠望是焦黑色的。

（三）歧義費解。詞義不明白，關係不清楚，往往使人難以捉摸作者的意向，易滋誤會。

7. 於是他意想不到地檢起糖紙丟進離我們不遠的垃圾桶去。
8. 木屋區……房子的形狀，有高有低，大多建築得非常簡陋，屋與屋連在一起。

例 7 是他本身的反應，是能夠自我制約的，不宜用「意想不到地」一詞來形容，不妨改用「很聽話地」或「毫不猶豫地」。例 8 木屋區當然簡陋，「大多」一詞容易引起歧義，可以刪去。

邏輯

邏輯是研究思維形式及其客觀規律的科學，跟語言的關係也很密切· 我們考慮一篇文章是否有內涵，有條理，邏輯是一項重要的先決條件。邏輯問題可以分概念、判斷、推理三類，現在只歸納出五種常犯的毛病說說。

(一) 詞義不明白。

1. 那時便想買一對鴨子回家，看牠們長大，然後放牠們回山林去。
2. 有些人在檢拾東西，他們也許是居住在這的人，正在尋找一些過去的痕迹。

例 1 鴨子與其放回山林，不如送到河邊還好些，難道鴨子也有歸隱的打算嗎？例 2 是說災民想檢回失物，在這個徬徨的時刻裏，難道還有閒情去「檢拾」甚麼「過去的痕迹」嗎？

(二) 概念不統一。

3. 年初四，叔叔嬸嬸帶了兩個兒子來我家拜年，大兒子四五歲了，小兒子剛會走路。

4a. 前年的年初二……有幾處地方吐出舞動的火焰。

4b. 我沒有看過火災，到今天看到火光熊熊。

4c. 那天晚上，我們便談論這次大火。

例 3 既然用了叔叔嬸嬸在前，那是對於自己的關係說的，他們的兩個兒子對自己來説也就是堂兄弟了，同一句中不宜出現兩種不同的關係。例 4 各段出現在同一篇文章中，如果 4a、4c 的時間觀念正確，那麼 4b 的「到今天」便應該修正為「那天」了。

（三）自相矛盾。

5. 第二天早上，我買了一份報紙看看，對報導這次的大火，都很詳細。

6. 這條街道，佔大部分都是巴士通過，不過，其他車輛也不少。

例 5 只買了一份報紙，不是兩份三份，怎能用一個「都」字呢？例 6「佔大部分」是多的意思，「也不少」也算多，究竟哪一種多呢？

（四）理由不充足。

7. 戲院大堂的四周高高的牆壁上掛了明星的照片，有男有女，用玻璃相架框著，始終覺得它有點冷，想也是可以懷舊的事。

例 7 的「冷」可能由於「高」的緣故，與懷舊沒有必然的關係，要是眞覺得冷可能更沒有甚麼值得懷舊了。作者並沒有將理由說出來，要之也只是自言自語罷了。

（五）剪接混亂。

寫作有一個很重要的原則：可省則省，該詳則詳。由文章的內容和語言來決定，不能以意為之。我們也不能將話題突然岔開，否則上下文也就連不起來了。

8. 有時也不是為了看看照片，或者逛逛戲院門口賣食物的攤子。戲院大堂的四周。……
9. 現在當然連照片也看不到了。似乎還有那些賣食物的小販。冬天的時候……

例 8 既不是看照片，也不是逛攤子，究竟是為了甚麼呢？接著話題又轉到明星照片上去了，使人莫名其妙。例 9 前後三句轉得太突然了，完全是三件不同的事，不相連接。第二句也不是完整的句子，作者省略的太多了。

臨場策略

作文臨場考試的時候，限時限字，而且不能提問，不能看書，全憑自己孤軍作戰。如何創製出一篇理想的作品，脫穎而出，相信這是每一位考生的希望。尤其是在目前的考試制度下，如果能考好中、英語文的成績，無論升學就業，都會有利。

作文考試時，首先就要選題。一般都有兩、三個題目，其中一題多數是議論，另一、二題則記敍或描述。選題當然要選自己熟悉的題材去寫，一旦選好以後，就不要三心兩意，改來改去。假如三個題目都不大熟悉，那麼應該馬上決定選擇議論題，專心找些理由說說。因為記敍和描述必須寫實，依靠經驗，不容易憑空揑造。議論題見仁見智，尚有發揮餘地。

作文考試一般都限定字數，大概不得少於六百字。假如考試卷每行二十字，我們應該先在第三十行的地方打一個記號，這是警惕自己一定要寫到這裏為止，不要給評卷員一些扣分藉口。此外又要注意考卷是直卷或橫卷，直卷直寫，橫卷橫寫。橫卷更應該由左到右的寫，不要顛來倒去，改為直寫。否則會給評卷員帶來不便，影響印象。

作文考試時間短促，打草稿大概是不可能了。但我們不妨給自己十分鐘時間將整個題目反覆思考一番，訂下一些簡單的提綱、段落的重點，這樣會約束自己的思維發展，按部就班去寫，不致離題太遠。

作文一定要一句句的寫，一段段的寫，注意分段，更要注意前後的呼應。這是文章結構的問題，自然佔有若干的分數。好的文章會使人感到一氣呵成，振振有辭。不好的文章無句無段，甚至自相矛盾。內容與結構，往往互為表裏；但結構好的會給人醒目的感覺，內容貧乏也值得同情。有些人習慣一段到底，可要小心了。此外，每段的輕重佈置也要由資料來決定，資料多的多寫，少的少寫，沒有把握的要斟酌去寫。否則寫錯了，失分必多，就不如不寫了。

作文考試不宜逞才。平時師生之間有一段感情，一些了解，作文時不妨盡量表現自己，多方嘗試，錯了也不要緊。考試可就不同了，連評卷員都不知道是麼人，所以千萬不能出錯——不要打沒有把握的仗。一定要表現出誠懇、認真的態度，以理服人，争取認同。好文章自會脱穎而出，我們不必懷疑評卷員的眼光。

最後，臨場還要保持冷靜，小心地寫。如果時間許可，更要認真複閱，減少不必要的錯誤。

抄襲

抄襲是由於我們思想懶惰，得過且過。更甚者還以為別人是瞎子，自欺欺人。現在這股歪風有愈演愈烈之勢，尤其是在一些大、中學生的文稿中，更時有發現。例如，我曾在一次題為〈秋日組曲〉的作文中發現兩位學生的文字相同，開始時我以為她們互相抄襲；雖然組別不同，看來也不會這樣笨。後來追查之下，原來各有來源，她們分別抄自兩所中學的校刊。例如在《文X書院校刊》中有一篇中六的〈紅葉滿山〉，全文分六段，開頭一段是這樣的：

> 窗外偶而飛入一片紅葉，給我這個忘了季節的人，帶來秋的訊息。把玩著這嫣紅的楓葉，我想起了秋山的景色：漫山火紅紅的一片，印在蔚藍的天空上，如一幅柔軟的藍綢緞，綴上了小紅花。那桌子上盈纍的功課，明天中、英、數的測驗，再也縛不住我欲飛的心靈。轉瞬間，我身、我心俱已飛到山崗上去。

這無疑是一段很清麗飄逸的文字，情景交融，尤其是藍綢緞、小紅花這一組鮮明的意象，更見精采傳神，富有創意。此段僅有「盈纍的」一詞算是生造詞語，略見瑕疵。其他五段的首句分別是：

> 二、我像從牢籠裏解放出來的小鳥，輕鬆自由。……
>
> 三、忽然，楓叢遠處，隱約傳來一陣笑聲，似真若假。……
>
> 四、那笑聲仍隨著風兒縈繞著。……
>
> 五、今年的秋天，楓紅依舊，人面卻已全非。……
>
> 六、天仍舊是藍湛湛一片，卻顯得單調沈鬱。……

這篇文章在劉XX中學的《十週年紀念特刊》中也有發現，題作〈楓紅〉，是中四的作品。〈楓紅〉也分六段，文字與上引的一篇相同；其中只有第五段有些差異。中六文說：「天下無不散之筵席，五年同窗，到此刻，為了前程，不得不含淚話再見。」中四文說：「中三的同學有很多分別了。」究竟是中四抄中六呢，還是中六抄中四呢？這很難說。可能還有第三版本也說不定。這樣前後已有四位同學牽涉到同一篇文章之內，抄襲風氣之烈，可以想見。

除了小偷以外，還有大盜。近來在一篇學位論文中也發現了抄襲現象。該文利用多部他人著作剪輯而成，其中抄得最多的是萬曼（1903-1971）的《唐集敘錄》，有些章節酌加說明，有些章節抄得多了則連一條注語也沒有交代出來，也就據為己有了。

此外，還有一些自己抄自己而又抄錯了的怪現象。例如某報介紹鄭愁予（1933-）《雪的可能》時，就很認真地分析了〈穿霞彩的新衣〉、〈驚夢〉、〈山路〉這三首詩。其後同年鄭愁予在香港出版《蒔花剎那》時，某報同版同一位作者在介紹新書時又引這三首詩為說。本來這只是將自己的意見再一次申述，沒有甚麼大不了；但偏偏鄭愁予卻沒有將這三首詩選入《蒔花剎那》中，那麼作者究竟怎樣寫書介呢，也就不言而喻了。

在古今中外豐富的文學遺產中，有時書讀得熟了，難免會將別人的作品據為己有。例如何遜（468-518）云：「薄雲巖際出，初月波中上。」杜甫（712-770）則作「薄雲巖際宿，孤月浪中翻」。兩句只是換了三四個字，但境界奇險，仇兆鰲（1638-1717）評為「點睛欲飛」。不過這是修辭學上的熔鑄技巧而非抄襲，有時也實在難以完全避免雷同的，只要不存心剽竊便好了。又如江西詩派黃庭堅（1045-1105）所說的「點鐵成金」、「奪胎換骨」也強調這種「以故為新」的技巧，不必跟「蹈襲剽竊」混為一談。

〈寫作八題〉，《中國語文通訊》第 21 期（香港：香港中文大學吳多泰中國語文研究中心，1992 年 7 月），頁 28-31。

寫作與創作

壹、寫作要培養語感

寫作也是一種說話的形式；我們用書面語來表達和表現。假如我們寫作用的是粵語，那是第一語言的寫作，不學而能，只要我手寫我口，以漢字記音，自能得心應手，無往而不利。

可惜香港的書面語卻以白話文為標準，所以得模仿北方人的聲音腔調，依照一定的規律，不能天馬行空的，暢所欲言。孔子（551-479B.C.）說：「不學詩，無以言。」（《論語．季氏》）詩是一種高雅的語言，指的是表達的功能。孔子又說：「誦詩三百，授之以政，不達；使於四方，不能專對；雖多，亦奚以為？」（《論語．子路》）詩也是一種政治語言，指的是表現的作用。孔子這兩段話表面是論詩，其實卻將書面語的功能發揮得淋漓盡致。詩是一種雅言，自然也是孔門的第二語言了。第二語言不會是天生的，只能通過「學」和「誦」的手段習得。

第二語言一定要通過誦讀才能體會語法和語感，過去文言文是這樣學的，當代的白話文自然也不例外，甚至我們學詩填詞讀英文也只有用這個辦法，才能準確掌握另一種語言的特點，加深文化的素養，培養流暢的筆調，表現出深度和美感。我們學寫作，自然也希望白話文能達到比較高的境界。否則粵式中文寫得再熟練再好，也只是一種方言，跳不出兩廣之外。學白話文首先得把眼光放遠，開拓胸襟，培養廣泛的閱讀興趣；其次也要改善學習方法，勇於説話，多些背誦，甚至直接學好普通話，體會親切的語感。

如果我們套用第一語言的結構模式去硬譯第二語言，結果非驢非馬，寫來不忍卒睹。現在很多香港人的白話文正是這種可怕的中文，包括傳媒語言和流行歌詞。這大概反映了一種大香港心態，表現地域的優越感而已。香港中文高速滑落，淆亂是非，不講規範，不能不説是世紀末的絕症。這正如電台電視電影及大家口中所掛著的無厘頭語言一樣，以出位手段嘩眾取寵，解悶洩憤，淒然一嘯。

貳、語文分裂症

最近（1994），我們訪問臺灣《聯合報》，跟接待人交換意見，很自然的會説起香港《聯合報》的情況。我們認為香港《聯合報》太像臺灣報紙，連語文的口氣和格調都一樣。有些詞彙不好懂，有些事情要懂得臺灣社會的背景才好理解。換句話説，香港《聯合報》似乎跟香港讀者的口味有隔。

臺灣《聯合報》的接待人很同意我們的看法，但觀點各異。原來他批評香港《聯合報》的撰稿人粵語成分太多，跟臺灣的中文不同。加以香港文章的地方性太強，背景也相當特殊，也就不一定能適合臺灣讀者的口味了。至於香港其他報紙的語文品流複雜，臺灣讀者看起來可能更是莫測高深了。

香港《聯合報》大多在香港撰稿，然後傳真回到臺灣編輯部組版編排，編好後再將整個版面傳真回香港印刷。傳來傳去，遇到字體不清楚，語文表達互有不同，有時就不易校對了。可以説，香港《聯合報》大體是融合了兩種語文風格的勇敢嘗試。

由此可以看出，語文具有特定的地方色彩和文化背景。香港和臺灣同種同文，隔了一道海峽，竟然也衍生出語文問題。加以彼此的社會制度、新聞守則、法律觀點、道德標準、採訪興趣、演繹手法等種種不同，往往包含著更大的文化衝突，足以產生更大的矛盾。假如我們將這個問題稍為擴大，再比較中港臺的報紙，這種語文及文化的問題就更加凸顯出來了。現在，我們面臨兩種語文選擇，一就是大家都寫標準中文，但思想不統一，社會背景和生活各異，這樣中文寫作永遠就不可能標準化了；一就是各適其適，繼續採取放任政策，就讓中文順其自然的分化下去。目前的情況似乎正向後者滑落，中文急速分裂，而絕不是危言聳聽。

我們不妨做一個實驗，我們隨意抽取一兩份香港報紙給普通的臺灣讀者看，或是我們又隨意抽取一兩份臺灣報紙給普通的香港讀者看，他們可能都有很多地方看不明白，甚至連對方的表述和社會都沒有興趣。假設看報紙的人是自己，我們可有甚麼反應？

香港《聯合報》的語文分裂症只不過是冰山一角，中文更大的分裂危機似乎還在後頭。

叁、寫作是第二語言

人生來就有說話的能力。說話為的是表達的需要，表現的需要。說話有種種風格，有人說得粗鄙，有人表現文雅，有人繪影繪聲，有人扼要精簡。要說話就得學習語言，通常一個人可以掌握多種語言。早在 1979 年，劉殿爵 (1921-2010) 教授就曾提出過第一語言與第二語言的概念，兩者習得的方式不同，應該有所區別。母語可以說是我們的第一語言。第一語言從小在固定的環境中浸淫就可以學會，不需要讀書認字，就可以用來思考表達，根深蒂固，終生難以改變。有些人一生終老於鄉里間，一種語言就已夠用；現在新界鄉村裏還有些老人家就光會說圍頭話，連粵語也不會，跟他們說話只能猜猜估估，有時也聽不明白。

第二語言完全是為了擴展交際和充實生活的需要。有了第一語言之後，學第二語言就困難多了。我們只能用對應及轉換的方式，一音一字，一詞一句的學；有時文化背景不同，例如中文和英文，就很難找到適當的字詞相互轉換。香港人一般會用中文思想，英文表達，用英文說話其實就是自我的即時傳譯。

香港人一般會以粵語為母語，粵語是第一語言，英文是第二語言；其實我們的書面語也是第二語言。書面語有文言、白話之分，文言文的詞語、句法、語感以至文化色彩、思考模式等都跟現代的粵語迥異，包青天的說話可見一斑。白話文依據普通話的語言結構，我們要寫好書面語就得鸚鵡學舌般，努力模仿；這跟學文言文靠背誦來領略語法、語感並沒有太大的分別。由於白話、文言對我們來說都不是母語，我們一般不會用文言或白話來思考，不會有自然創生的能力，而是通過反覆學習加以掌握和鞏固，所以都算得上是第二語言。

粵語跟普通話文化差距較小，但很多時彼此的口語詞也不容易轉換過來，學起來往往也鬧出很多笑話。例如「班房」、「檢討」、「落單」、「房子」等，涵義不盡相同，其他俗語更不知道怎麼表達了。如果學生用第一語言寫作，思考流為語言，憑語感判斷正誤，自然會很方便；例如一聽「讓到我們明白」，馬上就知道説錯了，自然會更正為「使到我們明白」。現在我們雖然主張用母語教學（粵語教學），卻絕對不鼓勵用粵語寫作，「書同文」更是無法替代的文化傳統，促進交流和發展。香港學生學習寫作雖然辛苦，卻是值得。例如學英文不也辛苦嗎？當然也是值得的。

肆、寫作與創作

寫作與創作，性質相似，但目標不同，施教的方法亦異。大抵寫作以通達為主，創作則以表現為主，似乎應該有所區別。學唱歌不一定會做歌星，寫畫不一定要做畫家，那麼學寫作也不一定就做作家了。有些人以為中文系會培養出作家，可能只是美麗的誤會。作家可遇而不可求，中文系畢業生能寫清通的中文，應該就很不錯了。

文學創作建基於語言，原始人説故事，鄉下人講歷史，都是第一語言的創作，不假文辭。現在我們創作寫白話文，自然就是第二語言了。第一語言的創作出於自然，沒有語言隔閡；第二語言的創作必先講平妥，再求突破。任何創作固然都應該獨一無二，突破傳統。但突破只能創新意念，表現技巧，塑造美感，並不就是要破壞語言。有些人故意扭曲語言，自絕於讀者之外，小圈子惺惺相惜，得不償失，那就連表達都談不上了。文學創作主要的目的是衝破時空局限，追求不朽的人生，得以語言為載體，傳遞生命的訊息，自然也要謹守語言規範了。優秀的文學創作可以為我們鑄煉新一代的語言風貌，卻不是肆意破壞。作家一定要兼顧讀者的品味和感受，不能目中無人。

寫作是語文的表達問題，必有規範和標準，可以訓練，可以評改。創作則是意念的表現問題，老師教創作大抵只能就作品提意見，不能越俎代庖，改頭換面。創作不能教，也不知道怎麼教，甚至不宜修改，因為創作沒有個人強烈的創作意念及個性風格不辦。老師未必具有學生同等的意念，相類的風格，強加枝節可能就成了「合作」，雖說雕琢雄文，但見仁見智，有時也未必盡如人意的。創作凸顯個人的心靈世界，著重表現自我。寫作則要求客觀準確的表達，嚴格控制語言。寫作和創作在教學實踐上要求不同，最好不要混為一談。

〈寫作漫談〉，《中國語文》第 75 卷第 5 期，總第 449 期（臺北：中國語文學會，1994 年 11 月），頁 60-65。

語法修辭與寫作

香港語文問題的癥結

九十年代香港的語文問題十分悲觀。問題是多方面的，相與制約，互有關連。香港的中學以英文中學為主，家長趨之若鶩，經過了幾十年的發展，理論上英文中學該專用英語授課，而英語又回流到社會去，廣為散播，開花結果。可惜香港社會卻還是停留於一個單純的粵語環境中，沒跟上學校的語文發展。而師生所説所寫的，中英夾雜，不中不英，語文程度的低落，幾乎也到了無可救藥的地步了。此外，香港人的閱讀模式也有所改變，他們書展時排隊買的是漫畫、動畫和連環圖，平時看的是卡拉 OK 充滿聲光動感的影象畫面。加以科技日新月異，電子詞典漸漸流行，很多人喜歡視覺上直接的接觸，再不習慣閱讀一段一段的文字。在報刊方面，短篇的方塊雜文可以使人感受即時的心靈刺激，聽到社會的脈搏，還可以勉強接受。至於長篇的成書或文學作品，消化比較困難，可能要假以時日，付出很大的愛心和耐心，才能有所了解，也就有所隔了。香港的電台電視歌詞對白固然英粵夾雜，例如「friend 過打 band」、「愛情 I don't know」、「心水 CD 大放送」、「再見亦是老婆」、「今日睇真 D」等。現在報刊雜誌為了爭取銷量，不但內容卑劣媚俗，連語文都寫成中粵英日夾雜的香港話了。例如「萊卡親人靚衫花嘢 Look」、「全城最 in，盡在 in Circle」、「阿芝手記——阿芝頻頻撲撲為頭家」、「東輝的絲襪奶茶十分十分有料到，茶香軟滑又綿，Smooth 得嚟帶強烈質感，有 body」等。面對這樣大量的新派中文，又愛又恨，我們真不知道該怎樣為當代的香港話定位了。

此外教育當局的語文政策也令人費解，他們既不推行普通話，也不主張背誦課文，更不要求學校多教點語法知識；他們認為通過說話，就能寫好文章，其實卻是背道而馳。如果是第一語言的寫作，我手寫我口，勉強還可以應付。但香港沒有優良的英語環境，學生很難學到標準的英語。至於中文也有粵語和普通話之分，說的跟寫的絕不一致，如果整個社會氣氛只是沈迷於原始的口語當中，我們的中文又怎麼會不受污染呢？就算大陸和台灣來的作家，如果在香港住久了，意識形態和語文習慣都很難不被同化，否則就給時代淘汰了。有人批評有些大陸人的普通話專門模仿台港的方言語調，展示身分；其實很多香港作家也刻意墮入港英的語言圈套當中，摧殘中文。社會中人有樣學樣，廣為流播，蔚為風氣，也就神仙難救了。

貳、寫作的基本觀念

言語和語言不同。言語是一連串有意義的聲音，往往帶有個人的口音，特定的選詞愛好，特別的選句習慣，以至夾雜一些口頭禪等非語言成分。寫作也是言語的一種，往往表現出濃厚的個人風格。而語言則是從千百萬人的言語材料中概括出來的共同模式和集體風格，形成了人類特有的成系統的符號，結構複雜，具有強生成性。語言是一種行為方式，認知事物和表達反應的工具，也是整個社會文化信息的載體，約定俗成，具有種種規律。我們大概可以說，言語是動態的，而語言則是靜態的；言語是特殊的，而語言則是一般的。言語及語言，相互依存，相互影響；但各具特點，實在也不能混為一談。一個人的夢囈或精神病人的瘋話不好理解，但並不是他們的言語沒有意義，而是他們的言語超乎一般的語言規律，所以也就難懂了；如果搞懂了他們的語言規律，可能一樣好懂。寫作是很個人的事，有思維，有情緒，社會百態，文化因緣，紛至沓來，迭相撞擊，因此寫作的言語呈現多維的折射，動態的波幅；但用來寫作的語言卻是單線發展，靜態的流淌。寫作之道，即在於以靜制動，以單線的流程作業應付多維複雜的思緒，而其難亦可知了。

香港人的寫作還須要將第一語言轉化為第二語言，難度更高。我們的第一語言是粵語，第二語言是白話文，寫作要經過翻譯的過程，例如將「翻屋企」譯為「回家」，「你食先」改為「你先吃」。粵語和白話文的語法規律不同，我們寫作要讓人理解，就得遵守白話文的語法規定。此外粵語跟白話文的詞匯距離更大，由於社會發展迅速，香港出現了大量地區性的新詞；又由於生活習慣不同，思考模式各異，香港人選詞的品味也跟普通話異趣：例如我們說「他們安排旅行團入住市內的酒店」，用普通話說可能要改為「他們安排旅行團住進城裏的飯店」，可見香港人「市」的概念，到普通話就變成了「城」；而「酒店」可能也要變成「飯店」了。其實詞匯文化地域的差異是無所不在的，例如中文的「奠基」，到了日文則變成「定礎」，不同的文化地域各取所需，習慣各異，說不上有甚麼語法的錯誤。香港人的中文寫作摻入了香港的詞匯或語法，應該是無可避免的，甚至也豐富了中文的表現能力。至於香港有些寫作人專用粵語寫作，表現親切的口語，琅琅上口，自然是方便多了。不過粵語寫作限制了讀者對象，加速了中文的分裂；我們有責任維護中文的健康，可免則免。否則也要有一個分寸，不能肆意破壞語言，目前白話文還是我們唯一標準的書面語。

我們要寫白語文，如果會講普通話，當然事半功倍了。如果不懂普通話，只要多讀多看多背誦，琅琅上口，培養語感，一樣會寫好中文。至於語法修辭的知識也很管用，語法可以幫助我們掌握正確的詞彙和句子，組成語段和篇章。而修辭則可以修飾語言，美化意象，恰當得體，豐富表達效果。此外邏輯也該注意，表現深刻清晰的思維理念。須知道，寫作是以語文為唯一的表現手段，將言語提煉為語言；所以寫作人要注意的，就是掌握語文規律，加強表達能力，講究藝術包裝，注意邏輯規律，充實文化修養，表現創作理念。八面受敵，游刃有餘，充滿自信，振振有辭。

叁、語法修辭在寫作中的綜合運用

教學語法將漢語的語言單位分為語素、詞、短語、句子、句群五級，這是漢語特有的內部結構體系。教學語法雖然是用來分析語法結構的，但我們的寫作活動得以漢語為媒介，為了合乎規範，寫作與語法自然也有密切的關係。語法的作用不在於給我們提供了甚麼寫作的素材，但卻可以協助我們組織材料，處理搭配關係；而且熟悉了語法，相信更有助於遣詞造句，選材練意，聯綴章節，文采斐然。

甲、漢語語法的結構

語素是語言中最小的有意義的單位，語流中能夠表示意義的最小的語音片斷，語法系統裏的基本符號。語素有單音節的，有多音節的，例如天、琵琶、花喱碌、奥林匹克等。語素有的能獨立成詞，有的不能獨立成詞，例如游泳、學習、人民、花朵等，其中第一個語素能獨立成詞，第二個語素則否。此外還有一些獨特的語素，用作虛化的詞綴，不能獨立成詞，例如打扮、藝術性等。其他專用作前綴的有阿、老、第、小、可、初、巴、反、被、見、所、而、非、不；後綴有兒、子、頭、員、化、家、手、者、們。粵語還有中綴，例如亂晒坑、容乜易、耐唔中等。了解語素的構詞規律，可以擴大詞匯量，辨析同義詞，創造新詞，而又減少不必要的生造詞語等。

詞由語素組成，是能自由運用的最小音義結合體。漢語分實詞和虛詞兩類：實詞表示具體的意義，能夠作短語或句子的成分，能夠獨立成句，有名詞、代詞、動詞、形容詞、數詞、量詞；虛詞只表示語法關係，一般不具有實在的意義，不作短語或句子的成分，有介詞、連詞、助詞。副詞可以用作狀語和補語、歎詞和擬聲詞有某些表達作用，大抵介於虛實之間，教學語法一般也視作虛詞。

短語，或稱詞組，是由詞組成的：大多數的短語加上一定的語調就可以構成句子，短語介於詞和句子之間，短語用作成分，跟詞的功能一樣；短語的結構方式，則跟句子的組成完全一致。短語形式多樣，也是句子的主要部分。短語的基本結構有並列、偏正、主謂、動賓、動補五種主要方式，此外還有方位、數量、「的」字、「所」字、連動、兼語、能願、趨向、形賓、形補、介賓、複指等種種結構。這種結構關係其實也通於漢語各級的語法單位中，詞法句法，一律合用。按功能分類，短語有名詞短語、動詞短語、形容詞短語、主謂短語、介賓短語、複指短語、固定短語七類。弄清楚了短語的結構和功能，不但豐富詞的表現能力，而且連句法分析也迎刃而解了。

句子是語言的基本運用單位，由詞或短語按語法規則組成，能表達相對完整的意思，帶有基本的語調。在說話時，句子結束會用停頓表示；書面語則用句號、問號或感歎號表示。在分析句子時，句子的成分有主語、謂語、賓語、定語、狀語、補語；此外又有一些附屬成分，例如中心語、插入語（獨立成分）、不相連的複指（或稱代，或總分，不構成複指）。句子有單句，有複句。複句由兩個以上的單句組成，其中的單句失去了獨立性，稱為分句。單句按結構分為主謂句和非主謂句，主謂句是漢語句子的主體，又可細分為動詞謂語句、形容詞謂語句、名詞謂語句、主謂謂語句四種。其他特殊的句式有把字句、被字句、連動句、兼語句、存現句等。句子的語氣有四種：表陳述，表疑問，表祈使，表感歎。複句各分句之間的關係，有事理的關係，有邏輯的關係，一般都用關聯詞語聯繫。複句有十二種類型：並列關係、承接關係、遞進關係、選擇關係、轉折關係、因果關係、假設關係、條件關係、目的關係、連鎖關係、總分開係、解證關係。

句群，或稱語段，是前後銜接連貫的一組句子，有明晰的中心意思。有時一個句群組成一段，有時要多個句群才組成一段。句子之間的組合方式，可用意合法，藉語序依次排列；亦可用關聯詞語，標明句子之間的語法關係。句群主要靠意義聯繫，有嚴密的邏輯條理和思維組織。組成一個句群，一定要注意意義的向心性、思維的條理性、語氣的連貫性、語調的和諧性。寫作上很多毛病，例如語無倫次、前後矛盾、偷換概念、結構混亂等，很多時不一定出現在句子上，而出於句群中。單句可能沒有問題，但一組句子上下文連起來就會出現問題了。句群跟複句中分句間的關係相似，也可以分為十種類型：並列關係、承接關係、遞進關係、選擇關係、轉折關係、因果關係、假設關係、條件關係、總分關係、解證關係。

漢語語法的五級結構在很多語法書中都有介紹，看來也已得到大家的接受。如果我們對這五級結構有些認識，那麼對於駕馭寫作，減少不必要的錯誤，應該有所幫助。現在我們選幾個話題，綜合說明寫作與語法的關係。

乙、造詞法

漢語的常用字不過三千左右，卻可以構成無限的詞。新詞的出現有社會的，也有科學的，我們每天打開報紙，幾乎都會發現新詞，日新月異，目不暇給。造詞有基本的規律，除了原料和方法，也要符合詞語內部的結構形式。造詞法的有五種：

a. 語法學造詞法，例如打的、反劫機，有形態標誌。

b. 句法學造詞法：例如公主，屬主題式，指天子之女出嫁由同姓的諸侯主婚。又如白馬、銀幣，都屬偏正式。

c. 修辭學造詞法，例如銀河、銀耳，僅以事物的形象為比喻。

d. 語音學造詞法，例如蜘蛛、玻璃、咖啡、新加坡等，不關意義。

e. 綜合式造詞法，例如木馬，一方面依偏正關係構詞，屬句法學；一方面又不是真馬，只借形象為比喻，屬比喻式。

在寫作中最好不要生造詞語，有時不得已要譯詞、造詞，也要小心處理。

丙、辨析詞輯

寫作要注意選詞，一方面講究詞義的準確、鮮明和生動；同時也要弄清楚詞義間的細微差別。例如愛護（兒童）和愛惜（時間），同是動詞，但搭配的對象不同。（全神）貫注和灌注（心血）詞義有別，灌注只是一般的注入，貫注則有集中、透徹的意思。必須和必需詞性不同，必須限用作狀語，但必需則用作定語和謂語。出生指人生下來，而出身則指家庭狀況和身分經歷，意義不同。終生（奮鬥）和終身（大事）也有所不同：終生及身而止，終身則可能超越人生。展開（翅膀）和開展（運動）同是動詞，但受事的對象不同，也要認真辨析。

丁、量詞

英語好像沒有甚麼量詞，[①] 就算有一點集合量詞也歸到名詞中去。漢語的量詞則是獨立的詞類。漢語量詞有物量詞和動量詞之分。數詞和量詞常常組合為數量詞短語，用來修飾名詞，較少單用。根據林萬菁《量詞的語法與修辭作用》的研究，甲骨文的量詞不大發達，他們會説五十玉、四十田、孚[俘]人人萬三千八十一人，孚[俘]牛三百五十五牛，孚卅八羊，就直接將名詞當作量詞了。《史記．貨殖列傳》出現了一大段的量詞現象，例如：

> 凡編户之民，富相什則卑下之，伯則畏憚之，千則役，萬則僕，物之理也。夫用貧求富，農不如工，工不如

① 英語量詞如 a bar of soap, a loaf of bread，為數不多。

> 商，刺繡文不如倚市門，此言末業，貧者之資也。通邑大都，酤一歲千釀，醯漿千甔，醬千甔，屠牛羊彘千皮，販穀糶千鍾，薪槁千車，船長千丈，木千章，竹竿萬个，其軺車百乘，牛車千兩，木器髤者千枚，銅器千鈞，素木鐵器若卮茜千石，馬蹄躈千，牛千足，羊彘千雙，僮手指千，筋角丹沙千斤，其帛絮細布千鈞，文采千匹，榻布皮革千石，漆千斗，糱麴鹽豉千荅，鮐鮆千斤、鯫千石，鮑千鈞，棗栗千石者三之，狐貂裘千皮，羔羊裘千石，旃席千具，佗果菜千鍾，子貸金錢千貫，節駔會，貪賈三之，廉賈五之，此亦比千乘之家，其大率也。佗雜業不中十二，則非吾財也。②

司馬遷堆砌了大量的量詞誇飾市況之盛，商人擁有專利，也寫出了富比千乘之家的豪氣。不過這一批量詞有些沿用至今，有些不好理解，其中有地域的原因，也有時代的因素，可見量詞自有其時空體系的。其他跟修辭有關的，例句亦多：

> 【1】一簞食，一瓢飲，在陋巷。人不堪其憂，回也不改

② 司馬遷（145-86B.C.?）撰：《史記・貨殖列傳》（北京：中華書局，1959年9月），頁3274。

其樂。賢哉回也。(《論語·雍也》)

【2】江南無所有，聊贈一枝春。(陸凱(198-269)《贈范曄》)

【3】從南方來的帶來了禮物，一匹蘭花還靜美地開著。(鄭愁予(1933-)《維多利亞巔》)

【4】我是一勺靜美的小花朵。(瘂弦(1932-2024)《我是一勺靜美的小花朵》)

這些量詞有時直接援用名詞來指稱，形神豐滿；有時則屬方言的特殊用法，耳目一新；有時將具體的量詞和虛化的意念相結合，例如用一枝春代花，也有意想不到的文藝效果。粵語的量詞非常豐富，整個系統也跟普通話大同小異，寫作時特別要注意，很容易迷失，或者不知道怎麼轉換。如果善加利用，應該也很可觀，寫出特殊的感覺。

當代的歐化語法受英語影響，往往濫用無定冠詞，充斥著「一個」和「一種」，使語句冗贅乏力，漸趨僵化。例如：

【5】它的食量，在我們其實早是一個極易覺得的很重的負擔。(魯迅(1881-1936)《傷逝》)

【6】幸虧薦頭的情面大，辭退不得，便改為專管溫酒的一種無聊職務了。(魯迅《孔乙己》)

戊、關聯詞語

關聯詞語是指在分句之間具有關聯作用，顯示分句間的結構關係的詞語，也可以說是分句間結構關係的語法標誌。關聯詞語以連詞為主，除連詞外，還包括起關聯作用的副詞、介詞、短語等。

a. 連詞：免得、否則、於是、然而、因為……所以、如果……那麼、雖然……但是、或者……或者。

b. 副詞：更、才、也、都、就、簡直、尤其、偏偏、越……越、一……就、起先……後來。

c. 搭配使用的連詞和副詞：只有……才、無論……都、不但……還、既然……就。

d. 判斷詞和短語：是……還是、不是……就是、之所以……是因為、為的是……。

e. 短語：一方面……一方面、如果說……那末。

寫作的時候，善用關聯詞都可以使各分句之間的聯繫緊密，關係清楚，層次脈絡顯豁，整段話的意思也明白順暢。關聯詞語多用於複句之中，可單用，也可連用，成對使用、疊用。關聯詞語的使用屬於意念範疇，反映客觀的事物及其關係。

單句中的關聯詞語則用於兩個成分之間，表示種種附加意義，起強調、修飾、限制的作用。例如：

【1】不管誰都要刻苦學習。（主語和謂語之間）

【2】不管甚麼時候，你都要刻苦學習。（狀語和中心語之間）

【3】你不管在甚麼情況下，都要刻苦學習。（狀語和中心語之間）

【4】青年們不僅用語言，而且用行動回答著甚麼是真正的愛情。（狀語和狀語之間）

【5】天山綿延幾千里，不論高山、深谷，不論草原、森林，不論溪流、湖泊，處處有豐饒的物產，處處有奇麗美景……。（疊用）

句群在意念上常靠關聯詞語聯繫，例如同時、於是、而且、然而、因此、總之等，一般採取單用的形式，通常置於一句或一段的開端，有時還用逗號隔開。

己、歧義

在短語或句子中，有時會因層次不同，或結構關係不同，甚至兩者交叉而出現兩種或兩種以上的理解，稱為歧義。通過歧義可以探索語法系統裏的錯綜複雜和精細微妙之處，從而深入探討漢語的本質。產生歧義的主要的原因是行文簡單，詞義不明，關係不清，層次難分。

A. 表層次相同而結構關係不同

【1】動賓關係和偏正關係的交叉：進口彩電、調查材料、學習文件、出租汽車、改建房屋、咬死了獵人的狗。

【2】主謂關係和偏正關係的交叉：經濟困難、社會進步、思維科學、農民起義、生物遷徙、血液循環。

【3】其他結構關係的交叉：想起來、生物化學、他們部隊。

B. 層次不同而結構關係相同

【4】名詞性的偏正短語和偏正短語交叉：現代戰爭小說。

【5】動詞性的偏正短語和偏正短語交叉：不按時吃藥。

C. 層次和結構關係都有交叉

【6】層次和結構關係恰好交叉對應：自行車和汽車的零件、撞倒他的自行車、關於生產的提案。

【7】層次不同而結構關係也不對應：他們三個一排、準備了兩年的糧食、給老虎肉、佈置好房間。

在日常生活中，由於有具體的語境安排，還可以即時交換意見，除非故弄玄虛，一般不會出現歧義。寫作時稍為注意，亦可避免。消除歧義的方法比較簡單。

【8】利用語境和上下文。

【9】增添詞語。［學生家長→學生和家長］

【10】變動句式。［他倒了一杯水→他把一杯水倒了］

【11】調整語序。［下午我們小組討論→我們小組下午討論］

模糊的語言有時能滿足大家的交際需要，例如説「大樹倒了」、「雞不吃了」，自有語境幫助我們理解，不須要刻意指出施事或受事。我們寫作時，有時要具體清晰，有時要模糊隱晦。語帶雙關，豐富了聯想，未必就是壞事。所謂虛則實之，實則虛之，纏綿惝恍，煙水迷離，可能還寫出了詩意。例如李白（701-762）《夜泊牛渚懷古》：「牛渚西江夜，青天無片雲。登舟望秋月，空憶謝將軍。余亦能高詠，斯人不可聞。明朝掛帆席，楓葉落紛紛。」牛渚即采石磯，在安徽當塗。前六句寫謝尚（308-357）秋夜舟泛牛渚遇袁宏（328-376）舟中吟詠的故事，立意清楚；但末聯究竟是寫秋景呢？還是形容心境？情景交融，懸宕絕妙，大概讀者也不怎麼講究？如果寫得太具體，反而更沒有餘味了。

庚、短句和長句

寫文章首先要懂得用句號。有些人好用逗號，一逗到底，也就虛擬出一些莫名其妙的長句，同時也看不出文章的層次。古人沒有標點符號，讓人費解；現代人有了標點符號而不加善用，看來也叫人可惜。

寫文章最好多用短句，條理清楚，爽快利落；而且易於檢查，減少不必要的語法錯誤。但文章也不能沒有變化，最好句式多樣，長短交錯。長句的特徵是詞新意多，內容豐富，結構複雜；如果句子有七八十個字以上，無論怎麼看，都可以說是長句了。長句形成的原因有三：一是句子成分複雜；二是分句繁多；三是句中有句，旁徵博引，更成了超句。長句一般適用於議論說理，刻畫細緻，表現出嚴密準確，凝鍊緊湊，詳盡充實，形象生動。不過句子的長短只能相對來說，運用之妙，存乎一心，寫作時很難指出甚麼具體的安排比例。例如：

【1】荊軻取圖奏之，秦王發圖，圖窮而匕首見。因左手把秦王之袖，而右手持匕首揕之。未至身，秦王驚，自引而起，袖絕。拔劍，劍長，操其室。時惶急，劍堅，故不可立拔。荊軻逐秦王，秦王環柱而走。群臣皆愕，卒起不意，盡失其度。（司馬遷《史記．刺客列傳》，頁 2534）

【2】在我有聲有色的風景裏，你是還未被別人發現的瀑布，清高潔白。就是因為那樣清高才跌得這麼慘，白白把自己交給山，咕嚕咕嚕積成青潭，嬉玩自己激起來的泡沫；潭受不了，推開你，你沿路淙淙流蕩，最後只好把自己交給海，變成浪。（許達然(1940-)《瀑布與石頭》）

在【1】語段中，司馬遷用了七個短句，每個短句都用了很多連動短語，形成急驟的節奏，寫出了刺秦的緊張氣氛。在【2】語段中，許達然則用了兩個句子，一短一長。短句説明瀑布的清高潔白，長句則是深入推進，描寫瀑布的神韻。瀑布出於山上，成為潭水，然後匯流入海，象徵生命的發展歷程。許達然利用短句先給人明確的印象，然後才用長句補寫，一張一弛，節奏的處置得宜。長句中有兩個小節，用分號隔開，構成了承接複句，意脈未斷，所以不用句號。寫作時可供選擇的同義句式很多，我們寫作時不妨盡量表現，選擇最適合的句式。

辛、邏輯規律

邏輯是一門專研究思維的科學，思維表現為概念、判斷和推理，有內容和形式兩方面，而邏輯則專研各種思維形式，又稱思維邏輯。學習邏輯，有助於提高我們的思維能力和認識水平，正確地表達思想，更有助於學習其他各門科學知識。下面有幾條重要的邏輯規律：

A. 遵守同一律：在同一思維過程中，對於思考對象和所使用的概念必須保持同一性。換句話說，對於思考對象和所使用概念的含義和範圍，必須保持確定性。在寫作中違反同一律，就會偷換概念，偷換論題，文章離題萬里，甚至成了詭辯。又如記敍文有六要素：其中的人物、事件、時間、地點、原因和結果違反了同一律，就會出現對象含糊，文不對題；或概念模糊，思路不清的邏輯錯誤了。

【1】變是絕對的，不變是相對的。我們每個人都要變。只有密切聯繫群眾，加強思想修養，才能永遠保持不變。

在這個例子中，我們實在搞不懂作者究竟是說要變還是保持不變呢？這幾個「變」字的概念前後不同，違反了同一律。

B. 遵守不矛盾律：也叫矛盾律。不允許出現模棱兩可或自相矛盾的判斷。邏輯矛盾有兩種形式，即互相反對的判斷和互相矛盾的判斷。

【2】一年一度的端午節是千載難逢的傳統節日。

【3】整個大樓一片漆黑，有一兩個房間還亮著燈。

【4】詩，是最容易又最不容易寫的。

【5】有的人死了，但他還活著。有的人活著，他已經死了。

前兩句明顯是互相矛盾，前言不對後語。後兩句表面是自相矛盾，其實卻清楚揭示了事物的本質；他們都是針對不同的思維對象而作出肯定或否定的判斷，因此都不是邏輯矛盾。

C. 遵守排中律：在同一論辯過程中，如果對同一思維對象的某一性質，出現了兩種互相矛盾的判斷時，它就指出兩者必有一真，從而要求我們在兩種互相矛盾的看法中，明確表明自己的態度，做出果斷的抉擇。根據排中律的要求，寫文章立論都必須旗幟鮮明，不能騎牆，含糊其辭，否則模糊兩不可，也是犯了邏輯錯誤。

【6】「說要死的必然，說富貴的許謊。但說謊的得好報，說死必然的遭打。你……」「我願意既不謊人，也不遭打。那麼，老師，我得怎麼說呢？」（魯迅《野草 · 立論》）

這是兩個互相矛盾的判斷，真與假，是與非，二者必居其一。排中律是不容許兩者都否定的。

D. 遵守充足理由律：在論辯的過程中，任何一個真實的判斷都必須有充足的理由。充足理由律表現為理由和推斷的關係，否則就要出現理由虛假的基本錯誤。

【7】為甚麼要有革命黨？因為世界上有壓迫人民的敵人存在，人民要推翻敵人的壓迫，所以要有革命黨。

理由與推斷的關係十分清楚，無可辯駁。

寫作要講邏輯。論題要正確鮮明，要有一個中心，材料要翔實，論據要充足，推論要符合邏輯規則，以至靈活地運用各種邏輯方法。虛實並舉，有血有肉，只有針對性和深刻性，使人曉喻其中的道理，給人強烈的印象。

壬、修辭技法

修辭就是恰當地選用和安排各種語言材料和表達手段，以求準確、鮮明、生動地表達思想感情。修辭分普通修辭及積極修辭，普通修辭就是錘煉詞語，組織句子，選用最適當的表達方式，說話得體，語意明確，文理通順，語言平易。積極修辭就是隨情應景，驅遣各種修辭手段，表現語言文字的可能和極限，使語文呈現出具體形象，新鮮活潑的動人力量。

常見的積極修辭方式有比喻、比擬、借代、誇飾、雙關、順連、仿詞、反覆、對偶、排比、對照、設問、頂真、層遞等。張壽康(1925-1991)《文章學概論》討論文章技法,共分十二項:對比、襯托、渲染、白描、象徵、移覺、傳情、錘煉、含蓄、節奏、幽默、氣勢。其中多是修辭問題,或是修辭與語法、邏輯以至文章作法等多種知識的綜合運用。

肆、語文的試驗和極限

語法修辭並不是組成文章的材料,而是一種表現的手段:語法修辭絕不能取代了思想感情,但卻是表現思想感情的具體形式。文學創作不單是情理的問題,有時也要注意藝術包裝。清通固然是語文的基本要求,說話清楚,觀念明確;但我們更上層樓,希望把話說得生動,把文章寫得漂亮,甚至表現出獨一無二的創新意念,試驗語文的極限,這是每一個作者的責任,也是挑戰。

余光中(1928-2017)是最勇於挑戰散文語言的作家。1963 年 5 月,他在〈剪掉散文的辮子〉提出現代散文的三種特性:講究彈性、密度和質料。所謂彈性指「對於各種文體各種語氣能夠兼融並包融和無間的高度適應能力。文體和語氣變化多姿,散文的彈性當然愈大;彈性愈大,則發展的可能性愈大,不致於迅速僵化。」即打破文體疆界,句式生動活潑，詞語富於變化。除了口語外，還要採用一些歐化句法、文言句法和方言俚語，才可以增加散文的彈性。例如：

【1】因為雨是最原始的敲打樂從記憶的彼端敲起。瓦是最低沈的樂器，灰濛濛的溫柔覆蓋著聽雨的人，瓦是音樂的雨傘撐起。（《聽聽那冷雨》）

所謂密度是指「在一定的篇幅中（或一定的字數內）滿足讀者對於美感要求的份量：份量愈重，當然密度愈大。……真正豐富的心靈，在自然流露之中，必定在右逢源，五步一樓，十步一閣，步步蓮花，字字珠玉，絕無冷場。」即意象濃密，顯出沈重。鄭明娳（1950-）《余光中論》意猶未足，認為還要增加文字的稠密，意象的繁複及結構、運筆的變化三端，試驗語句的極限。

【2】咦呵西部，多遼闊的名字。一過米蘇里河，所有車輛全撒起野來，奔成嗜風沙的豹群。直而且寬而且平的超級國道，莫遮攔地伸向地平，誘人超速、超車。（余光中《咦河西部》）

【3】牠不稀罕文明，但卻被關在文明裏，被迫看不是猴子的人人人人人人；看人和人爭擠，人早認為猴子輸了，不願再和牠打架。（許達然《失去的

森林》)

所謂質料是指「構成全篇散文的個別的字或詞底品質。這種品質幾乎在先天上就決定了一篇散文的趣味甚至境界的高低。譬如岩石，有的是高貴的大理石，有的是普通的砂石，優劣立判。」即遣詞用字敏感準確，寫出個人的風格和品味，表現創意。③

【4】布內拉斯卡之夜在車窗外釀造更濃的不透明，且拌和草香與樹的鼾息與泥土的雞尾酒。(余光中《咦呵西部》)

1965 年 6 月，余光中又在《逍遙遊．後記》說：「我嘗試把中國的文字壓縮，搥扁，拉長，磨利，把它拆開又併攏，折來且疊去，為了試驗它的速度、密度和彈性。我的理想是要讓中國的文字，在變化各殊的句法中，交響成一個大樂隊，而作家的筆應該一揮百應，如交響樂的指揮杖。」這段文字以「速度」換了上文的「質料」，甚至還提升至首位，與密度、彈性並列為新訂的三項標準。大抵速度是指節奏強勁，充滿動感而又氣勢磅礴、氣象雄渾的作品說的，加速

③ 余光中：《逍遙遊》(臺北：大林書店，1969 年 7 月)，頁 36-37。

現代散文的改革決心，愈顯得急風驟雨，場面壯闊。當時余光中的野心很大，他甚至更有意改造中文，創新中文。余光中不只是提出建設的理論，而且更以自己的作品做試驗，影響深遠。

〈語法修辭與寫作〉，《滄浪》總第 6 期（香港，1997 年 1 月），頁 23-27。

差強人意

近來在廣播中聽到「差強人意」這一句話，有些人把「差強」讀成 tsi[1] kœŋ[5]，似乎可以斟酌。這一句話最早見於《後漢書．吳漢傳》，漢光武帝（劉秀，5B.C.-57）讚揚吳漢（?-44）領軍說：「吳公差彊人意，隱若一敵國矣。」李賢（655-684）注說：「隱，威重之貌；言其威重若敵國，前書［即《前漢書》］周亞夫謂劇孟曰：『大將得之，若一敵國矣。』」這句話明顯是十分欣賞吳漢的威重，表現出強力而獨當一面的氣派；「敵國」大有匹敵之意，如果幫了敵人，也就構成威脅了。所以「差強人意」的「差」字用作副詞，表示程度，或有稍微、勉強等義，或解為甚、頗等義。「強」字引申有合乎、符合等義，只能讀 kœŋ[4]，即強盛之強，而不能讀作勉強之強。另外《周書．李賢傳》引太祖（宇文泰，505-556）喜曰「李萬歲（504-569）所言，差強人意」之語，也可以因應上下文意，設定這兩個解釋。不過我現在用這一句成語，大抵都釋為尚能令人滿意，與古代的用法自然有些距離了。

至於「差」字怎麼讀呢？這是一個多音多義的字，例如差勁、差錯等 tsa[1]; 郵差、差事等 tsai[1]；參差讀 tsi[1] 等，都有很嚴格的規定。至於「差強人意」中的「差」該怎麼讀呢？過去大家多數讀 tsa[1]，最近傳媒似乎屬意讀 tsi[1]；前者勉強還說得過去，因為《現代漢語詞典》也是 chā 的，粵語讀 tsa[1] 自然跟普通話一致了；但後者看來完全沒有根據。古籍讀 tsi[1] 除了參差之外，也有等差、分等之義；《廣韻》上平聲五支云：「差，次也，不齊等也，等也。楚宜切。」音義十分明白。例如「尊卑以此差之」、「皆有等差」等句，都可以這樣讀的。

「差強人意」的「差」是一個副詞，古代沒有讀 tsi[1] 的用例。其實古代「差」字的副詞用法十分普遍，例如在「梅之隋落差多」、「使不帆風，差輕」、「然則天子諸侯差寬大矣」、「差可以雉門觀之」等句中，陸德明 (555-627) 的《經典釋文》都明確地注出該讀去聲初賣反，也就相當於《廣韻》去聲十五卦韻的楚懈切了；如果換為今日的粵語，應該讀 tsai[3]，普通話讀 chài。不過這個去聲雖有區別語法的作用，但在古代也不見得怎麼流行，《經典釋文》很多時亦兼注平聲初佳反一讀，看來這個「差」字大家還是多讀平聲的。我們不必刻意仿古，將「差強人意」的「差」字讀為去聲，但在平聲的三個讀音中，最好首先選擇讀 tsai[1]，其次 tsa[1]，而不能讀 tsi[1]。《世說新語》中「撒鹽空中差可擬」的「差」字也是副詞用法，自然也不能讀為 tsi[1] 了。報刊有時會把「差強人意」寫成「強差人意」，音義不明，更是以訛傳訛了。

〈差強人意〉，《中國語文通訊》第 37 期（香港，1996 年 3 月），頁 56。

「瞞天過海」別解

江藍生釋「瞞天過海」，認為這個成語是並列結構，「過海」與「瞞天」意思相同；「過」與「瞞」是同義詞，都有哄騙、欺瞞之義。此外，她又引金、元詞語「過謾」、「過瞞」、「謙過」、「謾過」為例，說是「類同引申」的語言現象。結論是「瞞天過海」與「瞞天瞞地」、「欺天誑地」、「瞞天昧己」等成語詞義相近，都是由兩個意思相同的動賓結構並列組成的。後一個動賓結構是對前一個的複說，通過複說使詞義分量加重，並帶有渲染誇張的色彩。①

以上江藍生的解釋固可自成一說，缺點是稍嫌單調。假如「瞞天過海」的釋義跟「瞞天瞞地」、「欺天誑地」、「瞞天昧己」等成語完全一樣，由於意義明確，我們也沒有甚麼好補充的。問題是「過」字音多義，意義不同，而「過海」好

① 江藍生（1943- ）〈「瞞天過海」臆解〉，〈「瞞天過海」別解〉，《中國語文通訊》第 46 期，香港，1998 年 6 月，頁 56-58。

像也隱藏了一個動人的故事。現在我們用這個成語的時候，大抵「瞞天」會視作一種不得已的手段，而「過海」則是所欲達成的目標。其中的過程十分曲折，甚至會充滿戲劇化的表現效果。

「瞞天過海」的説法在金、元以後十分流行，書證用例亦多，但具體的內容則不甚了了。案「瞞天過海」乃三十六計之首，《南齊書．王敬則傳》有「檀公三十六策，走是上計」之説，② 然而並沒有具體指出是那三十六計。大抵三十六計的名稱是宋、元以後逐漸豐富和確立的，當是民間説書人就古書材料拼湊而成，慢慢就廣為流傳了。今檢安笈、宗岱校點《薛仁貴征東》第十三回即有「小將軍獻平遼論，瞞天計太宗過海」一節，話説唐太宗（李世民，598-649）晚年親征高麗，從登州過海，但給風浪嚇怕。徐茂公（徐世勣，594-669）曰：「我想陛下不肯去征東，惟自設一個瞞天過海之計，只瞞了天子，就可以征東。」薛仁貴（614-683）乃獻計曰：

> 如今可買幾百排木頭，喚些匠人做起一座木城，城內外做些房屋，下面鋪些沙泥，種些花草，當為街道。要萬兵扮為經紀百姓，居中造座清風閣，要三層，樓上便請幾位佛供在裏面。等朝廷歇駕，將木城先推下海，

② 梁蕭子顯（487-537）撰：《南齊書》（北京：中華書局，1972 年），頁 487。

> 趁著順風，緩緩吹去，哄朝廷下船，趕到城邊，竟上此城，歇駕清風閣，又不見海，又不側身倒動，豈不瞞了天子，過了海去。[③]

小說中所瞞的「天」原來是指唐太宗李世民，薛仁貴要在海中造一座木城，哄天子渡海，忘懷風浪。不過，這個故事不見得可靠，而且這究竟是「瞞天過海」的原典，或是說書人附會作出來的故事，可能也不大清楚。另本趙萬里（1905-1980）編註《薛仁貴征遼事略》也有過海之計，但說法不同。帝問過海之計，薛仁貴獻策云：

> 告總管！今天子只憂大海為阻，難征高麗，仁貴用一計，教千里海水，只來日不見了半點兒。上至太宗，下至小卒，如登平地，安穩過海，意下如何！

小說續云：

> 諸總管都來見帝，太宗再問過海之計有無，近臣奏曰：「有一豪民，近居海上，特來請見駕，言三十萬過海軍糧，此家獨備之。」帝大喜，宣老人至帳上，問其言。

③　如蓮居士：《薛仁貴征東》（太原：山西人民出版社，1994 年），頁 68。

帝領百官隨海邊來，見其萬户皆一彩帳遮圍。其老人東向到步引帝入室，皆彩繡幙，地鋪茵褥。帝坐，百官進酒，帝喜。但覺風聲四面，波響如雷，杯盞傾側，身居動搖良久。帝不曉，令近臣揭帳幙視之，但見清清海水無窮。帝急問曰：「此乃是何處？」張士貴起而奏曰：「此乃臣過海之計，得一風勢，三十萬軍乘船過海，到東岸矣。」視之，果在船上。④

此條「過海」情節互有同異，太宗只是在不知情的情況下過海，減少恐懼心理，但小說卻沒有點出「瞞天」兩字。可見，如果後者《薛仁貴征遼事略》表現故事的雛形，那麼前者《薛仁貴征東》可能就說書人因受觸發而順勢創造出「瞞天過海」一計了。

此外，廣東俗話還有「過了海就是神仙」之說，簡稱「過海神仙」，意思是不管用甚麼手段，只要解決問題就行了，「神仙」喻優哉悠哉的勝利境界。此外，我們口中也常說「八仙過海，各顯神通」，意思是大家各自想辦法解決問題。「過海」把問題解決了，大家自然神情輕鬆。案「八仙過海」的故事源出《四遊記》中的《東遊記》，作者署名蘭江吳元泰，相傳是明代作品。第四十八回「八仙東遊過海」云：

④ 《薛仁貴征遼事略》（上海：古典文學出版社，1957 年），頁 13-14。

> 卻說八仙來至東海，停雲觀望。只見潮頭洶湧，巨浪驚人。洞賓言曰：「今日乘雲而過，不見仙家本事。試以一物投之水，而各顯神通而過如何？」眾曰：「可。」鐵拐即以杖投水中，自立其上，乘風逐浪而渡。鍾離以鼓投水中而渡，果老以紙驢水中而渡，洞賓以簫管投水中而渡，湘子以花籃投水中而渡，仙姑以竹罩投水中而渡，采和以拍板投水中而渡，國舅以玉版投水中而渡。[5]

八仙遊戲人間，不幸闖了大禍。原來東海龍王看中了藍采和的玉板，照耀水晶宮，透明天地，因此派太子摩揭趁藍采和渡海時「奪其玉板，連采和皆沒於海中。太子將采和囚於幽室，持寶歸宮，一時宮殿光明，如添日月」。後來眾仙為了救藍采和，呂洞賓等乃火燒東海，殺了太子；龍王投奔南海求援，四海龍王合力水灌八仙；八仙憤而抬起泰山，投入東海填平而去。其後南海龍王乃上表奏之玉帝，列出八仙四罪曰：「擅殺命子，焚燒龍宮，妄移泰山，築塞東海。凡此四者，有犯天條，罪在不赦。」[6] 其後八仙與天兵大戰，有賴觀音擺平。由此可見，「瞞天過海」可能也跟八仙故事有關。「瞞天」指南海龍王的一面之辭，他掩飾東海龍王的

---

⑤ 《四遊記》（上海：上海古典文學出版社，1956 年），頁 44。

⑥ 《東遊記》第五十四回「龍王表奏天庭」，《四遊記》，頁 49。

貪念，欺瞞玉帝，借天兵以禦八仙，膽大包天；而「過海」則指八仙各有本領，但殺人放火，亦嫌暴戾。不過兩者主語不同，龍王瞞天，八仙過海，做的都不是好事。或說「瞞天過海」指的都是八仙的罪證，干犯天條，劣行昭彰；雖然主語一致，但這並不符合世人心中對八仙的美好形象。可能前者的解釋比較可取。

上文從舊小說中鉤稽出幾條材料，可能都跟「瞞天過海」的出處有關。如果再找不到其他的出處，那麼在《薛仁貴征東》「瞞天計太宗過海」一句中，四字齊備，暫時就可以訂作「瞞天過海」的原典，缺點是時代還不能弄清楚。「八仙過海」的情節過於曲折，外加太多解釋，看來並不可取。至於江藍生將「過海」釋作「瞞海」，雖然可備一說，但要為「過」字增添義項，似乎也沒有必要。金、元詞語「過謾」、「過瞞」、「謙過」、「謾過」等詞中的「過」字可能只是構成合成詞的語素，不宜獨立釋作「瞞」義。現在既能注出原典，那麼「過海」之「過」最好還是按最常用的「渡過」義去理解。立論不當之處，尚請海內外高明指正，開展討論。

〈「瞞天過海」別解〉，《中國語文通訊》第 46 期（香港，1998 年 6 月），頁 59-61。

本創文學 106

語文寫意灣區

作　　者：黃坤堯
責任編輯：黎漢傑
內文校對：楊雪琪　陳雨晴
法律顧問：陳煦堂　律師

出　　版：初文出版社有限公司
電郵：manuscriptpublish@gmail.com

印　　刷：陽光印刷製本廠

發　　行：香港聯合書刊物流有限公司
香港新界荃灣德士古道 220-248 號
荃灣工業中心 16 樓
電話 (852) 2150-2100 傳真 (852) 2407-3062

版　　次：2024 年 11 月初版

國際書號：978-988-70535-7-6

定　　價：港幣 128 元　新臺幣 480 元

Published and printed in Hong Kong

香港印刷及出版

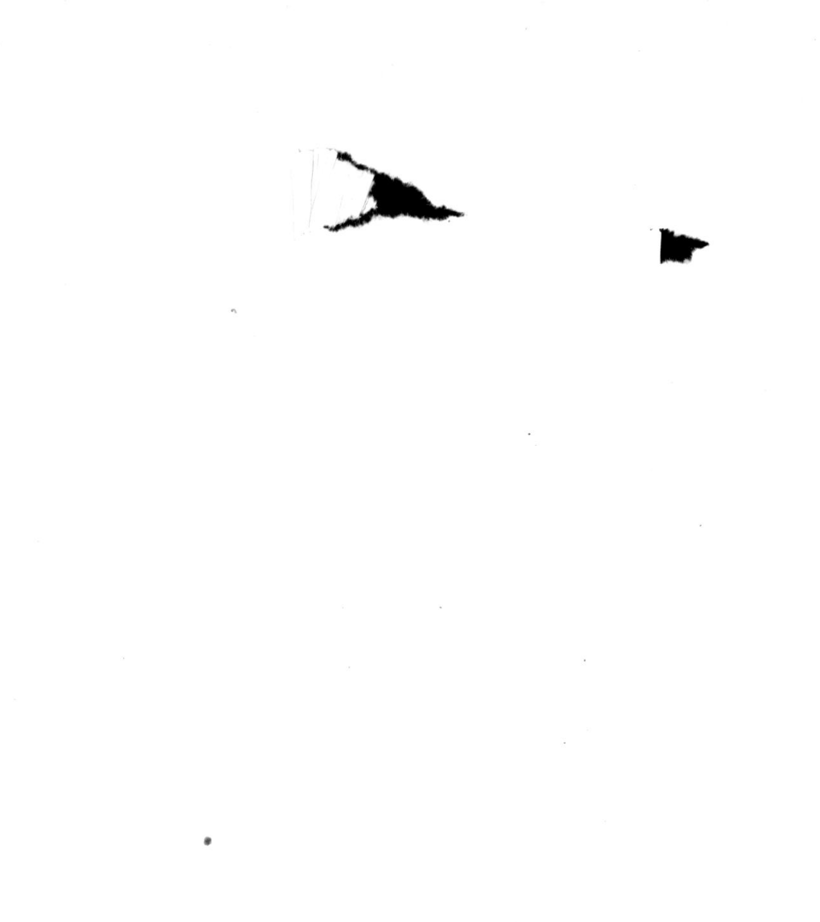